나는 이혼했지만 작가가 되었습니다

나는 이혼했지만
작가가 되었습니다

초 판 1쇄 2022년 05월 17일

지은이 전미영
펴낸이 류종렬

펴낸곳 미다스북스
총괄실장 명상완
책임편집 이다경
책임진행 김가영, 신은서, 임종익, 박유진

등록 2001년 3월 21일 제2001-000040호
주소 서울시 마포구 양화로 133 서교타워 711호
전화 02) 322-7802~3
팩스 02) 6007-1845
블로그 http://blog.naver.com/midasbooks
전자주소 midasbooks@hanmail.net
페이스북 https://www.facebook.com/midasbooks425

ISBN 979-11-6910-020-5 03810

값 **15,000원**

미다스북스는 다음세대에게 필요한 지혜와 교양을 생각합니다.

나는 이혼했지만 작가가 되었습니다

전미영 지음

미다스북스

이 이야기들을 세상 밖으로 꺼내놓아도 되는 걸까?

글을 쓰기 전부터, 글을 다 쓰고 난 이후에도 이 질문을 끊임없이 반복
했다. 지극히 사적인 이야기들이며 결코 누구나 쉽게 꺼내 보이려 하지
않는 이야기들이니 말이다.

나 또한 이 글을 쓰는 동안에도 수없이 같은 말을 반복했다. "내가 이
걸 왜 하겠다고 마음먹었을까. 내가 도대체 왜 이걸 글로 쓰려고 했을까.
지금이라도 포기할까."

글을 완성하고도 그 질문들은 계속되었다. 글을 쓰는 내내 기억하기
싫었던 일들을, 기억하기조차 싫어 억지로 지우려 노력했던 그 시간들을
다시 떠올려야 했고, 그러면서 그 당시에 느꼈던 아픔보다 더 큰 아픔이

또다시 밀려왔기 때문이다.

　하지만, 그 질문을 던질 때마다 나는 매번 같은 답을 내렸다. 그 누구
도 꺼내 보이려 하지 않기에 또한, 그 누군가는 해야 하는 이야기이며,
나 역시 듣고 싶었던 그 무언가의 말들이었기에, 누군가는 그 말을 기다
리고 있을 것이라는 생각이었다.

　그래서 많이 두렵고 무섭지만 이 이야기를 세상 밖으로 꺼내기로 했
다. 이 글을 읽으며 누군가는 위로를 받게 되고, 또 어떤 이는 용기를 얻
게 되기를 바라는 마음에서였다. 그리고 또 어떤 이는 나를 위로하고 응
원해주는 이도 있을 것이다. 반면, 나를 더 좋지 않은 시선으로 바라보는
이도 분명 있을 것이다. 모든 이가 나를 좋아해줄 수 없듯이 나의 이야기
들이 불편하게 다가오는 사람도 분명 있을 것이다. 하지만, 나의 이야기
가 어디선가 숨죽여 힘겨워하고 있는 어느 한 사람에게라도 힘이 되고
위로가 될 수 있었으면 하는 마음에 나는 이 글을 끝까지 써 내려갔다.

　분명 내가 사랑하는 이들이 알지 못했던 나의 숨은 이야기들에 상처를
받고 마음 아파하는 일도 있을 것이다. 그리고 내가 가장 아끼는 우리 아
이가 언제고 이 책을 읽게 되는 어느 순간이 온다면 그 아이 역시 상처를
받게 될 수도 있을 것이다. 그럼에도 나는 이 이야기를 더 이상 나만의
상처로 남겨두고 싶지 않았다.

　그 모든 두려움과 질문들의 답은 오로지 하나, 그 누군가에게 힘이 되
길 바라는 마음이라는 것이었다.

　내가 글이라는 것을 쓸 수 있게 나를 발견해주고, 내가 포기하려 하는

그 모든 순간에도 나를 믿고 이끌어주신 나의 스승님이시자 롤 모델인 문현정 작가님에게 진심으로 감사한 마음을 전한다.

　그리고 내가 어느 순간에 어떠한 선택을 하고 어떠한 삶을 살아도 언제나 나를 지지해주며 응원해주는 사랑하는 우리 가족들에게도 진심으로 감사하다. 나의 책을 누구보다도 기다리고 딸이 작가가 되길 간절히 바라셨던 엄마가 최근 큰 사고로 인해 이 책을 알아보시지 못하시겠지만 나의 최고의 지지자이자 하늘인 엄마가 빨리 쾌차하셔서 이 책을 함께 볼 수 있기를 바란다. 이 이야기에서 결코 빠질 수 없는 사랑하는 우리 아들이 이 책을 통해 엄마가 단 한순간도 사랑하지 않은 시간이 없었음을 알아주었으면 좋겠다.

　나의 글에 마음을 담아주시고 이 글이 책으로 나올 수 있도록 노력해주신 미다스북스에도 깊은 감사를 드린다.

　어느 한 사람이라도 이 글을 통해 위로와 용기를 가질 수 있기를 간절히 바란다.

　"오늘도 그 어디에서 온 힘을 다해 버티고 견디며 살아냈을 모든 분들에게 온 힘을 다해 응원을 보낸다. 오늘, 지금 이곳에서 현재를 살아가시길…."

*

목

차

제 5장 빛나라 내 청춘

제 1장

———

내 팔자는
왜 이 모양일까

*

1

내 팔자는 왜 이 모양일까?

'젠장, 도대체 내 팔자는 왜 이래?', '전생에 나라라도 팔아먹은 거야?' 이 말을 수도 없이 내뱉은 것 같다. 근거를 알 수도 없는 저 말이라도 푸념처럼 쏟아부어야 살 수 있을 것 같았다.

40을 갓 지나온 나이에 하루에도 저 말을 얼마나 수도 없이 던지고 살았던가. 100세 시대라는 요즘 같은 시대에 이제 막 40을 지나면서 삶을 운운하는 것이 섣부른 일일지도 모른다. 하지만 그렇게 짧은 시간임에도 너무도 굴곡진 삶을 지나오며 나 자신을 방어하고 지켜내기 위해서 그저 팔자려니 하는 그 한마디로 꾹꾹 눌러 참는 삶을 살았다.

겉보기에는 아무 문제 없어 보이는 그저 남들과 다를 바 없는 평범한 가정에서 자란 나는 공부를 잘하지도 못하지도 않았으며 특별하게 눈에 띌 만큼 어느 한 분야에 재능이 있는 아이도 아니었고, 사고를 쳐서 문제를 일으키거나 그럴 만한 아이도 아니었다. 오히려 학년이 지나가고 있음에도 같은 반이었는지도 모를 만큼 소심하고 조용하고 존재감 없이 출석 열심히 하고 선생님께 크게 지적당할 짓은 하지 않는 그런 학생이었다.

성인이 되어 직장 생활을 할 때도 실적이 아주 우수하여 눈에 띄지는 않았지만, 근태로 말썽을 일으키거나 업무적인 실수로 곤란하게 하는 일을 만들지도 않았다. 그저 팀에 큰 보탬이 되지는 않았지만, 평균 이상은 늘 꾸준히 해주며 시키는 일은 열심히 착실히 해내는 그런 무던한 직원이었다.

그랬던 내가 왜 살면서 저 말을 수도 없이 내뱉으며, 저 말에라도 원망과 푸념을 쏟지 않으면 버틸 수가 없었을까. 어디서부터 잘못된 걸까….

행복하다고 느끼며 살지는 않았지만, 불행하다고 느끼며 살지도 않았다. 항상 부지런함과 성실함이 당연한 모습인 부모님 아래에서 가정 형편이 넉넉하지는 않아도 가족끼리 화목하다 느끼며 성장해왔다. 그랬던 내가 신세 한탄과 넋두리를 늘어놓기 시작했던 건 아무리 열심히 노력해도 번번이 어떠한 사건으로 부모님의 일이 어려움에 부딪히고 뜻대로 되지 않기 시작했던 그때부터였던 것 같다.

자꾸만 기울어져가는 집안 형편에 나도 모르게 조금씩 주눅이 들고 내성적이었던 성격이 더욱 움츠러들며 모든 것들을 그저 내가 타고난 팔자라고 생각하기 시작해버렸던 것 같다. 그렇게 나는 매사에 부정적이고 자신감 없는 성격으로 자리 잡아갔으며 혼자서 무언가를 해내기보다는 누군가에게 늘 의지하려 하고 외로움을 많이 느끼는 사람이 되어간 것 같다.

그렇게 사람들을 곁에 두려 하다 보니 그로 인해 오히려 상처를 가지게 되고 내 마음과 다르게 인간관계도 가족과의 관계도 조금씩 틈이 생기기 시작하면서 내 성격 역시 틈이 생기기 시작했다. 콕 집어 '어떠한 사건 때문이었어.'라고 하기보다는 그저 차곡차곡 쌓여온 나의 삶들이 나를 점점 더 비관적인 성향으로, 부정적인 사람으로 만들어가기 바빴던 것 같다.

항상 나쁜 쪽으로만 생각하고 항상 실패하는 경우부터 대비하게 만들었다. 그러다 어김없이 실패하게 되면 나는 늘 그랬듯이 '내 팔자가 그렇지 뭐.', '내 팔자에 잘될 리가 없지.'라는 말로 뒤돌아서 버렸다.

과연 그 모든 것들이 단순히 내 팔자려니 하고 넘겨버릴 일이었을까. 그 말들로 넘겨버린 것들은 과연 내 마음속에서 아무렇지 않게 사라져버렸을까? 아니다. 결국 나의 무의식 속에 살아남아 언제고 툭 하고 튀어나와 나를 괴롭혔고 때론 혼자 감당하기 힘든 슬픔으로 끝도 없이 바닥으로 끌고 내려가 헤어 나오지 못할 만큼 괴롭게도 했다.

그저 '팔자려니' 하는 그 말은 내가 도망쳐버리고 싶은 쥐구멍 같은 곳이었는지도 모르겠다. 그렇게 숨어버리고 나면 그저 혼자 잠시나마 마음의 안정을 찾은 것처럼 눈 가리고 아웅 하듯이 나 자신을 감추고 속였던 말이었던 것이다.

하지만, 때론 '팔자려니' 하는 그 말로 위로를 받을 때도 있었다. 종교적인 것과 상관없이 너무 힘들었던 그 시절, '네가 타고난 팔자가 그래서 그런 거야. 네 잘못이 아니야.' 이 말로 위로를 받았던 적도 있었으니 말이다. 과연 그게 정말 내 팔자여서 일어난 일인지는 알 수 없지만, 내 잘못이 아니라 팔자 때문에 그런 거라고 그렇게 믿고 팔자로 죄를 물어버리고 싶었다. 그렇지 않았다면 아마 나는 지금 이 자리에 이렇게 있지 못했을 테니 말이다. '팔자'를 어학사전에서 찾아보면 사람의 한평생의 운수라고 나와 있다. 사람이 태어난 해와 달과 날과 시간을 간지(干支)로 나타내면 여덟 글자가 되는데, 이 속에 일생의 운명이 정해져 있다고 본다. 그렇다면 우리는 태어나는 그 순간 팔자가 다 정해져 있다는 것인데, 나의 팔자 역시 그때 정해져 있어서 내가 어떻게 살아왔건 이렇게 될 운명이었다는 것일까.

그 운명이라는 것을 다 믿을 수도 믿고 싶지도 않지만, 가끔씩은 그 팔자라는 것에 기대고 싶을 때가 많았다. 아무리 노력해도 밑바닥일 때는 그저 내가 부족해서가 아닌 내 팔자 때문이라고 치부하고 싶었고, 때로는 그 팔자라는 말에 푸념과 원망을 섞어 그 상황을 모면하고 싶을 때도 많았다.

여전히 나는 내 팔자가 정말 이렇게 정해져버린 걸까 하고 원망을 하곤 한다. 하지만 분명한 건 지금 내 모습이 이런 건 팔자도 그 무엇도 아닌 내가 쌓아온 하루들의 총합이며 나의 모든 선택의 순간들이 모여 만들어낸 것이라는 사실이다.

*

2

평범함은 나랑 어울리지 않아

지극히 평범해 보이는 모습 속에 그렇지 않은 시간들이 나에겐 어린 시절부터 꾸준히 따라다녔다. 누구는 살면서 한 번도 겪지 않고 살았을 법한 일들이 세상을 알기도 전에 나에게 들이닥쳤고, 그땐 당연히 그 모든 걸 당연히 받아들이고 이겨내야 하는 일인 줄 알았다. 지금 되돌아 생각해보면 절대 당연한 건 그 어디에도, 어느 순간에도 없었는데 말이다.

내가 기억하는 나의 어린 시절은 너무도 평범했고, 심심했고, 쓸쓸했던 시간들로 기억된다. 부모님은 양계장을 운영하셨다. 우리가 너무도 좋아하여 '치느님'이라는 단어가 생겼을 만큼 많은 이들이 즐기는 치킨용으로 키워지는 닭을 키우는 일을 하셨었다.

내가 일곱 살 되던 해 부모님은 땅을 일구고 양계장 뼈대를 세우고 지붕을 손수 덮으시고 그렇게 6개의 양계장을 만드셨다. 바닥을 깔고, 벽돌을 쌓고, 시멘트를 바르고, 벽지를 바르고 지붕을 만들고 안방과 작은방, 그리고 주방, 세면실을 손수 만들어 가정집을 만드셨다. 부모님이 집을 지으시고 양계장을 지으시던 그해, 내가 기억하는 나의 일곱 살은 아무것도 없는 넓디넓은 허허벌판에 유일하게 우리 집이 처음 만들어졌고, 양계장이 세워졌던 때이다.

그리고 양계장의 특성상 마을과 떨어져 있는 곳이어야 했기에 주위에 집도 없었고 새로 이사 온 동네에서 친구도 없이 부모님이 양계장과 집을 지으시는 동안 나는 혼자 물끄러미 그곳에서 놀았던 기억이 난다.

부모님은 늘 바쁘셨다. 손수 모든 것을 만드셨고, 몸으로 항상 일을 하시는 분들이었다. 그곳에서 나는 늘 혼자 놀아야 했다. 나의 유일한 친구는 작은 두 발 자전거. 유독 덩치도 작았고 키도 작았던 나를 위해 아빠가 용접을 하여 자전거 키를 낮춰주셨고 나는 그 작은 두 발 자전거를 타고 항상 혼자 놀았었다. 그리고 아빠의 막걸리 심부름을 늘 다녔었다.

술도 좋아하시고, 사람도 좋아하는 우리 아빠 덕분에 우리 집은 늘 사람들이 북적였고, 그 막걸리 심부름은 언제나 내 차지였다. 조그마한 다리로 열심히 자전거를 타고 슈퍼에 가서 검은 봉지에 막걸리를 담아 자전거 손잡이에 걸고, 왔던 길을 열심히 달려 막걸리 심부름을 하는 것이 나의 하루 일과에 늘 포함되어 있었다.

부모님은 항상 부지런하셨다. 지금도 아빠는 새벽 4시면 일어나 일을 하신다. 그때도 그러셨다. 전날 아무리 피곤했건, 술을 드셨건, 밤늦게까지 양계장 일을 하셨더라도 상관없었다. 언제나 새벽에 일어나 일을 하셨고, 한 번도 그 일이 힘들다고 푸념을 하시거나 내색을 하시지 않으셨다. 가장으로서 당연히 해야 하는 일인 양 묵묵히 본인의 일을 늘 열심히 하셨었다.

그런 아빠로 인해 엄마도 언제나 늘 몸으로 일을 하셨다. 아빠와 함께 양계장을 운영하기 위해 늘 바쁘셨고 집안일에, 양계장 일에 어느 것 하나 허투루 하시는 게 없으셨다. 집은 늘 깔끔했고, 양계장도 언제나 청결했다. 축사라고 해서 냄새가 난다거나, 지저분하다는 이야기를 들은 적이 없으셨고, 어디에 가시든 축사 냄새가 나는 법 없이 항상 언제나 정갈하고 청결하셨다.

나이가 들어 지금도 부모님을 생각하면 늘 마음 한구석이 아픈 이유는, 늘 언제나 그렇게 거짓 없이 과하다 싶을 정도로 정직하게 일만 하셨는데 우리 집 형편은 늘 어려웠다는 것이다. 어느 하루 요령을 피우신 날도 없었고, 대충 일하는 법이 없으신데 말이다. 사람들이 닭이나 계란을 항상 믿고 사갈 만큼 부모님은 그 일에 철두철미하셨었다. 늘 착실하게만 살아오셨지만, 하늘은 그런 부모님의 노력과 뜻을 다 알아주시지 않으셨다. 조금만 나아지려 하면 항상 부모님의 발목을 잡는 일이 생기곤 했었다.

몇 살 때였는지 정확하게 기억이 나진 않지만 어느 날 태풍이 불어 양계장이 날아간 적이 있었다. 양계장이 우리가 흔히 아는 비닐하우스처럼 그런 형식으로 뼈대는 파이프로 되어 있고 그 위를 덮어 지붕을 만든 구조인데, 태풍이 불었던 어느 날 양계장 한 동이 그대로 날아가 옆집 비닐하우스를 덮친 적이 있다. 그 당시에 양계장에 병아리들도 있었다. 그렇게 우리는 병아리도 잃었고 양계장도 잃었으며 옆집에 피해보상까지 해야 했었다. 하지만, 부모님은 좌절하지 않으셨다. 천재지변이니 어쩔 수 없는 거라며 또 힘을 내 다시 양계장을 세우고 늘 그래 왔던 것처럼 묵묵히 일을 하셨다. 하지만, 시련은 또 닥쳐왔다.

내가 열두 살이 되던 해 1월 말, 겨울 방학이 끝나기 3일 전의 일이었다. 추운 1월의 겨울, 아침 동이 트기도 전 누군가 황급히 지르는 소리를 들었다. "불이야, 불이야." 상황을 파악할 새도 없이 황급히 오빠와 나를 깨우는 아빠의 손에 이끌려 아빠 차에 올라탔다. 그리고 차에 올라탄 나와 오빠는 양계장을 빠져나온 공터에서 우리의 터전인 집과 양계장이 타들어가는 모습을 그저 바라보고만 있어야 했다.

차에서 절대 내리지 말라는 말을 남긴 채 아빠는 타오르는 불길 속에서 무언가 하나라도 더 꺼내기 위해 엄마와 안간힘을 쓰고 계셨고 무언가를 하기에는 너무도 어렸던 오빠와 나는, 아빠의 말을 들은 후 차 창문도 열지 않은 채 그저 불길에 휩싸여 우리 삶의 모든 것들이 타들어가는 모습을 바라보고 있었다.

얼마의 시간이 흘렀을까. 요란한 사이렌 소리와 함께 소방차가 도착했고 거세게 뿌려지는 물줄기 속에 너무도 뜨겁게 활활 타오르던 불길은 어느새 잠잠해졌고, 내 눈에 들어온 모습은 검게 타버리고 아무것도 남아 있지 않은 우리 집, 그리고 뜨거운 불길 속에 함께 사라져 버린 양계장, 그리고 처참하게 죽어 있던 닭들의 모습이었다.

그리 긴 세월을 살아온 건 아니지만, 그동안 수많은 일들을 겪어오며 엄마가 가장 힘들어했고, 슬퍼했으며, 무너져버린 모습을 보았던 게 아마 그때였던 것 같다. 화재가 진압되고 이웃집에 잠시 몸을 피한 후 보았던 엄마의 모습은 아직도 기억이 난다. 망연자실이라는 표현으로는 부족할 것이다. 삶의 터전과 생계수단을 하루아침에, 아니 몇 분 만에 모두 잃어버렸으니 말이다.

그 당시 우리 집에는 피아노가 있었다. 외곽에 있는 동네라 학원도 많지 않았으며 공부에 별다른 흥미도, 실력도 되지 않았던 나는 옆집에 살고 있는 친구와 함께 피아노 학원에 다녔었다. 그리고 그 친구네 집에 피아노가 들어오고 난 후 부모님께서 피아노를 사주셨었다. 내 방이 따로 있는 것도 아니었고, 그렇다고 피아노 실력이 좋은 것도 아니었다.

그래도 나는 그 피아노가 너무도 좋아 아빠가 TV를 보시건, 집에 손님이 오시건 상관없이 열심히 피아노를 두들겼다. 하지만 우리 집에 화재가 난 그날 이후 나는 피아노는 전혀 치지 않았다. 그리고 내 머릿속에서 악보를 보는 법마저도 지워버렸다.

그 이유는 딱 하나였다. 화재가 진압되고 나서 화재 속에서 급하게 꺼내 옆집 공터 밭에 있는 나의 피아노를 보았다. 그리고 아빠의 한마디를 들었다. "피아노를 사던 날 이걸 방에 넣을 때는 그렇게 가볍더니, 불이 나고 이걸 꺼내려고 하니 이게 왜 그렇게도 무겁기만 하던지…."라는 말씀이었다.

원래 피아노는 많이 무겁다. 피아노 뚜껑을 여는 것마저도 무겁게 느껴졌던 나였었다. 그런 내게 아빠의 그 말은 너무도 크고 무겁게 다가왔다. '만약 저 피아노가 아니었다면 우리 집에서 좀 더 소중하고 귀한 것들을 더 꺼낼 수 있지 않았을까.' 하고 말이다.

어른들이 화재 속에서 급하게 이것저것 하나라도 더 꺼내기 위해 뛰어다니시던 모습이, 화재가 진압된 후 초점을 잃은 눈으로 쓰러져 울고 계시던 엄마의 모습이 피아노와 오버랩되면서 나는 내 피아노가 원망스러웠다. 애물단지처럼 피아노가 느껴졌다. 그 후 나는 피아노를 다시는 치지 않았다.

화재 이후 피아노 학원을 그만두면서 치기 싫다는 핑계를 댔었지만, 나는 더 이상 피아노를 치는 것이 두렵기만 했고, 그 피아노를 칠 때마다 그 화재의 순간이 떠오르기만 했다. 그래서 나는 더 이상 피아노를 치지 않았고, 30년이 지난 지금 나는 피아노 악보조차 전혀 볼 줄 모른다. 그 후 몇 번의 이사에도 부모님은 그 피아노를 끝까지 함께 가지고 다니셨고, 지금은 사랑하는 우리 둘째 조카가 너무도 감사하게도 그 피아노를 잘 사용하고 있다.

다시는 피아노를 쳐다보기도 싫었다. 부모님에게는 그런 말을 단 한 번도 한 적이 없었고 내색하지 않았었지만 말이다. 나는 피아노만 보면 그날 그 순간이 자꾸만 떠오른다. 하지만 30년이 지나고 보니 이제는 그 피아노를 다시 배워보고 싶다는 생각이 든다. 어쩌면 피아노를 다시 치게 되는 그날이 온다면, 그땐 그 아픈 기억들이 떠오르지 않기를 바라며 말이다. 엎친 데 덮친다고 했던가. 화재가 나고 집도 없고 몸을 잠시 누일 곳도 없었다. 그래서 오빠와 나는 외할머니댁에 잠시 가서 학교를 다니기로 했고, 부모님은 양계장 한편에 머무를 수 있게 임시방편을 마련

하셨었다.

눈이라고는 구경조차 하기 힘든 대구에서 하필이면 그때 몇십 년 만에 폭설이라며 눈이 내렸다. 부모님은 집을 다시 지으려고 하셨으나 너무도 추웠고, 그때 마침 내린 눈 때문에 집을 지을 여력이 없으셨다. 그래서 부모님은 공사장에서 쉽게 볼 수 있는 컨테이너를 가지고 집을 만들기로 하셨다. 잠시 머무를 줄 알았던 그 컨테이너 집은 30년이 지난 아직도, 부모님이 이사를 가셔서도 현재까지 살고 계신다.

그날의 화재는 우리 바로 뒷집에서 난 화재가 우리 집으로 옮겨붙어 일어난 화재였다. 정확히 알지는 못하지만 별다른 보상을 받지는 못한 걸로 알고 있다. 당시 화재보험도 가입되어 있지 않았고 뒷집에서 보상 받은 금액도 얼마 되지 않았던 걸로 알고 있다. 우리는 삶의 터전과 생계를 한순간에 잃어버렸고, 그 모든 것을 다시 시작하기엔 너무나 큰 사건이었다.

이후로 아직도 엄마는 소방차 사이렌 소리를 들으면 가슴이 덜컥 내려앉는다고 하신다. 나는 살면서 그렇게까지 그날의 일이 오래도록 나에게 남아 있을 것이라고 생각하진 않았다. 하지만 시간이 지나오면서 보니 단순히 화재 장면을 목격했던 것이 나에게 상처이고 트라우마가 된 건 아니었다. 그날의 큰 사건을 겪을 당시에 나는 너무도 어렸고 나에게도 충격이었지만, 그게 충격이었다고 표현하지 못했으며, 그게 나에겐 힘든 일이었다는 걸 알지 못했기에 표현하지 못했다.

부모님이 너무도 힘들어 보이셨고, 너무도 추웠던 그 겨울 다시 우리가 함께 모여 살기 위해 터전을 만들어가는 그 과정이 너무도 힘겨웠기에 나는 힘들다는 걸 느낄 겨를이 없었던 것 같다. 그리고 그럴 마음적 여유도 없이 외할머니 집에서 어떻게든 학교에 다녀야 했고, 하루라도 빨리 우리 집에 다시 다 모여 살기를 바랐고, 얼마 되지 않아 시작된 새 학년에 적응하는 것이 더 시급한 문제로 다가왔던 것 같다.

천재지변은 계절을 가리지 않고 우리 집을 위협했다. 여름이면 몸보신을 하기 위해 삼계탕을 찾고 닭을 찾지만, 우리는 여름이면 여름대로 힘든 점이 많았다. 닭들은 깃털로 덮여 있다 보니 닭 자체에 열이 많다. 그런 닭들은 서로 뭉쳐 있는 습성이 있는데 여름에 날이 덥다 보니 서로 붙어 모여 앉아 있다 시간이 흐를수록 서로의 열로 인해 무더위로 닭들이 죽게 된다.

그래서 여름이면 항상 부모님은 수시로 양계장에 들어가 닭들이 서로 떨어질 수 있게 쉴 새 없이 왔다 갔다 하셔야 했고, 특히 대구와 아프리카를 합성해 '대프리카'라는 별칭이 붙을 만큼 무더운 대구였기에 여름이면 항상 양계장 지붕에 물을 뿌리고 양계장 통로 바닥에 물을 뿌려 열을 식혀야 했다.

하지만, 사람 인력으로 되지 않는 것이 자연이라고 했던가. 여름이면 매일 수십 마리의 닭이 죽어나가곤 했다. 그러면 부모님은 그 닭들을 잡아서 이웃에게 나눠주기 바쁘셨다. 이미 죽은 닭이기에 팔 수도 없다. 하지만 금방 죽은 닭들은 잡아서 먹을 수가 있기에 여름이면 수시로 양계장에 들어가서 닭들이 죽지 않게 하기 위해 애쓰셔야 했고, 죽은 닭을 한시라도 빨리 잡아 나눠주기 바쁘셨다.

그저 자연재해였다고 천재지변이었다고, 우리의 노력으로 어떻게 할 수 있는 일이 아니었다고 하기엔 나에겐 너무도 평범하지 않은 시절이었다. 그렇게 안정이 되어가기도 전에 IMF가 터졌고 사료값이 하늘 높은지 모르게 치솟았고, 우리 집은 그 어느 때도 편안한 날이 없었던 것 같다.

주위에서 나를 보면 그저 평범한 집안에 철없는 막내딸 같다는 소리를 많이 한다. 너무도 평범하지 않은 유년 시절이었기에 오히려 그 모든 상처와 아픔의 시간들을 지우고 싶었기에 나는 나를 포장하며 살았던 것은 아니었을까. 나 자신조차도 그 시간들을 기억하지 못하게 말이다.

이럴 거면 나를 왜 낳았어?

마음속에 있는 말을 제대로 표현할 줄 몰랐고, 내 감정을 똑바로 표현할 줄도 몰랐던 나는 오히려 다른 이들에게 그 마음을 감추고 숨기며 다른 방법으로 표현을 했던 것 같다. 괜히 좋으면서 싫은 척하며 투정 부리는 아이처럼 말이다.

나는 늘 변명이 많았고, 핑계가 많았고, 대꾸가 많았다. 하지만 세 살 위 오빠는 그렇지 않았다. 이 순간 바로 하지 않을지언정 아무 대꾸 없이 항상 "네."라는 대답을 먼저 하는 사람이었다.

오빠는 지금 역시 그렇다. 과묵하지만 본인 주장에 대해선 분명하게 말할 줄 알며, 절대 첫마디에 상대방 기분이 나쁠 말을 먼저 내뱉지 않는다. 아무리 상대가 싫다고 하더라도 첫마디에 상대가 기분 상할 법한 말투나 단어를 선택하지 않는다. 하지만 그럼에도 상대가 계속 비아냥거린다거나 나쁜 쪽으로 말하면 그때는 가차 없이 단칼에 매섭게 말을 하는, 조용하면서 강하고, 부드러워 보이지만 매서운 사람이다.

하지만 나는 이미 행동으로 하고 있으면서도 왜 이걸 해야 하는지, 하기 싫다는 표시를 다 내며 항상 말대답하고 말로 대꾸를 먼저 한다. 늘 왜 내가 해야 하냐고, 왜 나만 시키냐며 말대답을 하면서 이미 행동은 시킨 일을 다 하고 있다.

그래서였을까. 엄마는 오빠를 참 좋아하셨다. 여전히 지금도 그렇다. 지금은 아들과 딸에게 사랑 표현을 하는 방식이 달랐고, 사랑하는 법이 다르셨다고 이해하고 있지만, 그 이전에는 항상 비교당하고 오빠를 더 좋아한다고 생각했다.

나 역시 부모가 되어보니 엄마의 그 마음을 알 수 있을 것 같다. 똑같이 무언가를 시켜도 "네."라고 대답하는 아이와 "왜 나만 시켜."라고 말하는 자식 중 나 역시 "네."라고 대답하는 자식이 더 이쁘고 마음이 갈 것 같다. 하지만, 그렇게 비교를 당하는 입장에 있었던 나는 그게 늘 불만이었다.

오빠는 머리도 좋고, 공부도 잘했다. 본인이 조금만 노력하면 성적 정도는 금세 올릴 수 있는 그런 아이였다. 하지만 나는 그 반대였다. 죽어라 노력해야 그 중간쯤이라도 갈 수 있는 그런 아이였다. 그럼에도 나는 성격이 예민하기로는 둘째가라면 서러울 정도로 예민함이 극에 달하는 아이였다.

  시험 기간 발표가 나면 시름시름 아프다가 막상 시험 기간에 들어가면 위가 탈이 나서 병원에 가야 할 정도로 예민한 아이였다. 머리도 좋지 않은데 시험 기간이 되면 그렇게 예민해져서 아프니 성적이 잘 나올 리가 없지 않은가. 그러니 당연히 오빠가 더 예뻐 보였을 수도 있을 것이다.
  그리고 오빠가 장남인 만큼 엄마는 오빠에게 더 의지가 되었을 것이다. 나보다 엄마와 이야기도 더 잘 나누고 더 살가운 성격을 가진 사람이 오빠다. 조잘조잘 말을 많이 하지는 않지만 항상 무슨 일이 있으면 엄마와 의논하고 엄마에게 의견을 물어보는 듬직한 장남이고 아들이었다. 하지만, 나는 언제나 내 속의 말은 다 숨기고 내 속을 꺼내 보이지 않았다.
  왜 엄마와 가까워지지 못했는지는 잘 기억이 나지 않지만 내 기억 속에 엄마와의 사이가 가까워진 건 오히려 성인이 되고 나서부터였던 것 같다. 어릴 때는 오히려 아빠와 더 가까웠다. 운전을 많이 하셨던 아빠를 따라다녔고, 아빠가 양계장에서 일을 하실 때도 항상 아빠 뒤를 쫓아다녔다. 은연중에 엄마는 오빠를 더 좋아한다는 느낌이 있어서였는지는 아직 잘 모르겠다.
  어릴 적 내 기억에 엄마는 표현을 잘 하지 않으시는 분이셨고, 나와 대화도 많지 않으신 분이셨다. 그저 양계장과 집안일을 하시느라 바쁜 분이셨다. 그리고 내가 중학생 때엔 치킨점도 잠시 하셨던 터라 학창 시절 나는 엄마와의 기억이 별로 없다. 엄마가 치킨점을 그만두시고 난 어느 날 저녁식사를 하기 위해 이웃집에 가시기로 했는데 내가 학원에 갔다

오는 시간까지 기다렸다가 내 밥을 차려주고 가겠다며 기다리셨던 날이 아직 기억에 남아 있는 걸 보면 분명 엄마와는 그때 별로 사이가 가깝지 않았던 것 같다.

결정적으로 내가 엄마에게 거리감을 느꼈던 건 오빠가 가출했을 때의 일이다. 오빠는 중학교 시절 성적은 좋았지만 공부에는 별 관심이 없었다. 언제나 차에 관심이 많아서 자동차학과에 가고 싶어 했었다. 지금과는 시대가 많이 달랐기에 아무리 공부를 잘해도 공업계 고등학교에 간다는 건 공부를 못 해서 인문계 고등학교에 갈 성적이 안 되는 학생들이나 가는 학교라고 여겨질 시대였다. 그랬기에 상위권 성적을 유지하고 있던 오빠가 공업계 고등학교에 가는 건 있을 수 없는 일이었다.

중3 담임 선생님의 권유와 엄마의 회유로 오빠는 결국 인문계 고등학교를 갔고 역시나 적성에 맞지 않았다. 그래서 결국 오빠는 학교에서, 집에서 벗어나버렸다. 며칠째 연락도 오지 않은 채 어디서 무얼 하는지 알 길이 없었던 엄마는 절망에 빠지셨다. 우리 집에 화재가 났던 그날 이후로 많은 눈물을 흘리시는 모습을 보았다.

그 모습을 보면서 나는 함께 걱정하고 슬퍼하기보다는 '만약 내가 집을 나갔어도 엄마가 저렇게 슬퍼하고 걱정하실까.'라는 생각이 들었다. 그만큼 엄마는 항상 '우리 아들'이라는 말이 자연스러운 분이었고, 행동에서도 항상 오빠가 먼저였다. 엄마가 나에게 동생은 오빠에게 대들거나 덤비는 게 아니라고 하셨던 그 한마디에 나는 지금까지 오빠에게 한 번도 대들어본 적도 화를 내거나 진심으로 싸워본 적도 없는 것 같다.

그만큼 싸울 일을 오빠가 만들지도 않았을 뿐더러 나는 당연히 오빠에게 그러면 안 되는 거라고 생각했다. 그만큼 부모님은 오빠와 나 사이의 경계를 확실하게 만들어주셨고, '오빠는 오빠답게, 동생은 동생답게'를 늘 강조하셨었다. 그리고 화재가 난 이후 부모님은 늘 그런 말을 하셨었다. "만약에 아빠, 엄마에게 무슨 일이 생겨서 너희 둘만 남게 되면 오빠가 너에게 아빠이고, 엄마다."라고 말이다.

그 이후로 나는 더더욱 오빠에게 대들 수가 없었다. 화재 후 외할머니 집에 가서 지낼 때도 오빠는 부모님 대신이었고, 살아가며 무슨 일이 있을 때면 나에게 부모님 대신은 오빠라는 생각이 늘 있었고 그렇게 의지할 수 있도록 오빠 역시 항상 노력해주었으니 말이다.

그렇다고 하지만, 내가 느끼는 아들과 딸의 차별 같은 일은 늘 있어 왔다. 엄마에게 전화를 하면 오빠에게는 항상 '아들~'이라는 호칭이 먼저라면 나에게는 '왜~'라는 대답이 항상 먼저셨으니 말이다. 그래서 사춘기가 되어서 내가 참 많이 했던 말이 "오빠한테만 왜 맨날 '아들~ 아들~' 해, 나는 딸 아니야?"라는 말이었던 것 같다.

엄마는 항상 우리 둘을 다 사랑하셨겠지만 표현하는 방법에 따라 내가 느끼기에는 항상 오빠가 먼저였고, 엄마에게는 아들만 있는 것 같다고 느낄 때가 많았다. 오빠가 먹고 싶은 게 있다고 하면 그다음 날 바로 그 음식이 올라왔지만, 내가 먹고 싶다고 하는 것은 며칠 지나야 했거나 내가 잊을 때쯤 그 음식을 먹을 수 있었다. 똑같은 메뉴를 말해도 오빠가 말했을 때가 더 빨리 그 음식을 먹을 수가 있었다.

그래서 사춘기 때 어느 날, 엄마와 다투던 중 독기 품은 목소리로 대들며 그랬었다. "이럴 거면 왜 낳았어?"라고 말이다. 어떤 사건으로 그 말을 했는지 모르겠지만, 그 말을 했던 건 분명히 기억한다. 불효도 그런 불효가 없을 것이다. 어찌 부모에게 왜 낳았냐고 대들 수가 있겠냐 말이다.

만약 내가 우리 엄마였다면 "낳은 거 후회한다."라고 대답해주었을 것 같다. 어느 것 하나 오빠와 비교했을 때 잘하는 것도, 제대로 하는 것도 없었으며 부모님 말씀을 잘 들었던 것도 아니니 말이다. 성격 또한 오빠에 비해 많이 모나 있고 집안일도 오빠가 더 잘 도왔으니 나라도 오빠를 더 좋아했을 것 같은데, 어린 나이에 그땐 몰랐다.

그저 나만 비교당한다는 생각에 그런 모진 말을 내뱉었다. 하지만, 나는 성인이 되어서도 저 말을 내뱉었다. 성인이 되어서도 엄마는 오빠를 더 편애하고 좋아한다고 생각했다. 아니 어쩌면 지금도 그렇다고 생각하고 있는지도 모르겠다. 엄마가 오빠를 편애하고 좋아한다기보다 이제는 오빠에게, 장남에게 더 많이 의지한다는 생각을 한다. 아빠에게 의지하기보다 엄마는 오빠에게 많은 부분을 의지하셨다.

그래서 더 오빠를 편애하고 있다고 믿었는지도 모르겠다. 내가 스무 살이 되면서부터 단 하루도 빠지지 않고 엄마에게 전화했었다. 20세 때부터 집에서 나와서 지냈기에 매일 생존 확인 및 일과 보고 전화였고, 직장 생활을 할 때는 퇴근한다는 보고, 그리고 결혼 후에도 비슷했다.

요즘도 나는 매일 엄마와 통화를 한다. 그러면서 나는 엄마의 말 습관을 발견했다. 오빠에게서 전화가 오면 여전히 첫 말이 "아들~" 하시면서, 내가 전화했을 때에는 "왜?"라는 말로 시작한다는 걸 알았다. 그래서 이후에 왜 그렇게 차별하냐고 대들 듯 장난을 친 적도 있었다.

하지만, 성인이 되면서 나는 늘 엄마에게 그런 말을 했다. "나중에 나이 들어서 봐요, 분명 아들보다 딸이 더 좋다고 생각할 거니까. 나이 드셔서 아프면 아들에게 수발들라고 하겠어? 아님 딸에게 수발들라고 하겠어? 그때는 딸이 더 좋다고 해도 내가 싫다고 할 거야."라며 이제는 웃으며 농담도 건넨다.

하지만, 엄마 마음속에는 여전히 오빠가 1순위다. 그건 아마 평생이 지나도 변하지 않을 것 같다. 엄마는 내가 늘 아픈 손가락이라고 말씀하시지만 엄마 마음속에 든든한 의지자는 여전히 오빠이고 그건 영원히 바꿀 수 없는 자리일 것 같다.

마치 그 마음을 대변이라도 하듯, 엄마가 최근 큰 사고로 뇌를 다치시고, 외상을 크게 당하셨다. 그 누구도 제대로 알아보지 못하시지만, 오빠 목소리에는 반응을 하시고 웃으시기도 한다. 하지만 가족 그 누구도 서운해할 수가 없다. 그만큼 오빠가 언제나 엄마에게, 아빠에게 늘 잘 해왔던 걸 알고 있으니 말이다. 그렇기에 무의식 중에도 엄마에게 늘 지극정성이었던 오빠를 기억하고 계시는 게 아닐까.

되돌아 생각해보면, 비교당한다고 생각했던 그 마음은, 항상 부족하다고 생각한 나의 자격지심이었던 것 같다. 어쩌면 엄마가 오빠를 더 좋아했을 수도 있겠지만, 그보다 항상 엄마에게 다정하고 잘하던 오빠의 모습에 대한 질투와, 내가 항상 오빠보다 부족하다고 생각했던 내 마음에서부터 시작된 게 아니었을까….

*

4

대학교 가기 싫어요

나는 공부머리도 없을 뿐더러 어떠한 학문 쪽으로 하고 싶은 공부도 없었다. 꿈도 없었으며 목표도 없었다. 그랬기에 나에게 대학은 사치라고 생각했다. 고등학교 졸업하면 다음 코스가 대학교이니 가야 하는 그런 곳이었기에 더욱 가기가 싫었다. 사회에 나갔을 때 조금이라도 다른 이들보다 나은 조건으로 취직을 하기 위해 성적에 맞춰 억지로 가는 것도 싫었다.

나는 고등학교를 인문계 고등학교로 가지 못했다. 중3 시절, 고등학교 진로를 결정하는 마지막 시험에서 나는 정확하게 커트라인에 걸렸었다.

그때 우리 반에 나와 성적이 같은 학생이 두 명이 더 있었다. 한 명은 처음부터 목표가 실업계 고등학교였다. 그리고 나머지 한 명은 무조건 인문계 고등학교에 들어가야 한다고 했었다.

당시 나의 담임 선생님은 처음으로 중3을 맡은 분이셨고, 데이터로 나와 있는 성적으로 최대한 안전하게 지원을 넣으셨다. 그래서 나에게는 커트라인이니 실업계 고등학교로 지원하자고 하셨다. 인문계 고등학교를 고집했던 친구는 결국 인문계 고등학교로 갔고, 나는 선생님의 조언에 따라 실업계 고등학교로 진학을 하였다.

공부에 별 관심은 없었지만, 실업계 고등학교로 가니 나름 성적도 나쁘지 않았다. 1학년 때는 대구시 장학금도 받았으니 말이다. 그리고 실업계 고등학교 중에서도 나는 정보처리과로 컴퓨터 관련 수업이 많았다. 그때부터 인연을 맺은 컴퓨터로 고등학교 때 자격증을 몇 개 취득해두었었다.

그러나 그것 역시 내가 꼭 필요하겠다 하여 취득한 건 아니었다. 학창시절 나는 늘 그랬다. 특별하게 좋아하는 것도 없었으며 하고 싶은 것도 없었고, 하고자 하는 의욕도 없었다. 그렇게 고3이 되고 수능 시험은 보았지만 대학을 가고 싶다는 생각은 전혀 없었다. 뚜렷한 목표 의식 없이 가기엔 대학교라는 곳은 나에게 꼭 가야 하는 곳이거나 가보고 싶은 곳이 아니었다.

그래서 나는 대학수학능력시험(수능)을 친 후 취업을 하겠다는 명목하에 서울로 떠났다. 당시 친한 친구가 고3이 되면서 서울로 취업을 나간 상태였다. 그래서 서울로 취업을 나간 친구를 통해 함께 취업 자리를 알아본 후 나는 졸업과 함께 서울로 떠나버렸다.

표면적으로 보이는 모습은 그러했다. 대학 진학보다는 취업을 원해서 진로를 그렇게 정했다는 것. 하지만, 나의 속사정은 달랐다. 나는 사춘기를 겪었음에도 내가 사춘기를 겪는다는 걸 모르고 지나갔던 것 같다.

늘 착한 딸이어야 한다는 생각이 있었고, 학교에서도 늘 있는 듯 없는 듯 사고 치지 않고 정석대로 하라는 건 다 해야 불안하지 않았고, 하지 말라는 건 하지 않는 그런 학생이었다. 모범생은 아니었지만, 문제를 일으키는 학생도 아니었다. 그렇게 늘 조용하고 내성적인 성격이었고, 집에서도 그저 착한 딸이어야 한다는 생각에 사춘기가 왔음에도 내색을 하지 못했던 것 같다.

오빠의 방황 아닌 방황을 지켜보며 나는 집에서 부모님 곁에서 늘 한결같이 착한 딸이어야 한다고 생각했다. 그런 표현하지 못했던 사춘기 시절 감정을 내 나름대로 표현한 방법이 취업이라는 핑계로 집을 나가는 것이었다.

우리 집은 겉보기에 가족애가 넘치고 화기애애하며 화목한 가정은 아니었다. 부모님 모두 표현이 서툰 분이셨고, 아빠는 특히나 전형적인 가부장적인 경상도 가장이셨다. 밖에서는 유쾌하시고 성격 좋고 즐거운 분이시지만, 가족들에게 살갑게 대한다거나 표현이 있으신 분은 아니셨다. 늘 묵묵히 일을 하셨지만, 우리 집 일보다는 주변인들의 일을 부탁받으면 그 일이 우선이셨고, 사람들과 어울리는 걸 무척 좋아하셨던 분이다.

엄마는 말수도 적으시고, 늘 양계장 일과 집안일을 다 해내시고, 사람 좋아하는 아빠 덕에 늘 집으로 찾아오시는 분들 술상을 차리고 뚝딱뚝딱 음식을 해내시는 솜씨 좋으신 분이셨다. 집에 늘 매일 손님들로 북적였기에 우리 가족만의 시간을 따로 가지고 가족끼리 무언가를 한다거나 그런 시간은 나의 기억 속에는 거의 없었던 것 같다.

내가 집에서 벗어나고 싶다고 생각했던 건 고2 때였던가. 친구가 우리집에 와 있을 때의 일이다. 부모님이 이웃집에서 거하게 술을 드시고 오셨었다. 두 분 다 많이 취하셨었고, 두 분이 심하게 다투는 걸 보았다. 평소 말투도 워낙 두 분 다 목소리가 크시고 언성이 높으시다. 그래서 서로 이야기를 하는 것임에도 주변에서는 다투는 줄 아는 사람들이 많다.

하지만, 그날은 달랐다. 다투시는 정도가 좀 심각했었다. 그걸 친구와 함께 목격했다. 사춘기였고 그런 모습을 친구에게 보인다는 게 너무도 창피하기도 했고, 무섭기도 했다. 평소에도 워낙 두 분이 의견이 맞지 않으시면 언성이 올라가는 날이 많았다. 그저 두 분은 대화하는 것이었지만, 나에게는 그 자체만으로도 스트레스였고, 때로는 무서움으로 다가왔다.

늘 그 모습은 나만 지켜보았고 혼자서 울기도 많이 했다. 그 시절 옆에 없는 오빠가 때론 원망스럽기도 했으며, 오빠가 부럽기도 했었다. 그 때부터였을 것이다. 부모님이 다투시면 나는 그 상황을 빨리 종료시키기 위해 늘 입버릇처럼 내뱉는 말이 있었다. "이렇게 자꾸 싸우시려면 그냥 이혼하세요."라고 말이다. 그럼 당황하신 부모님의 싸움은 그 자리에서 종료되었다.

엄마는 어릴 적부터 그렇게 말하던 나에게 서운함과 원망을 자주 토로하시기도 한다. 그때 그렇게 이혼했더라면 너희는 어떻게 되었겠냐고 말

이다. 하지만, 엄마는 하나는 알고 하나는 모르신다. 그 모습을 다 지켜
보고 고스란히 받아내야 했던 딸의 고통을 말이다. 그 이후로 졸업을 하
면 무조건 나는 이 집에서 벗어나야겠다고 생각을 했다.

그날 본 부모님의 싸움 모습은 나에게 너무도 충격적이었고 아직도 기
억에 남을 만큼 강한 모습으로 남아 있다. 그래서 나는 졸업과 함께 취업
이라는 핑계로 대구에서 서울로 도망쳤다. 그렇게 도망쳐간 서울에서 생
각했던 일이 잘 풀리지 않았다. 친구가 그 당시 마사지를 배우며 취업을
한 상태였고, 나 역시 그쪽으로 관심이 있었기에 함께 취업하려고 했었
다.

하지만, 내가 하기엔 내 체력과 체구에 한계가 있었다. 하고 싶다고 해
서 할 수 있는 분야가 아니라는 걸 알고 방향을 전향했다. 고등학교 때
컴퓨터를 했으니 컴퓨터 관련 업무를 배워보자 하고 공부를 시작했다.
그 당시 홈페이지가 유행하기 시작했고, 포토샵, 일러스트레이터의 붐이
일어나고 있었다. 그래서 웹디자인 학원에 등록하고 배우기 시작했다.

그러던 중 엄마의 호출이 있었다. 나에게 무조건 대학을 가라는 말씀
을 하셨다. 고등학교를 졸업하고 군대를 다녀온 오빠가 무조건 대학을
가지 않겠다고 했다는 것이다. 본인이 하고자 하는 과가 없다며 돈만 쓰
러 대학을 가기 싫다는 게 이유였다. 나도 같은 이유였는데, 엄마의 뜻은
완강하셨다. 자식이라고 아들, 딸 둘밖에 없는데 둘 다 대학을 안 가면
어떻게 하냐는 것이었다.

근데, 왜 그게 나여야 했을까. 그래서 나는 또 한 번 집에서 벗어나기
로 했다. 서울에서 우연히 들은 입학설명회에서 나의 성적과 자격증이면

장학금을 받을 수 있을 거라는 말에 나는 속초에 있는 대학을 선택했다. 컴퓨터 전공으로 선택을 하고 나는 집에서 또다시 가장 먼 속초로 도망쳐버렸다.

당시 중앙고속도로가 생기기 전이라 대구에서 속초 학교가 있는 기숙사까지 가려면 8시간씩 걸렸다. 그래서 나는 학기 중에는 집에 오지 않아도 되었고, 그 2년이라는 대학 시절은 집에서 벗어나기 위해 선택한 도피처였으나 나에게 있어 평생 잊지 못할 시간이 되었다. 동기들보다 1년 늦게 들어갔지만 다행히 동갑내기 친구도 있었다.

나는 일명 A+팀이라고 불리며 나름의 학업에도 열중하였고 그 나이대에 즐길 수 있는 것들은 최대한 즐기며 대학 생활을 했던 것 같다. 갑자기 강의실과 강의시간이 변동되었었는데, 나와 함께 다녔던 나까지 포함한 4명만이 그 변동사항을 체크했었고, 변경된 강의실에는 우리 4명만이 제대로 찾아갔었다. 그래서 동기들이 붙여준 닉네임이었고, 우리 4명은 늘 항상 장학금을 받았었다.

나와 동갑인 친구 한 명과 동생들 두 명으로 구성된 우리 네 명은 항상 함께 다녔다. 동생들이 학업에 열정이 있는 친구들이었던 덕분에 나와 친구는 덩달아 공부를 하는 경향도 있었다. 동생들이 도와준 덕분에 쉽게 공부를 할 수 있는 부분도 있었으며 네 명이 마음이 잘 맞아 실습 준비를 할 때도 함께 밤을 새우며, 서로 아이디어를 주고받으며 서로 시너지 효과를 내었다.

학교가 속초에 위치해 있다 보니 주말에는 그 친구들과 함께 버스를 타고 김밥을 사서 설악산 입구에 소풍을 가기도 했으며, 여름이면 함께 속초해수욕장을 찾아 물놀이를 하기도 했었다. 학교 뒤로 보이는 설악산은 계절마다 경치가 절경을 이루었으며 날씨가 좋은 날은 기숙사 창밖으로 멀리 속초 바닷가도 보였었다. 그 경치와 더불어, 같은 또래의 친구들이 함께 기숙사에서 생활하는 것은 말로 다 표현하기 어려울 정도로 재미있고, 신나고 즐거운 일이었다.

기숙사 점오 시간이 지나고 나면 야식도 시키곤 했다. 엄연히 점오 시간이 지났기 때문에 사감실과 떨어진 뒤편의 방으로 가 목욕바구니에 줄을 달고 그 바구니에 돈을 넣어 내려보내면 배달 오신 분이 음식을 넣어주었고 그럼 그 줄을 당겨 음식을 받은 후 다 같이 모여 야식을 먹었다. 분명 사감실에서도 그렇게 야식을 시키는 걸 알고 있었을 것이다. 하지만 매번 눈감아주었고, 기숙사 밤의 묘미라고나 할까. 그 시간들은 너무도 즐겁고 신이 났었다.

그리고 나는 대학교 2년 동안 저녁이면 온라인 음악방송에서 CJ를 했었다. 어쩌면 그 경험이 내가 졸업 이후 직장 생활을 하는 데에 아주 큰 도움이 되었는지도 모르겠다. 매일 밤 음악을 선정하고, 음악을 틀고, 함께 모인 사람들과 채팅으로 이야기를 나누고, 멘트를 했던 그 경험들이 내가 13년이라는 시간 동안 콜센터에서 상담을 할 수 있었던 기초가 되어주었던 것 같다. 얼굴을 알지 못하는 사람과도 자연스레 이야기를 나누고, 이야기를 들어주고, 문제를 해결해주고 낯선 이를 만나 자연스레 이야기를 하는 것들이 어색하지 않았으니 말이다.

대학에 다니는 2년 동안 학업에 충실하며 성적도 우수하게 유지했으며, 기술사 생활을 하며 경험해보지 못했던 새로운 경험들도 많이 해보았다. 기숙사 내에서 여러 과의 사람들을 만나고 소통하며 내가 그동안 알지 못했던 세상에 대해 많은 이야기도 나누었고, 속초라는 아름다운 도시에서 가까운 곳에서도 멋진 풍경을 만날 수 있었다.

최선을 다해 공부했으며, 열심히 사랑했고, 사랑받았으며, 원 없이 놀아도 보았다. 그 2년이라는 시간이 너무 짧아 1년만 더 대학 생활을 했으면 좋겠다고 할 정도로 후회 없이 나는 그 시간들을 보냈다. 20여 년이 지난 지금도 그 시절이 가장 그리운 걸 보면 내 삶에 있어 가장 뜨겁고 아름다웠던 시절이었나 보다.

졸업 후 삶에 지칠 때면 어김없이 내 입에서 "속초 가고 싶다."라는 말이 절로 나온 걸 보면 그 청춘이 그리운 것인지, 그 시절 내가 열정적으로 누렸던 그 시간들이 그리운 것인지는 잘 모르겠지만, 분명한 건 그 순간들이 내 삶에서 너무도 소중하고 귀한 시간들이었다는 점이다. 시간이 흘러감에 그때의 기억이 추억이 하나씩 지워져버린다는 게 아쉬울 정도로 말이다.

그 당시 그 학교에는 강원도권 학생들과 수도권 학생들이 많았다. 그래서 금요일 오후면 학교에서 서울로 가는 버스가 있을 정도로 수도권 학생들이 많았다. 내가 졸업을 하면서 대구로 바로 내려와 아쉽게도 지금은 연락이 닿는 동기가 아무도 없다. 그리고 한 번쯤 학교에 다시 가보고 싶다는 생각에 찾아보았더니 몇 년 전 내가 다녔던 학교가 폐교가 되었다는 걸 뒤늦게 알게 되었다.

전문대학교인 데다 속초라는 지역적인 이유에서인지 학생들 모집이 되지 않았고, 결국은 폐교가 되었다는 사실을 알게 되었다. 문득문득 그때의 동기들이 자주 떠오른다. 언제고 한 번쯤은 그 동기들을 다시 만나고 싶다는 생각이 종종 든다. 과연 그 동기들은 나를 기억하고 있을까? 기억하고 있다면 어떤 사람으로 기억할까?

내게는 그때의 안 좋았던 기억들은 다 사라진 채 즐거웠던 기억들, 행복했던 기억들만 남아 있는데 말이다. 그래서 언제고 꼭 그 동기들을 다시 한번 보고 싶다. 이왕이면 우리의 추억이 있는 속초에서 말이다. 그날이 언제고 다시 올 수 있을 거라는 희망을 꿈꿔본다.

어떻게든 가지 않으려 이유를 찾았던 대학교였지만, 우연히 듣게 된 입학설명회와 떠밀리듯 도망쳐 갔던 대학교였지만, 지금까지 살아오며 내가 가장 열정적이었고 행복했던 감사했던 그 시간들이 나는 종종, 아주 자주 떠오른다.

*

5

아프기 전에는 몰랐던 것들

어릴 때부터 나는 편식이 심했다. 낯선 음식은 일단 먹지 않았고, 가리는 것도 많았다. 그중 제일 심하게 가리는 음식이 나물 종류와 김치다. 한국 사람이 김치를 안 먹다니 말이 되냐고 하지만, 나는 말이 된다.

라면을 먹을 때 왜 김치가 필요한지, 짜장면을 먹을 때 왜 단무지가 필요한지, 피자를 먹을 때 왜 피클이 필요한지 모른다. 왜냐하면 그런 음식을 먹을 때 느끼함이 느껴지지 않기 때문이다. 나물 종류는 못 먹는 것은 아니나 일부러 내가 찾아 먹지도 않을 뿐더러 여러 반찬이 있을 때 굳이 먹지는 않는다.

나는 이혼했지만 작가가 되었습니다

하지만, 김치는 못 먹는다고 표현하는 게 맞을 것 같다. 어릴 적 내 기억에 깍두기를 억지로 먹다가 토하고 고생했던 기억이 있다. 그 이후로 나는 김치 냄새도 싫어하고 아예 먹지를 못했다. 김치 양념이라도 아주 조금 묻어서 내 입에 들어가기라도 하면 헛구역질을 바로 할 정도로 아주 미세한 것조차 알아차릴 정도로 김치에는 예민하다.

그래도 유일하게 겉절이는 먹을 수 있다. 배추에 금방 양념을 버무렸을 때에는 김치 특유의 발효 냄새가 나지 않기 때문에 그때는 먹을 수 있다. 하지만, 하루라도 지나고 나면 나는 김치를 먹지 못한다. 그래도 지금은 좀 많이 나아져서 김치볶음밥은 먹을 수 있다.

그만큼 음식 편식이 심한 나는 어릴 때 치즈, 요플레 같은 종류도 못 먹었으며 오로지 흰 우유만 먹었었다.

그런 딸 덕분에 가장 고생하는 건 엄마셨다. 김치 양념이 묻은 젓가락으로 다른 반찬에 닿은 후 그 반찬을 내가 먹기라도 하면 바로 토하기 일쑤니 억지로 먹일 수도 없어 그냥 포기하고 맞춰주셨다. 그래서 학창 시절 내 도시락 반찬은 항상 인기 만점이었다. 김치를 싸 간 적이 단 한 번도 없을 뿐더러 도시락 반찬으로 인기가 좋은 소시지, 햄, 어묵 등이 기본 반찬이었으며 양계장을 한 덕분에 집에 닭이 항상 있었기에 닭의 살만 발라서 볶아서 자주 넣어주셨었다. 그래서 내 도시락 반찬은 항상 인기였다.

하지만 입이 짧고 편식이 심하였고 그땐 많이 먹지도 않았었다. 그래서 늘 물에 밥을 말아 대충 몇 숟가락 뜨면 나의 식사는 끝이었다. 그래서 내가 초등학교 시절 월요일이면 항상 운동장 조회가 있었고 무더웠던 어느 날 운동장에서 쓰러졌던 일도 있었다. 이런 이야기야 흔히 주위에서 들을 수 있는 이야기이니 이 정도로 건강이 내 인생에 어떠한 영향을 미쳤다고 이야기하기는 어려울 것이다. 결정적인 순간은 대학 2학년 여름방학 때였다.

22세 되던 해 대학 여름방학 중 어느 날, 방학을 맞아 집에 내려왔었고 잠에서 일어났는데 갑자기 움직일 수가 없었다. 일어나면서 어떠한 동작을 한 것도 아니었는데 허리에 통증이 느껴지면서 앉을 수도 누울 수도 없었다. 그날은 정말 꼼짝도 할 수가 없어 이불을 여러 겹 쌓아 올려 기댄 채 밤을 꼬박 지새운 채 다음 날 정형외과로 갔다.

X-ray 촬영을 한 후 허리디스크 초기 증상인 것 같다고 했었다. 그리고 물리치료를 받고 집으로 왔다. 그때는 그냥 그런 줄 알았다. 나이도 어렸고 허리디스크에 대해 크게 생각하지 않았다. 특별한 계기가 있었던 것도 아니었으며 그냥 자고 일어났는데 갑자기 통증이 있었던 거라 그저 그러려니 하고 처방받은 약을 먹고 집에서 쉬었더니 극심한 통증은 사라지는 듯했다. 그리고 방학 동안 물리치료를 받고 나는 2학기 개학을 맞아 학교로 돌아갔다.

2학년 2학기는 거의 모두 실습 위주로 수업이 진행되었다. 인터넷 웹 디자인 관련 과정들로 이루어진 과이다 보니 거의 모든 수업들이 컴퓨터 실습 과정이었고 과제나 시험이 모두 컴퓨터 작업들이었다. 그래서 2학년 학기 내내 거의 컴퓨터 앞에서 살았던 것 같다.

2학기 때뿐만 아니라 나는 대학 생활을 하는 내내 컴퓨터와 붙어살았었다. 수업시간에는 교과 과정 때문에 컴퓨터 앞에 있었으며, 수업이 끝이 난 후에는 과제를 할 때도, 밤이 되면 음악방송 CJ를 하기 위해 밤새 컴퓨터 앞에 있었다. 그렇게 학기 중에도 계속 허리 통증이 지속되면서 상태의 심각성을 조금씩 더 느끼기 시작했다. 그래서 졸업과 함께 나는 서울로 취업을 가지 않고 다시 대구로 내려와야만 했다.

그리고 유명하다는 병원은 모두 찾아다닌 것 같다. 그 당시 표현으로는 뼈 주사라고 하는 통증 주사도 맞아보았고, 침, 도수치료, 추나치료, 교정치료 안 받아본 치료가 없는 것 같다. 그렇게 1년쯤 치료를 받았을 때쯤이었을까. 오빠가 근무 중 허리를 다치게 되면서 MRI(자기 공명 영상법: Magnetic Resonance Imaging) 촬영을 하게 되어 같이 검사를 받기로 했다. 그땐 그저 아무 생각이 없었다. 오래 아팠고 그냥 검사를 해보자고 하니 검사를 한다고 생각했다.

하지만 검사 결과는 생각 이상으로 심각했다. 영상 판독하시는 분께서 하루라도 빨리 대학병원(상급종합병원)으로 가서 진료를 받아보라고 하셨다. 나는 그저 의아하기만 했다. 크게 불편함을 못 느끼고 있었으니 말이다. 아프기는 했지만 정기적으로 주사를 맞으며 버틸 만하다고 생각하고 있었다.

다음 날 엄마, 오빠와 함께 바로 대학병원으로 진료를 갔다. MRI 결과를 보신 교수님의 첫마디가 아직도 기억이 난다. "원래 통증을 잘 참는 편이에요? 아니면 둔한 건예요? 이 정도면 통증 때문에 걷기도 힘들 텐데?"라고 하셨다. 그때서야 심각성이 느껴지기 시작했다. 1년 동안 아파

오면서 아마 통증에 무뎌져 있었나 보다. 그리고 교수님께서 당장 수술 날짜를 잡자고 하셨다.

원래 하루에 두 건의 수술은 하지 않는데 우리는 남매니 같은 날 수술을 해주겠다고 하시면서 나는 오전, 그리고 오빠는 오후 일정으로 수술을 하자고 하셨다. 같은 날 남매가 수술실을 들어가는 건 처음이라면서 말이다. 그게 내 인생의 첫 수술이었다. 입원하고 자정 12시부터 금식을 하고 컨디션 조절을 위해 수면제를 먹으라고 해서 먹었다.

근데, 잠이 오지 않았다. 야행성에 특히나 예민한 성격의 나로서는 잠이 올 리가 없다. 그렇게 밤을 꼬박 지새우고 아침이 되었다. 교수님의 오전 회진 후 간호사께서 알 수 없는 수많은 주사를 가지고 오셨다. 속이 불편할 수 있다는 말과 정체 모를 여러 개의 주사약이 나의 혈관을 타고 들어갔고 나는 침대에 누워 수술 대기실로 옮겨졌다.

수술 대기실은 너무도 추웠다. 긴장감에 나는 더 떨고 있었고 그 떨림에 치아가 부딪혀 덜덜덜 떨며 울고 있었다. 무서움인지 긴장감인지 알 수는 없지만 그렇게 나는 스물세 살, 10월의 마지막 날 수술실에 들어갔고 10부터 거꾸로 세기 시작해서 5쯤 세었을까. 잠시 눈을 감았던 것 같은데 나는 울면서 깨어났다.

MRI 영상에서 보았던 것보다 상태가 심각하여 예상 시간보다 수술 시간이 길어졌다고 했다. 그래서 다리에 혈전이 많이 뭉치면서 허리보다 다리 통증이 더 심해서 울면서 깨어난 것이다. 나는 울고 있고, 엄마는 오빠 수술실을 왔다 갔다 하며 안절부절 못하셨다. 나와는 달리 오빠는 빨리 수술이 끝이 났다. 오빠는 4일 만에 퇴원했지만, 나는 수술 후 목소리도 완전히 가벼려 나오지 않았으며, 다리 혈전이 뭉치고 통증으로 인해 같이 퇴원을 하지 못하고 며칠 더 입원하였다.

당시에도 우리는 양계장을 하고 있었기에 엄마는 수술 날만 병원에 계셨었고 나머지는 모두 혼자 있었다. 그렇게 퇴원 후 6개월간의 요양 기간 후 나는 취직을 하게 되었고 그때부터 콜센터에서 총 13년간 상담을 하였다. 그래도 수술을 한 후에 다시 재발했다고 느낄 만큼의 통증은 없었다. 요즘은 의술도 너무도 좋아졌고 비수술 치료법이 너무도 많이 생겼지만, 그 당시에는 보편적으로 수술을 하느냐, 하지 않느냐로 거의 결정되던 때였다.

그래서 누군가 나에게 디스크 수술에 대해 물어오면 나는 항상 늘 수술을 한 것에 대해 너무 만족한다고 대답했었다. 사람에 따라 상황이 다르기 때문에 수술을 권유하지는 못하지만, 나의 경우에는 1년간의 치료에도 상태가 계속 악화되고 있었기에 수술 후에는 너무도 자유로워졌으며 통증이 전혀 없었기에 너무 행복하다고 말하고 다녔다.

하지만, 어느샌가 나도 모르게 생활 속 모든 것에 한 걸음씩 물러서고 있음을 알 수 있었다. 스포츠 활동에서는 늘 허리를 이유로 참여하지 않았고, 취미 같은 경우도 스포츠 관련은 하지 않았다. 무거운 물건은 당연히 들지 않았으며 1시간 이상 걸리는 장거리 여행은 전혀 생각해본 적이 없는 것 같다. 수술 이전부터 내 무의식이 그런 것들을 피해오다 보니 수술 후에도 자연스레 내 생활 속에서 그런 것들을 모두 배제하고 생각한 것 같다. 그렇게 변변한 취미 생활도 여행 한 번도 제대로 하지 않은 채 20대를 흘려보낸 후 10년 후 나는 다시 허리 디스크가 재발되었다.

결혼하였고 임신을 하였다. 임신 중 아이가 건강이 좋지 않기 시작했고 양수과다증이 왔다. 원래도 좋지 않던 허리가 양수 과다로 몇 달을 버티다 보니 허리의 부담이 더 심해지기 시작했다. 그리고 양수가 터지면서 3일 동안 진통을 하면서 허리 통증이 극에 달하기 시작했다. 정확하게 말하자면, 허리디스크 재발한 건 출산 이후라고 할 수 있다.

아이가 신생아 중환자실에 들어가면서 부모님 댁에서 병원까지 1시간이 넘게 걸리는 거리를 산모인 나는 아빠 트럭을 타고 매일 면회를 다녔다. 그렇게 43일 후 아이가 퇴원했지만 2주 후 또다시 한 달을 입원을 했다. 그때 한 달간 병간호하면서 처음부터 몸조리를 못 했던 나는 아이와 함께 병원 생활을 하며 산후풍이 오게 되었고, 완전히 몸이 망가졌고 허리디스크 재발까지 함께 와버렸다.

아픈 아이의 수없이 반복되는 입원과 퇴원, 병원 생활과 아픈 아이를 키우며 유독 예민하기까지 한 나로서 아이를 더 유난스럽게 키웠다. 그러니 어찌 내가 안 아플 수가 있었을까. 그렇게 자의 반 타의 반 내 몸은 점점 더 망가져가고 있었고 37세가 되던 해, 2017년 10월 10일이었다.

추석 연휴가 끝이 나고 그다음 날 아이를 어린이집에 등원을 시키고 허리가 너무 아파 병원에 진료를 받기 위해서 집에서 나서던 길이었다. 우리 집은 주택 2층이다. 2층 계단에서 다 내려온 후 1층 마당에서 순간적으로 '악' 소리를 지르며 쓰러졌다. 지금도 그 순간을 생각하면 아찔할 정도다. 만약 계단에서 통증이 왔더라면 더 큰 사고로 이어졌을 것이다.

몸을 움직일 수가 없었다. 다행히 휴대폰이 바로 옆에 떨어졌다. 그 순간 나는 오로지 엄마밖에 생각나지 않았다. 울며 엄마에게 전화를 걸었다. 상황 설명을 하고 전화를 끊고 난 후 엄마가 다시 전화해 119에 전화를 하라고 하셨다.

그제야 119가 생각났다. 부모님 댁에서 우리 집까지 오려면 1시간 정도 걸리기 때문에 1시간을 꼼짝도 못 하고 있을 수는 없으니 119를 불러 우선 병원에 가라고 하셨다. 울며 119에 전화를 해서 상황 설명을 하고 기다렸다. 대문 밖에서 나를 부르는 소리가 들렸다. 고개조차 돌릴 수 없을 만큼 움직일 수 없었으니 어떻게 열고 들어오셨는지는 모르겠지만 대문을 따고 들어오셨다. 그리고 들것에 실려 나는 병원으로 옮겨졌다.

이미 수술 이력이 있기에 이전 수술을 받았던 병원으로 이송되어야 하나 아주 저속으로 과속방지턱을 넘을 때조차 극심한 통증으로 소리를 질러대고 있었기에 집과 가장 가까운 병원으로 우선 이송되었다. 그리고 응급실에서 우선 응급처치를 받고 있을 때 부모님이 도착하셨다. 그리고 MRI 촬영에 들어갔다.

임신 때부터 시작하여 통증이 다시 시작된 지 5년 정도 되었기에 당연히 재발이 되었을 거란 건 알고 있었다. 하지만 그전에는 통증 주사 한 번이면 몇 달을 버틸 수 있을 정도였기에 이번에도 그리 심각하게 생각하지 않고 있었으나 갑작스레 쓰러지고 만 것이다. MRI 판독 결과 입원이 필요하였고 이미 수술 이력이 있기에 시술을 우선 하자고 하셨다.

23세 때 수술하면서 척추 4번, 5번의 왼쪽 디스크의 돌출된 부분을 절단했었다. 이번에는 동일한 자리에 오른쪽이라고 했다. 꼬리뼈 부위에 관을 꽂아 약물을 투여 신경을 마비시키는 신경성형술이라는 시술을 하기로 했다. 전신마취는 아니었지만 수술실에 들어가 부분마취를 하고 시술을 하고 2주간 입원한 상태로 경과를 지켜보았다. 그러나 전혀 차도가 없었다.

처음 쓰러져 병원에 실려 왔을 때에는 움직일 수도 없었지만 2주가 지난 후에는 혼자서 움직일 수는 있을 정도가 되었으나 통증 부위와 통증의 강도는 비슷했다. 시술로도 전혀 차도가 없으니 추가 수술이 필요하겠다는 결론이 내려졌고 2차 수술이니 이전 수술을 받은 병원에서 수술을 받기를 권유받았다. 그래서 1차 수술을 받았던 병원으로 가 진료를 우선 받았다.

1차 수술을 받았던 교수님은 계시지 않았기에 현재 최대한 수술을 하지 않고 시술로 치료하고 계시다는 교수님으로 추천을 받아 진료를 보았다. 이미 시술을 받은 상태이니 약물과 추가 시술로 치료를 해보자고 하셨다. 그리고 세 번의 시술을 더 받았다. 하지만 통증의 강도만 조금 줄어들 뿐 달라진 점이 전혀 없었다. 허리와 좌골신경, 고관절, 종아리까지, 오른쪽 허리부터 다리 전체에 잠도 이루지 못할 정도의 통증이 느껴졌다.

병원에 가면 항상 통증의 강도를 제일 아픈 정도를 10을 기준으로 본인이 느끼는 강도를 표현해보라고 한다. 그 당시 내가 느끼는 강도를 나는 8 정도라고 대답했다. 그리고 결국 다시 재수술이 결정되었다. 그때가 내 나이 37세 11월 28일이었다.

두 번째는 좀 쉬울 줄 알았다. 이미 겪어봤으니까, 어떤 수술인지 알고 있으니까 조금은 마음이 편할 줄 알았다. 하지만 이미 겪어봐서일까. 더 떨리고 더 두려웠다. 디스크 수술은 수술에 들어가지도 않는다며 금방 끝난다며 담당 교수님께서 그렇게 말씀하셨지만, 나는 너무 두려웠다.

척추 디스크는 신경외과에 들어가지만 나의 진료 담당 교수님은 정형외과 교수님인데 척추질환을 담당하고 계셨다. 그래서 내가 입원한 병실이 정형외과 환자들이 입원한 병실이었고, 거의 대부분이 무릎 수술을 하신 어르신들이었다. 그랬기에 그분들에 비하면 나는 너무도 젊었고 무릎 수술에 비하면 디스크 수술은 너무도 간단한 수술이었다.

그래도 나는 무서웠다. 이번에도 엄마는 수술 날 오지 못하셨다. 그래서 이번에는 오빠가 수술 날 함께 해주었다. 한 번 해보았으니 별 걱정하지 않는다는 표정을 서로 나누며 수술실로 들어갔다. 하지만 여전히 수술 대기실은 너무도 싸늘하고 추웠으며 나는 무섭고 두려웠다.

이번에도 수술실에서 10부터 거꾸로 새기 시작했고 5 정도까지 세었을까. 기억이 없다. 그리고 눈을 뜨니 병실이었다. 이번에는 지난번보다 통증이 덜했다. 다행히 다리에 혈전이 생기지 않았다. 지난번보다 수술 시간도 적게 걸렸고 수술 경과도 좋다고 했다. 나는 유독 혈관도 잘 안 보이고 약하다. 그래서 혈관 찾기도 힘들 뿐더러 바늘을 찌르면 금방 잘 터져버린다. 혈관이 가늘어서 바늘도 제일 얇은 걸로 찔러야 한다.

입원해서 링거를 맞을 때 제일 얇은 바늘을 꽂아두었다가 수술용 바늘은 굵은 걸 꽂아야 한다고 해서 기존 바늘은 살려두고 수술용 바늘을 어렵게 꽂았다. 근데 수술을 끝내고 나오니 두 곳이 모두 다 막혀버린 것이다. 진통제를 맞기 위해서는 다시 꽂아야 하는데 혈관이 문제였다. 그때 마침 오시기 힘들다던 엄마가 오셨다. 평소 내가 혈관이 없어서 여러 번

찔러야 한다는 걸 나에게 전해 들어 알고는 계셨지만 실제로 한 번도 본 적은 없으셨는데 그날 실제로 옆에서 보시고는 난리가 나셨다.

그럴 법도 하셨던 것이 무려 13번을 찔렀다. 팔, 손등, 발등, 복숭아뼈 옆까지. 찌를 수 있는 곳이라고는 모두 시도했으나 실패였다. 참다 참다 엄마가 소리를 지르셨다. 평소 바늘 공포증도 있는 데다 엄마까지 계시니 나는 더더욱 아프다고 할 수도 없었고 아파도 울 수도 없었다. 이를 악물고 악착같이 버티고 있었다. 그 모습을 보시고는 더 화가 나셨던 것 같다.

그렇게 찌르고 찔러 결국 찾은 곳이 두 번째 손가락 첫 번째 마디 옆 혈관이었고 거기에 꽂았다. 그것도 잠시, 반나절 만에 막혀버렸다. 다행히 진통제 외에 더 이상 맞을 주사는 없었으며 먹는 약으로 대체가 가능한 상태였기에 엉덩이 주사로 진통제는 대체하고 더 이상 혈관 주사는 맞지 않기로 했다. 어쩌면 수술보다 나에겐 혈관을 찾는 게 더 힘든 여정이었는지도 모르겠다.

그렇게 나는 척추 4번, 5번 왼쪽과 오른쪽 디스크를 모두 절제를 하게 되었고 그렇게 표면적으로는 나아지고 있었으나 실제로는 점점 건강을 잃어가고 있었다. 수술은 하였지만 여전히 통증은 가시지 않았다. 제일 심각했던 것이 좌골신경의 압박이었는데 그 통증이 사라지지 않는 것이다. 그래서 수술 후에도 두 번의 시술을 더 받았다. 하지만 효과가 없었다. 그래서 먹는 약을 쓸 수 있는 최대치로 쓰고 일단 경과를 지켜보기로 했다.

뭐가 문제였을까. 그렇게 많은 시술을 하고 수술도 두 번이나 하였는데 왜 전혀 차도가 없을까. 이제 할 수 있는 건 약을 먹는 것밖에 없었다.

약을 먹고 물리치료를 다니고 통증 주사를 맞고, 말 그대로 하루하루를 버텨나가고 있었다. 통증이 완전히 사라졌다고 할 수는 없었지만 조금씩 미세하게 줄어들고 있었다. 눈에 띄게 줄어들었다고 할 수는 없었지만 조금씩 통증이 줄어들고 있다는 건 알 수 있었다. 그래서 나는 수술 후 6 개월 후에 다시 직장에 복귀했다.

내가 취직을 해서 돈을 벌어야 하는 상황이었기에 마냥 놀 수는 없었다. 나는 다시 콜센터에 취직을 했고 중간중간 잠깐씩 쉬기도 하였지만 2 년 가까이 근무를 하였다. 그렇게 2년을 근무했을 때쯤 또다시 갑작스레 허리에 통증이 오기 시작했다. 수술 후 처음으로 다시 MRI 촬영을 하였고, 교수님의 말씀은 듣고도 도저히 믿을 수가 없었다.

"또 재발했습니다. 이번에는 상태가 좀 심각합니다. 나이가 젊으셔서 지난번에도 수술을 안 하고 최대한 시술로 치료를 하려고 했던 건데 지금은 더 이상 할 수 있는 치료가 없습니다. 인공 디스크 삽입하는 것 외엔 방법이 없습니다." 이게 무슨 말일까. 인공 디스크라니, 상상도 해보지 못한 상황이었다. 내 나이에 인공 디스크라니 말이다.

담당 교수님께서 다시 설명을 이어가셨다.

"2년 전에도 이미 인공 디스크를 삽입해야 하는 상황이었는데 나이가 젊으시니 최대한 피해서 돌출된 디스크를 절단하는 수술을 했던 겁니다. 이미 2년 전에도 상황이 많이 좋지 않았습니다. 23세 때 4번, 5번 왼쪽 디스크 절단을 한 상태이고, 2년 전에 동일한 4번, 5번 오른쪽 디스크 절단을 한 상태이다 보니 그 부위에 남아 있는 디스크가 없어서 퇴행성 협착증이 온 상태입니다. 그리고 그 아래 부위인 5번, 6번이 2년 전에도 디스크가 돌출된 상태였는데 지금은 더 많이 진행된 상태입니다. 그래서 지금 상태로는 두 부위에 인공 디스크 두 개를 삽입해야 합니다."

어떻게 해야 할까, 아무 생각도 들지 않았다. 당장 뭐라고 대답할 수 있는 문제가 아니었다. 생각할 시간과 의논이 필요한 문제였다. 그래서 다시 진료를 보겠다고 하고 진료실을 나왔다. 진료실 앞 대기실 의자에 앉았다. TV 드라마나 영화에 보면 주인공은 가만히 있고 주위 사람들만 빨리 스쳐 움직이며 지나가는 장면들이 나온다. 마치 내가 그런 것 같았다.

주위는 시끄럽고 사람들은 바삐 갈 곳으로 움직이고 어수선했다. 하지만 나는 아무 생각도 나지 않았다. 그저 눈물만 계속 났다. 아무리 멈추려고 해도 멈추어지지 않았다. 울음소리도 나지 않았고 그저 뚝뚝 눈물만 계속 흘렀다. 그리고 계속 내 머릿속에는 같은 말만 맴돌았다. '왜? 또? 왜 나야? 내 팔자는 왜 이래? 왜 나만 이래?' 계속 같은 생각만 맴돌며 눈물만 계속 흘러내렸다.

그 이야기를 들었던 그날 이후로 나는 병원에만 가면 혹여 또 심각한 이야기를 들을까 하는 두려운 마음에 공황장애 증상이 찾아오곤 한다.

얼마나 시간이 흘렀을까. 한참을 울다가 병원을 나섰다. 그리고 엄마에게 전화를 했다. 상황 설명을 드렸고 일단 생각을 해보겠다고 하고 전화를 끊었다. 또 눈물이 흘렀다. 어디 하소연할 곳도 없었다. 그리고 다음 날 회사에 가서 상황을 설명하고 퇴사 요청을 했다. 그때 내 나이 39세, 10월이었다.

그리고 2년이 흘렀다. 인공 디스크 삽입은 우선 미룬 상태이다. 현재 내 나이와 뼈에 맞추어 인공 디스크를 삽입을 하게 되는데, 나이가 들수록 뼈와 관절 모두 노화가 진행되면서 인공 디스크는 지금 내 나이에 맞춘 사이즈로 유지가 되기 때문에 다른 곳에 모두 디스크가 또 올 것이라고 했다. 그렇기 때문에 인공 디스크는 최대한 늦게 연세가 있으신 어르신들에게만 권유한다고 했다. 그래서 2차 수술을 할 때도 원래는 인공 디스크를 넣어야 하는 몸 상태였으나 디스크 절단을 하는 방법을 선택했다고 하셨었다.

그래서 나는 2년이 지난 지금 여전히 제일 높은 강도의 약을 매일 먹고 있으며 인공 디스크 삽입은 하지 않은 상태이다. 여전히 매일 통증을 느끼고 있으며 통증으로 하루를 시작하고 통증으로 잠이 든다. 단 하루라도 통증 없이 잠들어보는 게 소원일 정도로 편하게 잠자리에 들어본 게 언제인지 기억이 나지 않을 정도이다.

지금 내 몸은 허리 디스크와 퇴행성 협착증을 같이 겪고 있는 중이다. 디스크는 앞으로 숙이면 통증이 있는 것이고, 협착증은 뒤로 젖히면 통증이 있는 질환이다. 그래서 나는 정자세로 꼿꼿이 있어야 가장 통증이 적다. 22세에 처음 발병되어 내 삶의 반을 통증과 함께 했다. 그렇기에 모든 생각들의 끝에는 허리 때문에 안 된다, 못 한다는 생각과 선택들이 따라다녔다. 그래서 스스로 포기한 것들과 하지 않은 것들이 너무도 많

있다.

   최근에 유독 대학생 때 기억이 자꾸만 떠오르는 것이었다. 그 시절을 제일 좋아하기도 했었지만 왜 갑자기 요즘 그때가 떠오르는 걸까 하고 생각해보았다. 어쩌면 내가 아프기 전인 그 시절 제일 즐거웠던 때가 그리운 건 아닐까 하는 생각이 들기 시작했다. 무엇이든 과감하게 도전하고 즐겁게 즐겼던 나 자신이 그리웠던 것은 아닐까.

   내성적인 성격이긴 했지만 허리가 아프면서부터 더 주눅 들고 소심한 성격으로 바뀐 것 같다. 허리 통증은 겉으로 표가 나는 것도 아니고 더군다나 어린 나이에 수술을 했었기에 어떠한 일에서 허리가 아프다고 뒤로 물러서면 주위에서 보는 시선이 좋지 않았었다. 그러면서부터 스스로가 만든 방어벽인지도 모르겠다.

   이 통증은 겪어보지 않은 사람은 모르며 겉으로 표가 나지도 않기에 어디 가서 아프다고 얘기하기도 곤란하다. 혼자서 끙끙거리는 것도 민망할 때도 있으며 괜스레 나만 더 눈치 보게 될 때가 많다. 아마 젊은 나이였기에 더 그러했으리라. 그래서 곰곰이 생각해보았다. 언제 다친 것도 아니었으며 나는 왜 갑자기 허리가 아팠던 것일까. 아무리 대학교에서 컴퓨터를 전공을 하면서 밤낮으로 컴퓨터를 많이 했다고 해서 자고 일어나 갑자기 그렇게 탈이 날 수는 없을 터인데 말이다.

   그동안은 그저 치료하기에 급급했으며 어느 병원에서든 원인은 다양하다고만 할 뿐 알려주는 곳이 없었기에 나 역시 생각해보려 하지 않았던 것 같다. 아니, 어쩌면 그 이유라고 생각하기 싫었는지도 모르겠다.

지금 되돌아 생각해보면 내가 그렇게 어린 나이에 허리가 아팠고 수술까지 하게 되었던 건 어쩌면 어려서부터 부모님이 하셨던 양계장 일을 도와서가 아닐까 싶다.

우리 집 양계장은 공장화 시설이 되어 있는 곳이 아니었다. 부모님 두 분이 운영하시는 작은 시설이었기에 모두 손수 직접 다 해야 하는 것들이었다. 그중에서도 힘이 많이 들어가는 것들이 일일이 사료를 주는 것이었다. 아빠와 엄마는 늘 20kg 사료 포대를 일일이 들고 다니며 사료통에 부어주셨다. 우리가 사육하는 닭은 바닥에 방목되어 키워지는 닭들이었다.

닭장 케이지에 한 칸씩 들어가 키워지는 것들이 아니었기에 바닥에 하나하나 사료통이 다 놓여 있었고 부모님은 일일이 거기에 사료를 다 부어서 키우셨다. 닭이 큰 후 팔려 나가는 날 빈 양계장에 있는 사료통을 한 곳으로 모은 후 남은 사료를 한 곳으로 모으는 것이 오빠와 내가 해야 하는 일이었다.

정확하게 그 무게를 알 수는 없지만 사료통에 사료가 담겨 있었고 그 사료통을 일일이 들어 한 곳으로 모으고 그 사료를 또 넓은 곳에 한 곳으로 다 부어서 모았다. 그래야 빈 양계장의 거름을 걷어낼 수 있기 때문이다. 부모님 두 분이 그 모든 것들을 다 하시기 힘들었기에 그런 간단한 것들을 오빠와 내가 도왔었다.

내 기억으로는 초등학교 저학년 때부터 도왔던 것 같다. 허리로 고생하는 나를 보면 엄마는 그때 일을 많이 시켜서 오빠와 내가 허리가 골병이 든 거라고 하신다. 엄마에게는 우리가 관리를 제대로 안 해서 그렇다고 말씀을 드리지만, 어릴 때 그렇게 하지 않았다면 어쩌면 그렇게 빨리 허리가 망가지지 않을 수도 있지 않았을까.

허리 수술을 하고 나서 2차 수술을 하고 또 재발이 된 것까지는 순전히 내가 관리를 하지 않은 탓이다. 솔직히 첫 번째 수술을 하고 나서는 너무 좋았다. 1년 가까이를 매일 아프다가 수술 후 갑자기 아프지 않으니 너무 행복했다. 그래서 재활치료나 건강관리를 전혀 하지 않았다. 그리고 당시 23세이었기에 그런 것에 대한 개념도 없었다. 빨리 취직을 해서 일을 하는 게 당연하다고 생각을 했고 안 아프면 그만이라는 생각이 더 컸던 것 같다. 그리고 10년이라는 시간 동안 특별한 운동이나 관리 없이도 별 탈 없이 잘 지내다 보니 경각심이 더 없었던 것 같다.

그리고 두 번째 수술 후에는 포기 상태였던 것 같다. 이미 두 번이나 수술을 하였고 인공 디스크 삽입이라는 통보까지 받고 나니 더 이상 가능성이 없다고 스스로가 포기를 해버렸던 것 같다. 그러면 더 이상 나빠지지 않게 관리라도 했어야 하는데 그것조차 하지 않았다. 그동안 평생을 관리하지 않고 살아왔는데 갑자기 하루아침에 관리하겠다고 해서 되는 것도 아니며 이미 망가진 몸 상태로는 하겠다고 한들 쉽게 잘되지 않았다.

마지막 3차 통보 후에는 재활운동도 다녀보고 했지만 내가 체감할 정도의 효과가 느껴지지 않는다는 생각에 또 쉽게 포기해버렸던 것 같다. 지금 생각해보니 처음 마음가짐부터 오류가 있었던 것 같다. 지금 몸 상태라면 더 악화되지 않게 하겠다는 마음으로 유지를 해야 하는데 좋아졌으면 좋겠다는 마음으로 하다 보니 효과가 없다고 금세 포기해버리진 않았을까.

이미 너무 오랜 시간을 아팠고 나는 더 이상 악화되지 않게 지금 상태를 유지하는 것만으로도 다행이라고 생각하고 관리를 해야 하는 사람인데, 조금의 노력으로 드라마틱한 효과를 기대하고 있었던 것 같다. 그리고 남들처럼 운동도 배우고 싶고, 다른 무언가도 하고 싶다는 욕심을 자꾸 부리고 있었던 것 같다. 이미 내 몸 상태가 남들과 다름에도 자꾸 남들과 같기를 바라고 있었다.

사람들은 아프기 전에는 진정 건강의 소중함에 대해 잊고 살아간다. 건강이 중요하다고 말은 하지만, 그 진정한 중요성을 체감하고 살아가는 사람들은 그리 많지 않을 것이다. 어딘가 크게 불편하거나 아파보지 않는 한, 가까운 이가 많이 아파보기 전까지는 건강이 중요하다고 말은 하면서도 그 중요성에 대해서 깨닫거나 체감하기는 어렵다.

나 역시 내 삶의 절반의 시간동안 통증에 시달렸음에도 그 중요성을 늘 잊고 살아가니 말이다. 하지만 이제 일상 속의 소소한 소원을 말해보라 하면 잠자리에 들 때 통증 없이 뒤척임 없이 한 번에 푹 잠들 수 있는 것, 걸을 때 통증 없이 내가 걷고 싶은 만큼 마음껏 걸어서 가보고 싶은 곳 가는 것, 내가 간절히 가고 싶은 산에 가는 것, 날씨 좋은 날 자전거 타고 강변 산책하는 것 등 그런 정말 일상적인 것들이다.

너무도 평범하고 일상적이기에 더 간절한 바람들이다. 특히 잠자리에 누웠을 때 아무런 통증 없이 편하게 누워 바로 잠든다는 건 너무도 평범한 일상이고 당연한 일상일 것이다. 하지만 난 20년간을 해보지 못한 일상이다. 누군가에겐 당연한 일상이 누군가에겐 당연하지 않은 것이다. 그게 건강의 중요성이다.

너무도 잘 알고 있지만, 너무 평범해서 쉽게 놓치는 것이 건강의 중요성이다. 건강할 때만큼 건강에 대해 자만하기 쉽다. 그럴수록 건강하기에 할 수 있는 것들을 찾아보고 누렸으면 좋겠다. 그 나이에 할 수 있는 것들, 건강하기에 할 수 있는 것들을 하며 살기를 바란다. 혹여, 건강의 문제로 자유롭지 못하더라도 그 자리에서 할 수 있는 것들을 꼭 찾아서 즐길 수 있었으면 좋겠다. 나 역시 지금은 그렇게 즐기며 살아가고 있으니 말이다.

6

내가 잘 살 수 있을까

　누구나 살아가다 보면 그런 의문을 가져 볼 것이다. 과연 이 세상을 잘 살아갈 수 있을지, 제대로 살고 있는지에 대해서…. 하지만, 나는 언제인지도 알지 못하는 꽤 오래전 어릴 적부터 그런 의문을 가지고 있었던 것 같다. 과연 내가 이 세상을 잘 살아갈 수 있을지 막연하게 공포를 품고 살았던 것 같다.

　아마 어릴 적 목격했던, 태풍의 피해와 화재의 장면이 머릿속에 강하게 자리 잡고 있어서가 아닐까 하는 생각을 뒤늦게 해본다. 그때는 그게 트라우마인지 알지 못했지만 이제 와 생각해보니 나에게는 그 사건들이 내 삶의 큰 사건이었고, 어려움이었고, 공포였던 것이다.

말로 표현하지 않았다고 해서 강하게 느껴지지 않았다고 해서 공포가 아닌 게 아니었던 것이다. 나의 무의식에서는 그것들이 강하게 자리 잡아 내가 이 세상을 살아감에 있어 토대가 되어 있었다.

나는 많이 내성적인 아이였다. 늘 혼자서 놀았었고, 말수도 적었었다. 부모님이 양계장을 하셨던 터라 주위에 인가가 없었기에 늘 혼자 지내는 것이 더 익숙한 아이였다. 자그마한 자전거가 유일한 친구였고, 넓디넓은 들판이 온 세상이었다. 이야기를 나눌 친구가 없었고 함께할 친구가 없었다. 그렇게 혼자 지내는 것이 익숙했고 내성적인 성격에 늘 양계장 일을 하느라 바쁘신 부모님과 이야기를 나누고 사랑을 나누는 것은 더더욱 어려웠고 그게 당연한 것인 줄 알았다.

어떻게 시작되었는지 모르겠지만, 그랬던 나였기에 나는 하고 싶은 말이 있거나 꼭 사고 싶은 것들이 생기거나 잘못한 일이 있으면 항상 편지를 써서 엄마에게 전해주곤 했었다. 내가 글이라는 걸 쓰게 된 계기가 그때부터 시작되었던 것 같다. 나의 이야기를 직접 말로 표현하지 않고 글로 표현하기 시작했던 것은 그때부터가 시작이었다.

자신의 생각을 말로 표현하지 못하고 늘 속으로만 삭히고 있었기에 나는 친구들조차 같은 반이었는지 기억하기 힘들 정도로 존재감이 없었던 아이였다. 그렇게 나는 자존감도 존재감도 자신감도 없는 아이었다. 그저 조용한 아이, 내성적인 아이라고만 생각했던 내가 화재를 겪은 이후로 더 말수가 줄어들었다. 집안 사정이 급격히 어려워졌다는 것을 알게 되었고, 필요한 것이 있어도 갖고 싶다고 말할 수가 없었고, 말을 하더라도 집안 사정이 좋지 않다는 것을 너무도 잘 알고 있었기에 스스로 모든 걸 자제하는 법을 먼저 배운 것 같다.

가정 상황은 우리 집의 모든 상황과 나의 성격까지 송두리째 바꾸기에 충분했었다. 그 이전에도 내성적이긴 했지만 친구들과는 꽤 잘 어울리고 있었다. 하지만 그 화재가 있은 후로는 친구들과도 잘 어울리지 않았고 생활의 의욕을 잃어가기 시작했다. 무언가를 하고자 하는 의미가 없어져 버렸던 것 같다. 그저 학교와 집을 의무적으로 왔다 갔다 하며 반복할 뿐이었고 형식적으로 착실하게 학교생활을 해오곤 했다.

하루아침에 삶의 터전이 사라져버렸고 우리가 가진 모든 것이 사라지며 내가 가진 삶의 의미도 그 불속에 함께 태워버린 것 같다. 우리 부모님은 항상 열심히 사셨지만 그날의 사건을 계기로 여전히 생활의 어려움을 겪고 계신다.

자식은 부모의 등을 보고 자란다고 했다. 내가 본 우리 부모님은 부지런하시다. 지독하다고 생각할 정도로 부지런하시다. 그 전날 아무리 늦게 주무셨더라도, 아프시더라도 정해진 시간에 일어나서 정해진 루틴과 순서대로 일을 하신다. 아빠는 여전히 새벽 4시에 일어나 일을 하신다. 엄마도 마찬가지다. 여자의 몸으로 하기에 육체적으로 너무도 벅찼을 일을 평생을 묵묵히 해오셨다. 나는 그 모습을 보고 자라며 모든 사람들이 우리 부모님처럼 부지런한 줄 알았다. 당연히 그렇게 살아가는 줄 알았다. 그래서 나 역시 부지런함이 당연한 거라고 생각했다.

그리고 그 시절 보았던 가정의 어려움과 늘 언제나 부지런히 묵묵히 일을 하시는 부모님을 보고 자라왔기에 나는 직장 생활을 시작하고 난 후 한 직장에서 다음 직장으로 이직을 하더라도 한 달 이상을 쉬어본 적이 없었다. 결혼 후 아이를 출산하고 키우던 시절, 수술하고 요양을 했던 기간을 제외하고는 직장 생활을 하면서 한 달 이상 공백기를 가져본 적이 없었다. 왠지 일을 하지 않고 쉬면 안 되는 것 같았다. 뭔가 잘못 살고 있는 것 같았다.

좀 쉬어줘도 되었으나 그저 늘 열심히만 살아야 한다고 생각했다. 무엇을 어떻게 열심히 살지를 고민해보지 않았고 그저 막연히 열심히만 살면 된다고 생각하고 살았다. 하지만 무조건 열심히만 산다고 성공하거나 잘살게 되지 않는다는 걸 이제는 알게 되었다. 그러면서 나는 살아가며 어떻게 살아야 하는지 더 의문을 갖게 되고 겁이 났던 것 같다.

그렇게 나는 중학생이 되었고, 사춘기가 되었다. 나는 더욱더 성격이 예민해지기 시작했다. 어떻게 해서 그랬는지는 여전히 모르겠다. 하지만, 지금도 여전히 나는 성격이 극도로 예민하다. 조금만 신경 쓸 일이 있으면 잠을 이루지 못할 정도로 극도로 신경이 예민하다.

그 예민함은 중학교 때부터 두각을 드러내기 시작했다. 중학생이 되어 시험 기간이 발표되고 나면 그때부터 시름시름 아프기 시작했다. 배가 아프기 시작하고 두통이 시작되고 결국 시험이 코앞으로 다가오면 열이 나고 앓아누울 정도로 아프기 시작했다. 시험 기간이면 어김없이 신경성 위염이 찾아왔다. 이 신경성 위염이 결혼 후 아이가 한참 많이 아플 때 위 출혈까지 이어져 2개월에 10kg이 빠질 정도에 이르기까지 했다.

나는 예민함도 심했지만, 늘 부정적인 사람이었다. 단 한 번도 긍정적인 상황부터 생각한 적이 없다. 어떤 일을 시작하건, 어떤 일을 계획하건 늘 부정적인 결과만 생각했다. 좋은 결과와 긍정적인 결과가 나올 경우에는 그 어떠한 상황도 염두에 두지 않아도 되나, 좋지 않은 결과가 나왔을 때는 그 상황에 대한 대비가 필요했다.

실패하거나 나쁜 결과가 나왔을 경우에 대한 대비가 필요했다. 그 상황 상황마다 모든 대비책을 미리 염두에 두어야 했다. 나는 그렇게 부정적인 생각에 대한 결과까지 시뮬레이션을 모두 돌린 후에야 비로소 행동하거나 일을 시작할 수가 있었다. 어떤 일을 해보기도 전에 실패할 일부터 생각하고, 실수하면 안 된다는 생각을 언제나 가장 먼저이다.

사람은 누구나 실수할 수 있다. 실패를 해보아야 성공도 할 수 있다. 하지만, 나는 그 실수가 용납되지 않는다. 그 자그마한 실수도 나에겐 엄청난 오점이 되고 절대 용서할 수 없는 되돌릴 수 없는 상황이 된다고 인식한다. 그래서 그 실수에 대한 만반의 준비를 해두어야만 행동할 수 있다.

그렇기에 어떠한 일을 하든, 하물며 어느 낯선 곳을 찾아가더라도 예상 경로, 예상 시간을 모두 미리 찾아보고 시뮬레이션을 해야 움직일 수가 있다. 이 얼마나 지치고 피곤한 준비들인가. 하지만, 나는 이러한 과정을 거치지 않으면 불안하다. 그 어느 것도 진행할 수가 없다. 미리 대충이라도 계획이라는 걸 해보지 않으면 심장이 벌렁거리고 불안해서 아무것도 도저히 진행할 수가 없다.

그래서 나는 수많은 좋은 기회 앞에서, 한 단계 더 나아갈 수 있는 기회 앞에서 돌아섰던 적이 많았다. 분명 내가 더 성장할 수 있는 기회였지만 실수했을 때 내가 받게 될 상처나 비난이 싫어서 시작도 해보기 전에 포기해버린 것이다. 그 누구도 나에게 비난할 사람도 실수에 대해 질책할 사람도 없었는데 오로지 나 자신이 그 순간을 용납할 수가 없었던 것이다.

나의 불안함과 예민함은 삶의 모든 부분에 스며들어 있었다. 자존감의 하락은 그저 의욕이 없고 의기소침한 걸로 표현이 되지 않는다. 분명 남들이 보기에 큰 성과를 이루었음에도 정작 나 자신은 그걸 성공이라고 느끼지 못한다는 것에서 깨닫게 되었다. 주변에서 어떻게 그런 것까지 해낼 수 있냐고 칭찬을 해주었지만, 정작 나는 전혀 하나도 그 성과에 대해 성공이라는 생각이 들지 않았다. 그리고 전혀 하나도 행복하거나 즐겁지 않았다. 그저 내가 실수하지 않았다는 생각에 실패하지 않았다는 생각에 안도감을 가지고 있는 모습을 발견했다.

겸손함이 아니었다. 나는 성과에 대한 성취감 자체를 느끼지 못하는 사람이었다. 언제나 실패에 대한 두려움에 떨고 있다 보니 성공에 대한 성취감을 즐길 줄 모르는 사람이 되어 버렸다. 그런 나의 예민함, 실수나 실패에 대한 두려움, 성공에 대한 성취감을 즐기지 못하는 모습, 자존감 하락은 차곡차곡 내 안에 쌓여 콜센터 상담 생활을 겪으며 우울증이라는 질병으로 나에게 다가왔다. 그리고 그 우울증은 나에게 폭식증을 안겨주었고, 폭식증에 의한 자신감 하락, 대인기피증까지 악순환을 반복하고 있었다.

그 모든 시초가 예민함이었다. 그래서 그 예민함은 어디에서부터 왔을까 하고 생각해보았다. 내가 세상을 바라보는 시선 자체가 모두 불안하다는 것을 알았다. 내가 이 세상을 잘 살아갈 수 있을까, 직장 생활은 잘

할 수 있을까, 실수하면 안 되는데, 결혼은 잘할 수 있을까, 아이는 잘 키울 수 있을까, 아이는 착하게 잘 자랄까….

단순하지만, 당연히 누구나 할 수 있는 질문과 생각들이지만 나는 이 질문들을 심각하게 받아들였고 나는 이 질문들에 대해 제대로 할 수 있는 사람이 아니라는 답을 내리게 되면서 나는 내 안의 동굴 속으로 들어가버리게 되었다. 그 동굴 속에는 아무도 없었다. 그 누구도 들어올 수가 없었고 나조차 나갈 수도 없었다. 어디에도 빛이 없었고 나는 움직일 의지도 의욕도 없었다.

하지만 그 모습이 싫지 않았다. 어색하지 않았다. 오히려 더 편안하기까지 했다. 나는 그렇게 부정적인 사람이 오히려 더 어울린다는 생각까지도 했다. 나는 그렇게 생겨 먹은 사람이라고 생각했다. 달라질 수 없는 사람이라고 생각했다.

나는 지금 이 글을 쓰고 있는 이 순간도 나 자신이 두렵다. 나 자신을 믿고 응원을 하지만 마음 한편에서는 여전히 두려운 마음이 존재한다. 예전의 나였다면 분명 시도조차 하지 않았을 것이다. 하지만 지금의 나는 그 실패가 두려워 돌아서지는 않는다. 실패 역시도 내 삶의 일부이며 나 자신임을 받아들이려 노력하고 있기에 나는 이제 한 걸음 더 앞으로 나아가 도전하고 있다.

그리고 이 실패들이 내 삶 전체를 흔들 만큼 내 인생 전체의 실패라고 생각하지 않는다. 이 또한 내가 살아감에 있어 작은 부분일 뿐이라는 걸 이제는 조금씩 알아가고 있기에 나는 다시 도전이라는 것을 할 수 있는 용기를 얻게 되었다. 어떻게 내가 이렇게 될 수 있었을까.

참 큰 변화라고 할 수 있겠지만 그렇지 않다. 알고 보면 내 손바닥 뒤집듯 아주 작은 내 마음속 불안을 잠시 뒤집었을 뿐이다. 늘 불안에 전전궁긍하는 내 안의 아이를 다독이고 할 수 있다고 응원을 해주고 매일 기록하며 응원의 메시지를 전해주었다. 나 자신을 믿어보라고 할 수 있다고 늘 메시지를 전해주었다.

그 실패와 성공의 크기와 무게는 다르다. 그리고 각자가 느끼는 크기도 무게도 다르다. 나는 그 크기와 무게를 알지 못했다. 실패와 실수는 한없이 크고 무겁게만 느꼈다. 성공이라는 것은 존재감을 모르고 살았다. 존재했지만 느끼지 못했다. 자존감이 낮은 사람일수록 아주 작은 것에 대해서부터 성취감을 느껴보라고 한다. 나는 그 성취감의 존재 자체를 부정하고 있었던 것이다. 그랬기에 나는 실패라는 존재를 더 크게 인식하고 삶에 있어 항상 내리막이고 바닥이라고만 생각하고 살았던 것이다.

삶이 늘 바닥만 있지는 않다. 그렇다고 늘 오르막만 있지도 않다. 오르막이 있으면 내리막도 있고 평지도 있는 법이다. 단지, 그 길을 걸어가는 내가 어떻게 느끼고 걸어가느냐에 달려 있다. 나는 지금 어느 길을 걸어가고 있을까. 주위에서는 분명 내리막길을 향해 한없이 꼬라박고 있다고 할 것이다.

하지만, 나는 조금씩 오르막으로 올라가기 위해 준비 운동을 하고 있다고 하고 싶다. 그리고 나도 이제 올라갈 준비가 되었노라고 이야기하고 싶다. 그렇게 예민함으로 똘똘 뭉쳐 있던 내가, 병원을 제집 드나들듯 하던 내가, 세상의 고민 혼자 다 안고 살아가냐고 할 만큼 항상 어두운 얼굴로 바닥만 보며 걸어가던 내가, 이제는 가끔 하늘을 올려다볼 여유도 생겼노라고, 주위도 둘러볼 시간이 생겼노라고 이야기하고 싶다.

그리고 함께 거닐며 이 길을 즐겨줄 이들도 생겼노라고 이야기해주고 싶다. 그 누구도 결코 혼자가 아니다. 단지 본인이 너무 힘들어 그들의 존재를 발견하지 못하고 있을 뿐이다. 가족, 자녀, 친구, 동료, 지인, 후원자 그 외 그 누가 되었든, 그 누구에게든 누군가가 존재하고 있다. 혼자라고 생각하지 말고 지치지 말고 함께 걸어나가기 바란다. 나 역시 이 길에 함께하고 있으니 말이다.

우리는 모두

그 모든 기적의 순간들을

거쳐 태어난 소중한 생명들이다.

어느 하나 소중하지 않은 삶은 없다.

나 역시 소중하다.

제 2장

모두가 처음
살아보는 오늘이야

*

1

13년간의 감정노동자

"말하는 직업 하면 잘 어울릴 것 같아." 대학생 때 가장 친했던 단짝 친구가 나에게 해주었던 말이다. 항상 조잘조잘 말하는 것도 좋아했고, 다른 사람의 이야기를 들어주거나 고민을 들어주고 이야기를 나누는 것도 좋아했다. 그 시절 인터넷 음악방송에서 밤마다 CJ도 했었다.

낯선 이들이지만 이야기를 나누는 것이 어색하지 않았고 무섭지 않았다. 얼굴을 마주하고 있지 않아서였을까. 서슴없이 이야기를 나눌 수 있었고 음악을 공유하며 그 시절 그 시간의 추억과 이야기를 함께 나누었다. 그때의 그 친구의 말이 나의 직업과 이어질 줄은 꿈에도 몰랐다.

대학교 2학년 여름방학에 갑작스레 허리디스크가 발병했고 졸업과 함께 대구 집으로 내려왔다. 우선 취업은 미룬 상태였고 건강부터 챙겨야 했었다. 졸업 후 허리디스크 수술을 하고 6개월 정도 쉬었을까. 일을 해야겠다는 생각에 구직 사이트를 검색했다. 간단한 전산 입력과 상담을 하면 된다고 되어 있었다.

근무 내용보다는 근무 시간이 너무 마음에 들었었다. 저녁 근무와 새벽 근무 전담이었다. 야행성에 저녁에 무언가를 하는 걸 좋아했었다. 그래서 음악방송 CJ도 밤과 새벽 타임에 했던 터라 무턱대고 면접을 보러 갔었다. 음식업체 가맹점들의 주문을 받는 콜센터 업무였다. 지금은 그런 업체들이 많이 있지만 내가 당시 면접을 보았던 2005년도에는 그런 업무가 사람들에게는 많이 낯선 직업이었다. 더군다나 신생 개인 업체였다.

하지만 나는 그 일이 너무 재미있었다. 처음 접한 일이었고 전화를 받으면서 전산 처리도 해야 했지만 너무 재미있었다. 콜센터와 같은 건물에 위치한 지점의 조리사분들과도 많이 친해져서 새벽에 혼자 당직하는 날에는 항상 야식도 만들어주셨었다. 그 당시 같이 근무하시던 분 중에서 휴대폰 통신사에서 근무하다가 이직하여 오신 분이 나에게 통신사 콜센터에 취직해보는 게 어떻겠냐고 말씀해주셨었다. 나는 그 당시까지만 해도 콜센터 상담원에 대한 정보가 전혀 없었다. 내가 전화 통화를 하면서도 전산 처리도 잘하고 목소리톤이나 말투도 사투리가 거의 섞이지 않아 상담을 잘할 것 같다고 조언해주셨었다.

말투는 아무래도 서울과 속초에 있다가 대구에 내려온 지 얼마 되지 않아서였던 것 같다. 그곳에서 1년쯤 근무를 했을 때 회사가 폐업하게 되었었다. 그리고 나는 다시 직장을 구해야 했다. 그때 마침 눈에 들어온 곳이 있었다. 너무도 잘 알고 있는 S통신사 고객센터였다. 문득 조언해주셨던 말이 생각났다.

밑져야 본전이라는 생각으로 이력서를 넣었다. 그리고 면접을 보았다. 그리고 합격했다. 교육 첫날 오리엔테이션 시간, 처음으로 들어온 강사님의 성함도 얼굴도 이제는 기억이 나지 않지만 그때의 느낌은 아직도 기억이 난다. 그 강사님을 본 후 그동안 하고 싶은 일도, 하고 싶은 공부도 의욕도 없던 내가 처음으로 꿈이라는 걸 갖게 되었다. CS(Customer Service) 강사가 되고 싶다는 생각이 들었다. 강사님의 말투와 목소리 전문성에 한눈에 반했던 것 같다. 그리고 꼭 잘하고 싶다는 생각이 들었다.

그 후 나는 30명의 교육생 중에서 한 달간의 교육이 끝난 후 평가에서 1등을 차지했다. 보편적으로 한 달간의 교육이 끝나면 30명 중에서 많이 남아야 10~15명 정도가 남는다. 그만큼 암기해야 할 직무 지식이 많으며 전화 상담이라는 업무가 결코 만만한 일이 아니었다.

그 교육에서 당당히 1등을 하고 팀 배정을 받았다. 그리고 근무가 시작되었다. 모든 것이 낯설고 두렵고 힘들었다. 전화를 받기 위해 버튼을 누르는 그 순간이 그렇게 무섭고 심장이 터져버릴 것처럼 떨렸었다. 처음에는 옆에서 서포트해주시는 선배님들이 계시지만 오롯이 내가 해나가야 하는 일이기에 그렇게 무섭고 겁이 났다.

고객들이 나를 잡으러 오는 저승사자처럼 무서웠다. 그렇게 한 콜 한콜 전화를 받아나갔고 나는 조금씩 상담원이 되어가고 있었다. 매일 퇴근길에 걸어 다니며 상담 시나리오를 용지에 적어서 혼자 중얼거리며 연습하곤 했다. 눈을 감으면 전산 화면이 나올 정도로 연습을 하고 또 연습했다. 그렇게 하지 않고서는 도저히 업무를 처리해낼 수가 없었다.

이제 조금 신입 틀에서 벗어나려 할 때쯤 사건이 발생했다. 미스터리 콜링이라고 하여 본사에서 고객인 것처럼 하여 이슈가 되고 있는 문제에 대해 전화를 걸어 상담하고 평가하는 것이 있었다. 그 평가로 그 지사의 그달의 평가가 진행되기 때문에 미스터리 콜링이 진행되는 날에는 신입들은 되도록 상담을 진행하지 않고 추가 보수 교육을 하곤 했다.

그날은 미스터리 콜링이 없을 시간대라 상담을 하고 있었는데 나에게 미스터리 콜링 전화가 걸린 것이었다. 당연히 점수는 형편없었다. 그 후 나는 근무 시간이 종료되고 매일 남아서 공부를 하고 상담 청취를 하고 퇴근했다. 집에 가면 평균 9시~10시가 되었던 것 같다. 그때는 내가 왜 이렇게까지 해야 하나 하고 많이 원망도 했었다. 하지만 지금 생각해보면 그 계기로 내가 한 단계 더 빨리 성장할 수 있었던 것 같다.

일찍 출근해서 아침마다 교육을 받고 늦게까지 업무를 처리하고 퇴근했지만 그 일이 전혀 싫지가 않았다. 미심쩍은 게 있으면 어떻게든 찾아서 해결을 해야 했고, 찜찜한 게 있으면 절대 그냥 넘어가지 못하는 성격이라 마지막까지 꼭 찾아서 마무리했다. 그래서 속도는 느리지만 실적은 늘 최상으로 나왔었다. 그래서 그 나이 또래들의 일반 사무직 월급보다 두 배 이상의 급여를 그 당시 받았었다.

다른 사람들은 쉽게 할 수 없는 일이라는 자부심과 고소득에 대한 만족감까지 더할 나위 없이 나에게 제격인 직업이라고 생각했다. 나의 목표인 CS 강사로 한 걸음씩 더 가까워지고 있다고 생각했다. 그렇게 2년 반 정도 근무했을 때의 일이다.

고객이 급하게 나를 찾는다는 메시지를 받았다. 그리고 통화를 했다. 상담 이력을 확인했더니 뭔가 좀 이상했다.

알아보니, 엄마 명의의 휴대폰을 아들이 사용하는 중이었고 아들이 국제전화를 과다 사용하여 요금이 몇백 만 원 나온 상태였다. 엄마가 콜센터에 연락하여 국제전화 사용을 차단한 후 본인이 전화했을 때 외엔 차단을 풀지 말라는 메모를 남겼었다. 그 이후 아들이 전화가 왔고 내가 정보 확인 후 국제전화 차단을 해제하였고 국제전화 요금이 또 고액이 청구되어 엄마가 나를 찾은 것이다.

원칙적으로 아들이 전화하여 명의자의 모든 정보 확인을 해주었기에 업무 프로세스상으로 나는 정확하게 모두 처리하였고 내가 잘못한 건 없었다. 하지만 상담 이력을 좀 더 확인하고 반려했다면 이렇게까지 일이 진행되지 않았을 일이었다. 하지만 내가 이력을 확인하였더라도 그 상황에서 아들이 차단 해제를 요구하였다면 나는 업무 처리를 하여야 하는 게 순서다. 그러나 고액의 요금이 발생하였고 명의자인 엄마가 민원을 접수한 상황이었기에 문제가 커진 것이었다.

나는 팀장님에게 도움을 요청하였으나 도움을 받지 못했다. 민원팀으로 접수하지도 못했으며 오전에 접수받은 그 건으로 그 이후 하루 종일 다른 상담 전화를 받을 수도 없었고 하루 종일 눈물을 뚝뚝 흘리며 그 고객과 같은 말만 반복하고 있었다. 하지만 아무도 나를 도와주는 이는 없었다. 무인도에 혼자 떨어진 기분이었다.

퇴근 시간이 되었음에도 아무런 결론이 나지 않았다. 팀장님도 아무런 해결책을 주시지 않았고, 나 역시 고객에게 줄 수 있는 답변이 없었다. 그렇게 퇴근을 하였고 다음 날 출근을 하였을 때 팀장님이 부르셨다. 내가 퇴근을 한 후 해당 건을 민원팀으로 이관했다고 하셨다. 나는 업무 프로세스대로 처리하였으나 상담 메모를 다 확인하지 않은 나의 책임도 있다고 하셨다. 그리고 민원팀으로 이관을 하기로 했다고 하셨다.

결국 고객 강성 민원으로 민원팀에서 고객 요금을 감액해주기로 했다고 했다. 그리고 나는 과실 처리로 페널티 적용이 된다고 했다. 그럼 평가에서 최하 점수를 받게 되고 그럼 월급에서도 엄청난 차이가 있게 된다.

억울한 부분이 있었지만, 이미 민원 부서에서 처리가 끝난 부분이었고 내가 확인을 다 하지 못한 부분도 있었기에 수긍할 수밖에 없었다. 그러나 그러고 나서 뭔가 속상한 기분이 계속 들었다. 내게 적용된 불합리한 결과에 대한 부분이 아니라 도움을 줄 수 있는 부분이 분명히 있었음에도 그 하루 동안 내가 수차례 도움을 요청하고 다른 업무는 아무것도 처리하지 못하고 하염없이 울고 있을 때도 한 번 보듬어주지 않은 채 모른 척한 것에 대한 서운함과 속상함이었다.

앞으로 어떠한 다른 민원이 발생하더라도 나는 도움을 받을 수 없을 거라는 생각이 자꾸만 들었다. 순간 두려움과 공포가 밀려왔다. 숨을 쉴 수가 없었다. 이곳에서 계속 일을 할 수 있을까 하고 의문이 들기 시작했다. 그러다 하혈을 하기 시작했다. 3개월가량 하혈은 멈추지 않고 병원에서 스트레스로 인한 부정 출혈이라고 했다. 그렇게 조금씩 몸이 망가지고 있음을 느낀 후로는 더 이상 근무를 계속할 자신이 없었다.

그렇게 3년 가까이 근무를 한 후 처음으로 꿈꿔보았던 CS 강사의 꿈도 포기한 채 퇴사를 했다. 어디로든 도망치고 싶었다. 내가 선택한 곳은 울산이었다. 오빠네 부부가 울산에 살고 있었고 첫째 조카가 막 태어난 지 얼마 되지 않았었다. 나는 그 옆에서 함께하며 울산에 머물기로 했다.

나를 아는 이가 아무도 없는 곳에 있고 싶었다. 이번에도 나는 도망을 선택한 것이다. 배운 게 도둑질이라고 바로 취직을 하기 위해 이번에도 콜센터를 선택했다. 지역 케이블 방송사 콜센터에 취직을 했다. 이미 상담 경력은 있었기에 그리 힘들지는 않았다. 인터넷, 방송, 인터넷전화에 대해 상담을 하는 것이었다. 지역 케이블 방송사이다 보니 영업을 하여야 한다는 또 다른 난관에 부딪혔다.

나는 설명에 충실한 정형적인 스타일이다. 마지막 권유의 한마디가 늘 안 되는 사람이다. 그래서 늘 스트레스가 많았다. 근데 근무 중 어느 날 갑자기 오른쪽 손목과 손가락의 느낌이 이상했다. 병원에 갔더니 척골신경이라고 하여 팔꿈치 쪽에 위치한 신경으로 팔꿈치 접히는 아래쪽 부분의 신경이 압박을 받으면서 손목에 통증이 오고 4번째, 5번째 손가락 신경이 마비된 것이다. 그동안 상담 업무를 하면서 너무 오랜 시간 팔꿈치가 책상과 닿고 통신사 특성상 숫자키를 많이 사용하다 보니 오른쪽 신경의 압박이 심해진 것이다.

손가락이 마비된 상태라 근무를 할 수도 없었고 병원에서도 퇴사를 권유했었다. 더 이상 직장 생활을 할 수 있는 상황도 아니었으며 오른손이었기에 생활의 불편함도 많았다. 그래서 나는 부모님 댁으로 들어가기로 했다. 그때 마침 초등학교 방과 후 교사로 있던 지인이 수업을 도와달라는 제의를 해주셔서 부모님 댁으로 들어온 다음 날부터 나는 컴퓨터 강사 일을 시작했다.

초등학교에서 컴퓨터 강사로 수업을 하고 직업전문학교에서 컴퓨터 수업을 진행했다. 다시는 콜센터로 돌아가지 않을 줄 알았다. 하지만 콜센터로부터의 유혹은 언제나 있었다. 직업전문학교에서의 계약 기간이 끝이 나고 L통신사 콜센터에 입사를 했다.

나는 엄연히 이 회사에서 신입이지만 이 회사에서 나를 바라보는 시선은 달랐다. 더군다나 S사에서 3년이라 하면 엄청난 경력이었다. 모든 콜센터의 기준이 S사라고 해도 과언이 아닐 정도로 모든 기준이 S사이기에 다들 나에게 바라는 기대가 남달랐다.

나는 더 열심히 할 수밖에 없었다. 이번에도 교육생 중에 1등을 했다. 그리고 팀에 배정을 받았고 나는 신입이 아닌 기존들과 비슷한 실적을 맞출 수밖에 없었다. 심한 부담감을 느꼈다. 나도 이 회사에서는 엄연히 신입인데 말이다. 너무 힘이 들어 하루는 팀장님의 피드백 내선전화에 "숨 좀 쉬고 할게요."라고 말하며 버럭 성질을 내버렸다.

내가 상담 업무를 하는 동안 통틀어 유일하게 팀장님께 대들었던 날로 기억된다. 너무 많은 기대에 많이 부담되고 지쳤던 것 같다. 주위의 시선보다 잘해야 한다는 나 스스로의 부담감이 더 컸던 것 같다. 나는 경력자라는 부담감과 잘해야 한다는 스스로의 압박감에 늘 나 자신을 다그치고 부담감을 줬다. 실수하고 못 할 수도 있었는데도 무조건 실수하면 안 되며 무조건 잘해야 한다고 다그쳤다.

그래서 직무시험은 늘 100점을 받아야 했고 평가 실적도 늘 기준점을 다 채워야만 안심이 되었었다. 그렇다 보니 평가점수가 늘 높았다. 그래서 신입임에도 통합 상담을 하는 부서로 착출되었다. 실력을 인정받은 계기가 되었지만 오히려 나에게는 또다시 도망칠 계기가 되었다.

신입임에도 타 회사 경력자에 동기들보다 실적이 늘 잘 나왔기에 휴대폰 상담 센터임에도 유일하게 그 부서만 인터넷, TV, 인터넷전화, 휴대폰 모든 상담을 다 하는 통합 부서로 착출되어 이동했다. 신입으로 휴대폰 업무도 아직 다 마스터하지 않았는데 다른 상품까지 숙지해야 했으며 나머지 상품들은 영업까지 해야 했기에 영업을 극도로 힘들어했던 나는 더더욱 스트레스받았다. 이번에는 스트레스로 신경성 위염과 과민성 장염으로 응급실 내원 아니면 입원을 수시로 했다.

어느 회사든 결근은 나뿐만 아니라 다른 동료들에게까지 피해를 주는 일이다. 특히 콜센터의 경우 내가 결근을 하게 되면 그날 내가 받아야 할 콜수를 다른 팀원들이 배분하여 다 받아야 한다. 그만큼 그날은 다른 팀원들이 더 많은 콜수를 채워야 하고 업무가 과중되는 것이다. 그렇기에 수시로 입원하고 결근하는 나를 팀원들이 좋아할 리 없었다.

나 역시 너무도 눈치가 보이고 몸이 버텨내질 못했다. 급속도로 살이 빠지기 시작했고 몸이 버티지 못했다. 이번에도 나는 언제나 그랬듯 또다시 도망을 선택했다. 퇴사를 결심했고 뒤도 돌아보지 않고 퇴사했다. 그리고 얼마 후 나는 결혼을 하게 되었고, 아이도 낳았다.

더 이상 콜센터라는 곳에서 일할 일은 없을 것이라고 생각했다. 정말이다. 콜센터는 뒤도 돌아보기 싫었다. 이쪽 업계는 죽어도 발 들일 일이 없을 줄 알았다. 하지만, 결국 나는 다시 그곳으로 돌아갔다.

이혼을 하고 두 번째 허리디스크 수술을 하고 나는 K통신사에 입사를 했다. 이로써 나는 우리나라 3사 통신사에서 모두 근무를 하게 되었다. 이번에는 휴대폰이 아닌 인터넷과 TV 업무를 보는 고객센터로 입사를 했다. 이번에도 역시 경력직이라는 타이틀로 모든 이목이 내게 집중되었다. 더군다나 S사, L사를 모두 근무했다는 특이 이력으로 더욱 관심의 대상이 되었다. 이번에도 나는 교육생 중 최우수상을 받았다. 그리고 팀을 배정받았다.

이곳에서의 근무는 더욱 힘들었다. 우리 팀장님은 내가 받는 콜 하나하나 모두 함께 들으시며 내가 어떤 멘트를 해야 하는지 어떤 상품을 권유해야 하는지 실시간으로 메시지를 보내고 피드백을 하셨었다. 모든 콜을 다 영업을 유치해야 했다. 미치지 않고서야 견딜 수가 없었다.

그러다 어느 날 갑자기 자고 일어나는데 쿵~ 하고 쓰러졌다. 그 당시 일어났던 기억은 있으나 눈 떠보니 나는 바닥에 누워 있었다. 그리고 며칠 후 또 몇 번 그런 상황이 반복되었고 응급실에 갔다. 검사를 받아 보니 스트레스성 기립성 저혈압이라고 했다. 스트레스로 인해 갑자기 쓰러진 거라고 했다.

원래 예민한 성격에 영업까지 해야 하다 보니 힘든가 보다 했다. 그리고 상담을 오래 쉬었다가 다시 하려니 힘든가 보다 했다. 그리고 얼마 후 센터에 모바일 통합 부서가 생긴다며 교육을 받으라고 했다. 또 그곳에 차출이 되었다. 나는 이미 그전에 휴대폰 상담을 해본 경험이 있다 보니 바로 차출이 되었다. 그래서 다른 팀으로 이동이 되었다.

이번에 옮긴 팀에서도 몇 번 쓰러지는 일이 발생했다. 그리고 응급실을 다녀온 어느 날 팀장님께 연락을 드렸다. 그랬더니 팀장님의 말씀이 "이렇게 자꾸 빠지면 팀원들이 얼마나 고생하는지 알잖아요. 내일은 꼭 출근하세요."라는 말씀이었다. 팀원이 아파서 쓰러졌다는데 최소한 괜찮냐는 말이 먼저 나와야 하는 것 아닌가. 결근한 나에게도 문제가 있었지만 내가 놀고 무단결근한 것도 아니었고 나의 의지와 상관없이 쓰러져 결근한 것이었는데 너무 황당했다. 그리고 나는 퇴사를 요청했다.

계속 쓰러지는 것도 무서웠으며 그 팀장님 아래에서는 근무할 자신이 없었다. 처음 내가 S사에서 퇴사할 때의 팀장님이 떠올랐다. 난 이번에도 도망을 선택한 것이다. 그리고 인사과에서 사직서를 작성하며 면담을 했다. 그리고 퇴사 사유를 물어보시기에 솔직하게 답변했다. 그랬더니 그럼 모바일 센터에서 근무할 의사는 있냐고 물어보셨다. 그래서 나는 상담이 힘들어서 그만두는 것은 아니라고 말씀드리고 사직서를 작성하고 나왔다.

그리고 한 달 후 인사과에서 연락이 왔다. 모바일 센터에 면접을 보라는 것이었다. 그리고 면접을 보았고 모바일 센터에 합격했다. 그리고 1년 동안 근무하고 3차 허리디스크 재발로 더 이상 직장 생활을 할 수 없는 상황에 처하고 최종적으로 퇴사하였다.

그렇게 나의 상담 업무는 13년이라는 시간을 마지막으로 막을 내렸다. 마지막에 입사하면서 사실 너무 하기 싫었었다. 솔직히 이혼하고 혼자 살아가야 했기에 당장 바로 입사할 수 있는 곳이 콜센터밖에 없었기에 입사를 선택한 것도 있었다.

대학을 졸업하고 첫 직장부터 마지막 직장까지 나의 모든 시간들은 콜센터 상담 업무였다. 그 사이에 컴퓨터 강사를 잠깐 한 적이 있었지만 그것을 제외하고는 모두가 콜센터 상담원으로 직장 생활을 했다. 그렇다 보니 아무리 컴퓨터 자격증이 많아도 사무보조직도 입사가 되지 않았다. 아니 면접 연락조차 받지 못했다. 경력이 전혀 없다 보니 서류심사조차 통과하지 못했다.

  하지만 콜센터 경력은 너무도 화려하다 보니 이력서만 넣으면 무조건 합격이었다. 콜센터에 이력서를 넣어서 떨어져 본 적은 단 한 번도 없었다. 그렇다 보니 나 역시도 굳이 힘든 길을 찾아가려 하지 않은 것이다. 그동안 익숙하게 하였고, 나를 바로 채용해주는 곳으로 안전하게만 늘 가려고 했던 것이다.

  하지만 늘 그렇게 싫다고 하면서도 그곳을 찾아갔던 것은 어쩌면 내가 제일 잘할 수 있었고 제일 자신 있었기 때문이 아닐까. 나는 상담을 하면서 이 일이 하기 싫다고 생각한 적이 없었다. 고객들이 욕설을 하고, 안 좋은 말을 하고 내가 잘못한 것도 아닌데 마치 내가 죽을 죄라도 지은 것처럼 말을 하기도 하시지만 그런 모든 말을 들을 때도 나는 화가 나거나 억울하다거나 한 적이 없었다. 오죽 답답하면 이런 말을 하실까 하는 생각이 우선이었고 연세가 있으신 분을 만날 때면 우리 아빠, 엄마도 이러실 텐데 하는 생각이 앞서곤 했었다.

  고객들이 피해를 입지 않게 하나라도 더 말을 해주고 싶었고 내가 알고 있는 것은 하나라도 더 해주고 싶었다. 그래서 늘 말을 빨리 하고 더 하려고 하다 보니 상담이 길어지고 앵무새처럼 설명이 많다는 평가도 있었지만 나는 그게 싫지 않았다. 오히려 말하지 않아서 고객이 피해를 입는 게 싫었다.

 그 긴 시간을 근무했지만 막상 지금 되돌아보면 기억에 남는 일들은 별로 없다. 그곳에서 나오면서 기억들을 지워버린 것 같다. 처음 S사를 퇴사한 후 우울증 판정을 받았고, 이혼 후 공황장애까지 얻으면서 K사에 들어갔을 때는 약을 먹으면서 상담을 했었다. 때로는 상담을 진행하다가 갑자기 숨이 멈춰서 내가 여기서 쓰러져서 죽으면 내 옆에 있는 사람이 알까 하는 공포스러운 생각에 상담하기 힘들었던 적도 있었다. 그렇게 약을 먹어가며 힘겹게 버텼다.

 내 나이 39세, 나를 필요로 하고 내가 할 수 있는 일이 있는 것만으로 감사하게 생각했다. 그래서 더 열심히 하려 했고 매일매일을 감사하게 근무했다. 처음 콜센터에서 근무할 때보다 더 열심히 하려 노력했고 예전과는 많이 달라진 시스템에 적응하기 위해 더 열심히 노력했다. 매번 내가 적응하지 못하고 내가 힘들어 도망쳤기에 이번만큼은 열심히 하고 싶었다.

 그러다 갑작스레 또다시 디스크 재발로 퇴사가 결정되고 나니 너무 서글펐다. 더 이상 내가 일할 수 있는 곳이 없다고 생각하니 눈물이 났다. 항상 다시는 이곳에 오지 않을 거라는 말을 하며 사직서를 쓰고 나왔었는데, 이제는 나가기 싫은데 나가야 한다는 생각에 너무도 서글펐다.

 내가 처음으로 꿈꿔보았던 CS 강사의 꿈의 근처에도 가보지 못했는데 말이다. 나에게 13년이라는 그 시간은 감정노동의 시간이었으며 꿈을 먹고 산 시간이었다. 꿈꿀 수 있는 시간이었고 웃을 수 있는 시간이었다.

나는 이력서 자기소개서에 늘 이 문구를 적었었다. "상담원이라는 직업은 누구나 할 수 있는 일이지만 아무나 할 수 있는 일은 아닙니다."라고 말이다. 누구나 도전할 수 있지만 아무나 해낼 수 있는 일은 아니다. 그만큼 나는 그 일에 대한 자부심이 있었고 행복을 느꼈었다.

　지금 당장은 그 일과 연관해서 할 수 있는 것들이 없지만 내 삶 곳곳에 그 시간들의 흔적이 나타나고 있고 그때의 경험과 노하우가 내가 앞으로 살아갈 날과 앞으로의 나의 일에 분명 밑거름이 되어 빛을 발할 거라 생각한다. 13년이란 그 시간은 업무적으로는 너무 힘들고, 내 감정을 소모하며 버텨야 했던 힘든 시간이었지만, 나의 청춘이었고 나의 꿈이었다.

*

2

어떻게 살아야 할까

결혼이라는 것은 축복과 행복 속에서 이루어지며 여자들은 결혼에 대한 로망도 어느 정도 있을 것이다. 하지만 나는 결혼에 대한 로망은 별로 없었다. '연애는 이상, 결혼은 현실'이라는 말을 꽤 오래전부터 들어왔으며 그 말을 이미 믿고 있기도 했고 사실 결혼에 대한 기대도 별로 없는 사람이었다. 결혼을 군이 꼭 해야 한다는 가치관을 가지고 있지도 않았다. 아니 오히려 20대 때까지는 결혼은 하지 않을 거라며 비혼주의에 가까웠다.

그러나 나는 굉장히 외로움을 많이 느끼는 사람이란 걸 알았고 누군가

와 함께일 때 가장 즐겁고 행복해한다는 걸 알았다. 늘 사람들 속에서 어울리기를 좋아했고, 이곳저곳 모임 활동도 많이 했었다.

어느 날 모임에서 신랑을 처음 만났다. 그동안 내가 만나보았던 사람과 전혀 다른 스타일의 사람이었다. 일부러 의도한 건 아니었지만 그동안 사귄 사람들은 키가 크고 몸집이 크고 운동을 하는 사람들이 대부분이었다. 그래서 한눈에 봐도 몸 좋다고 할 만한 사람들이었다. 그래서 뒤에 서면 내가 가려지는 그런 사람들이었다. 내가 워낙 작기도 하지만 말이다.

하지만 신랑은 전혀 반대의 사람이었다. 당시 내가 살이 좀 찐 편이었는데 신랑이 나보다 몸무게가 적게 나갈 정도였으니 말이다. 몸이 왜소하고 투버튼의 코트를 입고 안경을 썼는데 날렵하고 샤프해 보였었다. 그 첫인상이 강했었다. 날카로웠지만 말할 때의 다정함도 가지고 있었다. 그 모습에 끌렸던 것 같다. 그동안 만나왔던 사람들과는 다른 모습에, 나와는 전혀 정반대의 성격에 호기심이 생겼던 것 같다. 그렇게 우리는 연인이 되었다.

처음에는 서로 정반대인 성격에 끌렸지만 함께하면서 조금씩 부딪히기 시작했다. 나는 주말이면 무조건 쉬어야 하는 성향이었고, 그 사람은 주말이면 무조건 나가서 즐겨야 하는 사람이었다. 그렇게 조금씩 틈이 보이기 시작했다. 사귀는 동안 헤어질 기회가 몇 번 있었으나 우리는 헤어지지 못했다. 그렇게 1년이라는 시간이 흐른 후 우리는 결혼이라는 것에 대해 이야기를 나누었다. 결혼 적령기였기에 결론을 내려야 했다.

이 사람이 아니면 안 되겠다는 그런 마음에서라기보다는 결혼을 할 시기가 되었고, 그때 옆에 있는 사람이 서로였기에 결혼을 결정했다는 게 나의 솔직한 마음이었다. 양가 집안에 인사를 드리고 결혼식 날짜를 잡았다. 상견례는 3월 초에 했는데 그해에 윤달이 있어 결혼식은 10월 말로 잡혔다. 그리고 4월에 웨딩 촬영을 하고 결혼식에 입을 웨딩드레스를 고른 후 혼수를 준비했다.

나에겐 시부모님이 계시지 않는다. 두 분 모두 일찍 돌아가셨다고 했다. 그래서 신랑과 내가 둘이서 모두 준비를 했다. 10월 말까지 시간적 여유가 많았지만 빨리 미리 준비를 마쳐두고 싶었다. 상반기 때 모든 준비를 끝내고 혼인 신고를 미리 하는 게 어떻겠냐는 의견이 나왔다. 그 이야기를 나누며 해결해야 할 문제가 있었다.

당시 신랑 앞으로 빚이 있어 신용불량 상태였다. 정확하게 기억이 잘 나지 않지만 1300~1500만 원가량 되었던 걸로 기억난다. 당시에 내가 일을 하고 있었기에 대출을 받아서 그 빚을 상환하고 혼인 신고를 하고 신랑의 신용을 회복하기로 했다. 그러는 동안 신랑은 사업을 시작하였고 사업을 하는 동안 필요한 차를 내가 구입해주고 중간중간 필요한 비용도 내가 조금씩 보태주었었다.

그리고 8월 1일, 혼인 신고를 마쳤다. 두 사람 다 일을 하고 있었기에 금방 돈을 갚을 수 있을 것이라고 생각했다. 부모님이 일찍 돌아가셔서인지, 주변 친구들이 거의 다 결혼한 상태여서인지 신랑은 아이를 빨리 갖고 싶어 했다. 혼인 신고를 한 상태였던 터라 병원에 산전검사를 갔었다.

콜센터를 다닐 때 스트레스로 인해 부정 출현과 하혈이 많았던 터라 자궁내막 수술을 두 번 받았었다. 그 후에도 상황은 지속되었었고 차후 임신이 어려울 수 있다는 소견과 함께 지속적으로 호르몬제를 복용하고 있었다. 그래서 원하는 시기에 임신이 어려울 수 있다는 검사 결과와 함께 약 복용을 중단하였고 미리 임신 준비를 하라는 말을 들었다. 그렇게 검사를 다녀온 후 신랑과 어느 날 산책하며 이야기를 나누었다.

지금 우리 상황으로는 아이까지 가지면 너무 어려워질 것 같다고 빚을 좀 더 갚은 후에 아이를 가지자고 말이다. 그렇게 서로가 상의를 마치고 이틀 정도 후 왠지 모르게 기분이 이상했다. 생리를 해야 하는 당일이었다. 하루 정도 늦어질 수도 있는 것인데, 아침이었음에도 그냥 이상한 느낌이 번뜩 들었다. 그래서 바로 약국으로 갔다. 그리고 임신테스트기를 구매 후 테스트를 진행했다.

아무런 반응이 없었다. 그럼 그렇지 하고 한참 집안일을 한 후 1시간쯤 지났을까 테스트기에 한 줄과 아주 미세하게 보일 듯 말 듯한 한 줄이 보였다. 싸늘한 느낌이 들었다. 그리고 바로 병원으로 갔다. 너무 초기라 초음파상으로는 확인이 되지 않았고 채혈검사를 해두고 돌아왔다. 신랑에게는 아무 말도 하지 않았다. 그리고 다음 날 병원에서 검사 결과 연락이 왔다. 임신이 맞다고 했다.

'아……, 조금 있다가 가지고 싶었는데.' 이 생각이 제일 먼저 들었다. 그리고 신랑에게 소식을 전했다. 역시나 신랑은 좋아했었다. 원하던 시기에 온 아이는 아니었지만 새로운 생명이 와준 것은 감사한 일이었다. 그렇게 순탄할 줄만 알았던 임신은 결코 쉽게 넘어가주지 않았다.

내 인생은 결코 그렇게 호락호락할 리가 없었다. 내가 팔자 운운하며 푸념이라도 해야 견딜 수 있었던 건 아마 이때부터 본격적으로 시작된 게 아니었을까. 임신하고 2개월쯤 지나서 결혼식이 있었다. 신혼여행은 가질 못했다. 그사이에 아이가 몇 번 유산될 뻔한 위험이 있었다. 그래서 병원에서 제주도조차도 가지 않는 것이 좋겠다고 하여 신혼여행은 다음으로 미루자고 취소했다.

일생에 한 번뿐이고 행복한 결혼식 날, 나는 그날 역시도 잘 기억이 나지 않는다. 입덧으로 하루 종일 아무것도 먹지 못했으며, 여기저기 불려 다니며 진행되는 결혼식은 너무도 버거웠다. 즐겁고 행복하다기보다는 빨리 이 시간이 끝났으면 하는 마음이었다. 살아가며 제일 이쁘게 꾸민다는 결혼식이었지만 나는 이제 그날이 몇 월 며칠인지조차 기억나지 않는다.

억지로 내 기억 속에서 지워버리려고 했던 것 같다. 내 머릿속에서 기념일로 남겨두기 싫었던 것 같다. 정신없이 진행되었던 결혼식은 그렇게 마무리되었다. 예정에 없던 시기에 갑작스레 내가 임신하게 되면서 일을 그만두게 되어 수입이 불안정해지기 시작했다. 신랑이 사업을 한다고는 했지만 그 역시 수입이 전혀 창출되지 않는 상황이었다. 그래서 친정 오빠가 신랑에게 울산에서 일을 하기를 권유했다. 대구보다는 울산에 있는 중공업이 임금이 더 비싸기도 했으면 당시 오빠 직책이 임금 부분에 대해서 측정을 해줄 수 있는 관리자였기에 울산으로 오라고 했었다.

결혼식을 앞둔 시기쯤 하나둘 연체가 터지기 시작했다. 혼인 신고 전 신랑의 빚을 갚기 위해 사채권에서까지 대출을 받았던 것까지 한꺼번에 다 터지기 시작했고 내가 임신하며 직장을 그만둔 상태라 더 이상 돌려 막을 방법이 없었다. 결국 터뜨려야 할 시기가 왔다. 결혼식 직후 울산으로 이사를 갔고 회생 절차에 들어갔다.

임신 4개월쯤 되었던 것 같다. 변호사 사무실이며 은행, 카드사, 보험사 등 필요한 서류를 발급받기 위해 여기저기 발품을 팔러 다녔다. 위치상 버스를 타기도, 택시를 타기도 애매한 곳들이었다. 한 곳을 다녀온 후 다음 장소가 버스로 한 코스도 되지 않는 곳에 하나씩 띄엄띄엄 위치하고 있었다. 하루씩 나누어서 방문해도 될 것을 성격상 또 그러질 못했다. 나왔을 때 처리하자는 생각도 있었고 하루라도 독촉 전화를 덜 받고 싶었다.

빨리 접수를 하고 빨리 처리하고 싶다는 생각에 종종거리며 입덧으로 밥도 못 먹은 채 여기저기 아등바등 돌아다녔다. 결혼 전에는 그랬다. 결혼을 하면 모든 것들이 다 안정될 줄 알았다. 하나보다는 둘이 더 든든하니까. 혼자서 고민하는 것보다는 둘이서 고민하면 해결책이 더 나올 수 있으니까 둘이 나을 거라 생각했다. 어쨌든 혼자보다 행복하기 위해 결혼을 한다고 생각했다. 하지만 나는 결혼이 그리 행복하지 않았다. 아니 오히려 더 버거웠다고 하는 게 더 맞는 표현인 것 같다.

모든 걸 내가 다 해결해야 했고 신랑보다는 내가 더 뛰어다녔고 내가 모든 걸 지원하고 내가 한다고 생각했다. 때론 이 사람이 내가 결혼 전 물질적으로 지원해주지 않았다면 결혼을 했을까 하는 생각까지 들기도 했었다. 그렇게 결혼을 하며 신랑을 신용 회복시킨 후 나는 5년이라는 시간의 회생 기간에 들어가고 신용불량이 되었다.

원래는 파산 신청을 해야 한다고 했지만 임신임을 어필하고 선처를 호소하여 판결된 금액이 월 40만 원씩 5년간 납부하는 것이었다. 그리고 울산으로 내려온 우리에게는 돈이 하나도 없었다. 이미 여기저기 돌려 막느라 돈이 바닥난 상태였기에 염치 불고하고 친정오빠에게 도움을 요청했다. 그렇게 친정오빠에게 천만 원을 빌려 울산에 방을 얻어 신혼생활을 시작했다.

그 돈은 내가 이혼한 한참 후에야 갚을 수가 있었다. 그 돈을 갚을 때까지 나는 단 한 번도 친정오빠의 얼굴을 똑바로 바라본 적이 없었다. 너무 미안해서 괜스레 마음 아파서 단 한 번도 마음 편하게 친정오빠의 얼굴을 바라볼 수 없었으며 마음 편하게 말을 걸어본 적도 없었다.

내가 너무 죄인이 된 기분이었다. 거기에 회생까지 앞으로 어떻게 살아가야 할지 내 삶은 어떻게 풀려갈지, 정말 내 팔자는 왜 이런 거냐고 땅을 치며 푸념을 안 할 수가 없는 하루하루였다.

*

3

쉬운 건 아무것도 없다

결혼하면 자연스레 임신하게 되고 40주가 되면 출산하게 되고 그렇게 아이는 본인의 성장 속도에 따라 그렇게 커가는 것인 줄로만 알았다. 그게 당연한 것인 줄로만 알았다. 내 주위 사람들은 다 그래 왔고 그런 모습들만 봐왔으니 말이다. 주위에 불임으로 힘들어한다거나 아이가 아프다거나 장애를 가진 아이도 없었다.

하물며 친구들 중에는 요즘 시대에 흔치 않게 아이 세 명을 낳은 친구도 여럿 있고 네 명인 사람도 있다. 그래서 결혼해서 어느 정도 시기가 되면 임신하게 되고, 주수가 채워지면 출산하는 것이 당연한 순서라고 생각했다. 하지만 결코 세상의 모든 것에는 당연한 것은 없음을 알게 되었다. 그리고 그 주인공이 내가 되리라는 건 꿈에도 알지 못했다.

임신 초기부터 위기는 시작되었다. 임신을 하고 첫 진료부터 심상치 않았다. 자궁에 피가 고여 있다는 것이다. 그러니 항상 조심하라는 것이다. 화장실 가는 것조차도 조심하고 되도록이면 누워 있고 움직임도 조심하라고 했다. 평소 많이 움직이는 편은 아니었으나 더욱 조심하려 노력했다. 그렇게 임신 3개월까지 응급실을 두 번을 다녀왔다. 피가 보이면서 응급실에 갔었지만 다행히 아이에겐 문제가 없었다.

그리고 임신 3개월이 된 후 다행히 자궁에 고여 있던 피가 사라졌고 아이도 안정적으로 착상이 되었으며 주수에 맞게 잘 자라고 있다고 했었다. 그 후 4개월쯤 되었고 조금씩 몸도 움직이고 산책 정도는 해도 된다고 했었다. 아기의 움직임도 좋고 평균 주수보다 팔, 다리 길이도 길며 몸무게도 평균에 맞게 너무 잘 크고 있다고 했다. 이제 모든 것들이 안정되고 평화로울 줄 알았다.

나도 보편적인 임산부들처럼 산책을 하고 태교를 하며 그렇게 지내면 될 거라고 생각을 했다. 그러나 그때부터 본격적으로 위기가 찾아오기 시작했다. 그 시기쯤 회생절차 준비가 시작되었다. 신랑은 직장에 나가고 있었기에 내가 혼자서 준비를 해야 했다. 우리가 살고 있는 곳이 시내 중심권과 가까운 곳이었기에 은행과 카드 고객센터, 보험 고객센터, 변호사 사무실, 법원 등 모든 곳들이 다 가깝게 밀집되어 있었다.

문제는 이곳들이 한 곳에 다 모여 있는 것도 아니었으며 한 곳에서 업무 처리 후 걸어서 5분~10분 정도를 가면 다음 장소가 위치하여 길게 쭉 늘어서 있었다. 택시를 탈 수 있는 거리도 아니었고, 버스를 탈 수 있는 거리도 아니었다. 어쩔 수 없이 한 곳의 업무를 본 후 걸어서 다음 장소로 이동을 했다. 그렇게 오전에 출발하여 오후 늦게야 업무가 마무리되었다. 왜 회생 접수를 하게 되었는지 사유서와 모든 소명 자료를 접수하고 나니 마음이 씁쓸했다. 그러나 그렇게라도 해서 할 수만 있다면 다행이라고 생각했다.

그리고 얼마 후 산부인과 정기검진이 있었다. 그날은 정밀 초음파 검사가 있던 날이었다. 초음파 검사를 하는데 뭔가 느낌이 이상했다. 검사하시는 분의 검사가 길어지는 것이었다. 아무리 정밀 초음파라고 하지만 왠지 그냥 느낌으로도 뭔가 잘못되고 있다는 생각이 바로 들었다. 그리고 어디선가 다른 분이 오셔서 검사하기 시작했다. 그리고는 두 분이서 이야기를 나누시더니 결과는 담당 선생님에게 전해 들으라고만 하셨다.

조마조마한 마음으로 진료실 앞에서 기다렸다. 그리고 내 이름이 불렸다. 담당 선생님이 초음파 영상을 한참을 들여다보셨다. 그리고는 "지금 초음파 영상으로는 장의 사이즈가 조금 커져 있습니다. 순간적으로 이런 경우는 있을 수 있습니다. 일시적인 경우일 수 있으니 다음 주에 입체 초음파 검사 예정되어 있으니 다음 주에 다시 확인해보도록 하죠. 그때까지 무리하지 마시고 건강관리 잘하고 계세요."라고 말씀하셨다.

그 짧은 말씀에도 수만 가지 생각이 스쳐 지나갔다. 도대체 무엇이 잘못된 건지, 무엇을 잘못한 건지, 그리고 제일 먼저 떠오른 생각은 '아, 내가 너무 무리해서 그런 걸까. 회생 준비한다고 내가 너무 스트레스받고 너무 무리해서 그런 걸까. 태교는 못할 망정 너무 스트레스받아서 그런 걸까. 나 때문인 걸까.' 이 생각이었다.

그 1주일이 1년만 같았다. 음식 냄새가 역하거나 토하거나 할 정도의 입덧은 아니었지만 입덧으로 음식을 거의 잘 먹지 못했었다. 굶기 일쑤였다. 그래도 곁에 있는 새언니가 어떻게든 챙겨주려 노력해준 덕분에 몸도 마음도 덜 무너졌던 것 같다. 1주일 후 다시 병원을 찾았다. 입체 초음파 검사가 목적이었지만 나는 아이의 상태 재검사가 더 우선이었다.

아무리 이리저리 검사해도 얼굴을 보여주지 않았다. 1시간을 넘게 검사를 해서 간신히 얼굴을 보여주었다. 처음 마주하는 아이의 얼굴이었다. 신기했다. 이런 생김새를 하고 내 뱃속에 있다는 것이. 그리고 정밀 초음파 검사를 마쳤을 때쯤 신랑이 병원에 도착했다. 그리고 담당 선생님에게 함께 들어갔다.

담당 선생님의 첫 말씀은 "부산과 대구 중 어디 가까운 가족이 있으신 곳이 있나요?"였다. 왜 그러시냐고 여쭈었더니 "지난주보다 아이의 장의 사이즈가 훨씬 많이 커져 있는 상태입니다. 그리고 지금은 위까지 커진 상태입니다. 부산이나 대구 중 큰 종합병원으로 가서 정밀검사를 받아보셔야 할 것 같습니다. 가까운 가족이 있으신 지역으로 가시는 게 편하실 것 같아서요."라고 말씀을 하셨다.

순간 멍해졌다. 이건 또 도대체 무슨 말일까. 한고비 넘고 나니 또 산이다. 진료의뢰서를 받아 들고 나왔다. 가족과 지인들을 통해 대구에 있는 대학병원(상급종합병원) 산부인과에 진료예약을 했다. 이제 어떻게 해야 하는 걸까. 어느 것 하나 쉽게 넘어가는 게 없는 걸까. 다음 날 바로 대구로 올라가 진료를 받았다. 진료는 꽤 오랜 시간 진행되었다.

울산에서 받아 온 진료의뢰서를 전달하고 초음파 검사를 진행했다. 1시간에 가까운 시간을 초음파 검사를 한 것 같다. 그리고 나는 아주 충격적인 결과를 들었다. "지금 예상되는 상황은 두 가지입니다. 우선 첫 번째는 다운증후군일 확률이 80%입니다. 그리고 나머지 하나는 정확하게 알 수는 없으나 장으로 연결되는 어딘가의 협착이 있는 경우입니다."라는 청천벽력 같은 결과였다.

'뭐라고? 다운증후군? 장협착?' 한 달 후 다시 재검사를 하러 오라는 말을 듣고 다시 울산으로 차를 돌렸다. 대구에서 울산으로 가는 그 시간 동안 신랑과 나는 아무 말도 하지 않았다. 아니, 아무 말도 할 수가 없었다. 전혀 예상하지 않은 시나리오였다.

다운증후군이라니, 장협착이라니, 이게 다 무슨 소리인가……. 그동안 그 수많은 검사를 하면서도 이상 증상은 단 한 번도 없었다. 조금이나마 의심을 할 만한 수치가 나온 적도 없었다. 한 달 전만 해도 평균 주수보다 더 잘 크고 있다고 했는데 갑자기 뜬금없이 이게 무슨 말이란 말인가. 이제 어떻게 해야 하는 걸까. 이런 결과가 나올지 그 누가 상상이나 했을까.

그 어떤 것도 실감 나지 않았고 이해되지 않았다. 어떤 조치를 취해야 하는지 알 수가 없었다. 어떠한 정보를 찾아보아야 하는지도 감이 오지 않았다. 우선 가족들에게 병원에 다녀온 결과를 알렸다. 그리고 저녁에 친정오빠가 신랑을 만나자고 했다. 혼자 남은 나는 불도 켜지 않은 채 혼자 흐느끼며 울었다. 집에 아무도 없었지만 내가 우는 모습을 아무에게도 들키고 싶지 않았다.

모든 것이 내 죄인 것만 같아 우는 것조차 죄스러웠다. 처음 임신했을 때에도 솔직히 나는 기뻐하지 못했다. 새로운 생명이 찾아온 기쁨보다는 원했던 시기가 아닌 상태에서 찾아와준 것에 부담감이 먼저 앞섰으며, 아이의 성별을 알았을 때도 내가 원했던 성별이 아님에 실망을 먼저 했었다. 그리고 임신한 상태에서 결혼식이며 이사 준비, 회생 준비까지 너무도 큰일들을 겪고 처리하며 내 몸을 제대로 돌보지 못했다.

아이가 아픈 게 모두 다 내 죄 같았다. 그래서 소리 내어 우는 것조차 할 수 없었다. 그리고 몇 시간이 지났을까, 친정오빠에게서 전화가 왔다. 잔뜩 술에 취해 떨리는 목소리로 너무나 미안한 목소리로 한마디 한마디 이어갔다. 신랑도, 부모님도 그 누구도 나에게 말하지 못할 거라며 그러니 오빠가 하겠다고, 오빠가 총대를 메겠다며 미안하다고 했다. 그리고는 아이를 포기하자고 했다.

너무 미안하고 슬프지만 장애가 있는 아이를 키우기는 생각하는 것 이상으로 더 힘들 거라고. 그러니 아이는 그만 포기하자고 했다. 그렇게 말을 하면서도 말을 다 잇지 못했다. 나는 울면서 그렇게 할 수 없다고 했다. 얼굴까지 다 보았다고, 태동도 느끼고, 심장이 뛰는 소리도 들었다고 보낼 수 없다며 계속 울기만 했다. 그리고 얼마 후 신랑이 돌아오는 소리가 들렸다. 신랑은 나에게 아무런 말도 하지 않았다. 나의 감정이 어떤지, 본인의 마음은 어떤지, 앞으로 우리가 어떻게 해야 할지 아무런 말도 하지 않았다. 아무런 말도 하려 하지 않았다.

그렇게 신랑은 그 상황을 피하고 싶었던 것일까, 아니면 친정오빠에게 이미 전화를 받았을 나에게 미안한 마음에 아무런 말도 할 수 없었던 걸까. 시간이 지나 생각해보면 그 당시엔 신랑 역시 후자의 마음이었겠지만 마음 깊숙한 곳에는 전자의 마음이지 않았을까 싶다. 언젠가 신랑이 해주었던 말이 떠올랐다. 본인은 어릴 때 아버님이 돌아가시고 난 후 힘든 일이 있으면 피하려고 하는 경향이 많았다던 말이 말이다.

　어쩌면 신랑도 너무 겁이 났을 것이다. 그렇게 친정오빠에 기대어 피하고 싶었는지도 모르겠다. 그렇게 길고도 길었던 까만 밤을 지새운 후 아무리 생각을 해보아도 아이를 그렇게 보낼 수는 없었다. 그래서 여러 지인을 통해 상황을 설명하고 인터넷을 검색하고 다른 방법이 없을지 찾아 나섰다. 그리고 대구의 K대학병원을 소개받았다.

　아이를 출산할 때 산모가 위험한 상황이 아니라 아이를 바로 수술해야 하는 상황이 발생할 수 있기 때문에 대구에서 신생아 인큐베이터가 가장 많으며 소아과 수술을 가장 잘한다고 하였다. 그래서 그 병원에서 고위험군 담당 산부인과 선생님으로 진료를 잡고 병원을 방문했다. 그리고 진료 시간이 되었다. 이전 검진에서는 초음파 검사를 하는 데만 1시간가량 걸렸었다. 근데 이번에는 초음파 기계를 슥~슥~ 문지르고는 일반 산부인과에서 검진하듯 1~2분도 채 걸리지 않은 기분이었다. 그리고는 아주 담백한 목소리로 말씀하셨다.

　"어머님, 아이가 지금 아픈 건 알고 계시죠? 출산하게 되시면 아이는 바로 수술해야 할 거니까 저희 쪽 소아과랑 협진해서 진행할 거고요. 어머님은 조산할 가능성이 매우 큽니다. 그러니 조산방지약을 처방해 드릴 테니 약 잘 챙겨 드세요. 조산하게 되면 과다 출현 가능성이 많으니까 조산 안 하게 몸조심하셔야 합니다." 이게 끝이었다.

신랑과 나는 너무 당황스러웠다. 정말 이게 끝인 걸까? 우리는 서로 당황하여 선생님께 다시 질문했다. "선생님, 저희가 이전 병원에서 검사를 했을 때 아이가 다운증후군일 확률이 있다고 하던데요. 그건 어떻게 되나요?", "어머님, 다운증후군 아이들 보신 적 있으시죠? 얼굴 형태가 다 똑같이 생겼어요. 그리고 팔다리가 다 짧아요. 근데 지금 아이는 다운증후군 얼굴 형태도 없고요. 팔다리도 전혀 짧지 않습니다. 어머님들이 다운증후군일까 봐 걱정되셔서 양수 검사하고 그러시는데 양수는 말 그대로 어머님의 양수이지 아이의 직접적인 염색체가 아니에요. 그래서 위험하게 아무리 양수 검사해도 아이의 다운증후군 검사를 100% 확실하게 할 수도 없습니다. 초음파 보니까 확실하게 다운증후군 아닙니다. 걱정하지 마시고 조산 안 하게 조심하세요."

이 얼마나 명쾌한 설명인가. 하늘을 날아갈 것만 같았다. 그동안 몇 날 며칠을 울었지만 그 순간만큼은 안도의 한숨과 함께 잠시나마 웃을 수 있었다. 약을 처방받고 한 달 후 예약을 잡은 후 울산으로 내려왔다. 아이가 장에 문제가 있는 상태이기 때문에 양수를 제대로 먹지 못하고 있는 상태라고 했다. 그래서 내가 양수과다증이 오고 있는 중이었다. 그러니 나는 살이 찌면 안 되고 아이만 살을 찌워야 한다고 했다. 물도 많이 먹으면 안 되고 소고기 위주로만 먹고 운동도 과하게 하면 안 되고 되도록 누워서 안정을 취하라고 했다.

시간이 지날수록 양수의 양은 늘어나고 갈비뼈까지 압박이 오면서 숨 쉬는 것조차 힘겨운 하루하루가 이어졌다. 하루하루가 살얼음판 같았고 하루도 울지 않고 보낸 날이 없었다. 왜 이런 일이 우리에게 일어나야 하는 건지, 왜 나에게만 이런 일이 일어나고 있는지 누군가가 정말 알려주었으면 좋겠다는 생각만 들었다. 그렇게 한 달이 지나 진료일이 다가오고 있었다.

기본 정기검진이었기에 기차를 타고 병원에 다녀오면 된다며 신랑은 출근하라고 하고 혼자서 대구에 다녀왔다. 정확히 35주가 되었고 아이는 딱 2kg이 되었다. 양수를 먹을 수 없는 상태였지만 꿋꿋하게 잘 자라고 있다고 했다. 양수를 먹지 못해 양수가 과다 상태라 아이의 태동은 전혀 느낄 수가 없었다. 하지만, 건강하게 잘 지내고 있다고 했었다. 너무도 다행스러운 마음과 감사한 마음으로 울산 집으로 내려왔다.

사람은 무언가 일이 일어날 거 같으면 촉이라는 게 정말 있는 걸까. 이상하게 그날 집에 돌아온 후 갑자기 목욕이 하고 싶어졌었다. 그래서 목욕을 하고 누워서 쉬고 있는데 갑자기 무언가 흥건한 느낌이 들었다. 하필이면 신랑도 집에 없는데 말이다. 급하게 신랑에게 전화를 걸어 들어오라고 한 후 근처에 있는 산부인과 응급실로 향했다. 검사를 했지만 양수는 아닌 것 같다고 했었다. 양수가 아닌 것 치고는 무언가 물 같은 게 양이 많았는데 이상한 느낌이었다.

일단 집으로 다시 돌아왔고 다시 잠이 들었다. 그리고 2시간 정도쯤 지나고 나서였다. 또 무언가 흥건한 느낌이 들었다. 이번엔 피가 함께 흥건

하게 흘렀다. 이번에는 정말 양수인 것 같은 느낌이 순간적으로 들었다. 병원으로 전화를 걸었더니 아이가 인큐베이터로 바로 들어가야 할 수도 있기 때문에 내가 아이를 출산할 대구로 가야 한다고 했다. 다행히 진통은 전혀 없는 상태였고 119구급차를 불러 가는 것보다 자가용을 이용하는 게 더 빠를 수도 있다고 하여 간단한 소지품만 챙기고 바로 대구로 향했다.

아무것도 챙길 정신도 없었으며 출산이 5주나 남은 상태였기에 출산용품도 전혀 준비되지 않은 상태라 무엇을 챙겨 갈 것도 없었다. 상황이 어떻게 될지 몰랐기에 간단한 소지품만 챙긴 채 대구로 바로 향했다. 그렇게 새벽길을 달려 산부인과 응급실에 도착했다. 그리고 진료를 보았고 양수가 맞다고 했다. 그리고 이어 바로 초음파를 보았다.

전날 낮에 초음파를 했을 때는 아이 몸무게가 2kg이었으나 그때는 2kg이 되지 않는다고 했다. 수술을 위해 마취를 하려면 최소한 2kg이 되어야 안정적이라고 했다. 그리고 내가 병원에 갔던 날이 금요일이라 전문의 교수님이 계시지 않고 당직 선생님이 계신다고 하셨다. 그래서 아이의 수술이 큰 수술이 될 수가 있기 때문에 금, 토, 일요일은 분만실에 대기했다가 월요일 첫 타임에 아이를 출산하자고 결론이 내려졌다.

3일만이라도 최대한 아이를 더 키워서 낳는 게 덜 위험하다고 했다. 그리고 그때부터 시작된 가진통을 억제하기 위해 진통 억제제를 맞고 나는 분만실에서 3일 입원이 시작되었다. 분만실은 보호자도 같이 있을 수가 없다. 오로지 면회 시간 15분 정도, 하루 두 번 잠시 면회만 가능하다. 양수가 터지면서 출혈이 같이 시작되었다.

양수와 피가 함께 쏟아져 나왔고 허리디스크 수술을 한 곳의 통증도 함께 왔다. 아이를 출산할 때 허리를 튼다는 게 이런 것이구나 하는 것을 실감할 수 있는 순간이었다. 금요일, 토요일이 지나고 마지막 일요일이 되었다. 3일 동안 그렇게 양수와 피를 쏟았는데도 아직도 나올게 남아 있나 보다.

계속해서 양수와 피를 쏟고 있었고 저녁 시간 마지막 면회 시간 신랑이 들어와 수술 동의서에 사인했다. 하반신 척추마취를 한다고 했다. 허리디스크 수술을 한 사람은 무통 마취는 불가능하며, 가장 빠른 시간인 8시로 수술이 예정되었다. 그리고 신랑은 좀 쉬고 오라고 신랑 동생인 아가씨 집으로 보냈다. 그렇게 신랑을 보내고 10분쯤 지났을까. 조금씩 배가 아파오기 시작했다. 느낌이 그전과는 너무 달랐다.

저녁 7시밖에 안 되었는데 설마 벌써 진통이 시작된 걸까. 마침 머리 위로 전자시계가 보였다. 통증이 좀 세기는 하지만 일정하지는 않았다. 그리고 시간이 갈수록 통증 횟수가 점점 늘어나기 시작했다. 이윽고 12시가 넘어가면서부터 통증의 강도와 횟수가 늘어나기 시작했다. 그리고 시계를 보고 간격을 체크하기 시작했다. 간격이 조금씩 좁혀지고 있었다. 정말 진통이 맞나 보다. 아직 수술에 들어가려면 시간이 많이 남아 있는데 걱정이었다.

새벽 4시쯤 되었을까. 도저히 참을 수 없을 만큼의 진통이 오기 시작했다. 분만실에 근무 중인 당직 선생님에게 배가 너무 아프다고 얘기를 했다. 그랬더니 아무렇지 않게 흘려듣는 것이다. 아무래도 3일간이나 나를 지켜보고 있었으니 아직 별일 아니라고 생각했던 것 같다. 원래 아프다며 대수롭지 않게 대답을 하는 것이다. 통증이 너무 심해서 나는 그만 소리를 질렀다.

"지금 진통이 5분 간격으로 온다고요. 환자가 아프다는데 왜 무시하는 건데요."라고 소리를 질렀더니 당직 선생님과 간호사 선생님께서 당황하시며 오셨다. 그리고는 내진을 시작하셨다. 그러더니 갑자기 부산스러워지기 시작했다. 담당 교수님께 전화를 걸고 계셨다. 자궁이 이미 80%가 열렸다는 것이다. 그리고 이곳저곳 열심히 전화하기 시작했다. 긴급 수술을 들어가야 한다며 수술실에 전화하고 부산스러운 모습이었다.

나는 신랑에게 전화했다. 지금 바로 수술 들어가야 하니 바로 오라고 말이다. 그리고 얼마나 지났을까. 아이의 상태를 확인하게 위해 나의 배에 붙여두었던 기계에서 요란한 경고음이 들리기 시작했다. 아이의 심박동 수가 미친 듯이 올라가기 시작했다. 나의 혈압도 함께 상승하고 있었다. 정말 긴급 상황이었다.

그리고 나에게 긴급 수술에 들어가야 한다며 하반신 척추마취가 아닌 전신마취에 들어간다는 말과 함께 위급한 상황이 올 수도 있다는 말과 함께 동의서 사인을 하라고 했다. 나는 그렇게 아무도 없이 오롯이 혼자서 나와 내 아이의 목숨에 서명하고 홀로 수술실로 들어갔다. 긴급하게 수술실로 옮겨지다 보니 다들 어수선하고 정신이 없어 보였다. 카운트다운을 센 것까지 기억이 나는데 눈을 뜨니 병실에 있었다.

눈을 뜨고 난 후 신랑의 첫마디가 들렸다. "자연분만 안 하고 제왕절개

하니까 편하지? 둘째도 낳아야지?" 정신이 번쩍 들었다. 그 말을 들으니 수술이 끝난 게 실감이 났다. 그리고 세상에 하나밖에 없는 우리 아이의 사진을 보여주었다. 나는 그렇게 3일을 분만실에서 양수를 쏟으며 하혈을 하고, 12시간의 진통을 하고도 제왕절개를 하여 출산을 하였다.

그렇게 35주 4일 만인 2013년 4월 22일 2.26kg으로 세상에 하나밖에 없는 나의 보물, 우리 아들이 세상에 태어났다.

*

4

울 수 있는 용기

　무엇이 그렇게 급했을까. 40주까지는 아니더라도 조금만 더 뱃속에서
자라서 나와주었으면 좋았을 텐데 말이다. 35주 되는 날 양수가 터져 35
주 1일에 입원하여 35주 4일이 되는 날 세상 밖으로 나온 사랑하는 우리
아들. 수술 시간까지도 기다리지 못해 긴급 수술로 1시간 15분 일찍 세
상으로 나왔다. 예정대로라면 하반신 척추마취로 아이를 직접 안아볼 수
있었을 텐데 긴급 수술로 전신마취를 하고 수술실로 들어가서 나는 사진
으로 아이를 처음으로 마주하게 되었다.
　늘 마음 졸이고 걱정했던 것에 비해 태어난 그 순간에 찍은 사진의 모

습은 꽤 통통하게 보여 다행이다 싶었다. 아이는 태어나 바로 신생아 중환자실로 옮겨졌다. 위에 고여 있는 액을 빼내기 위한 호스를 입에 꽂고 있는 모습이 너무도 애처롭기만 했다. 신생아 중환자실 면회는 하루에 단 한 번으로 정해져 있다. 면역복을 입고 소독을 하고 들어가서 아이를 만나야 한다.

첫날은 제왕절개로 움직이기 힘들었기에 아이를 만나지 못했다. 그리고 그다음 날 면회 시간이 되어 아이를 만나러 가려 했으나 도저히 움직일 수가 없었다. 보편적으로 제왕절개를 하더라도 하루 정도가 지나면 움직일 수 있다고 했는데 나는 도저히 움직일 수가 없었다. 아마 양수가 터진 상태에서 3일간 분만실에서 하혈하며 버티고 있었던 게 무리가 있었던 것 같다.

고열이 나기 시작했다. 아이를 출산하고 나면 한여름에도 옷을 껴입고 따뜻하게 한다는데 나는 병원에서 주는 얼음팩을 끼고 물수건으로 열을 내리고 있었다. 그렇게 아이가 태어나고 이틀째가 되는 날에도 아이를 만나지 못했다. 3일째가 되던 날 아이가 검사를 받는다고 했다. 아이가 뱃속에 있을 때는 장 어디엔가 협착이 있을 것이라고 생각을 했으나 실제로 태어나서 확인을 하니 소장이 두 개로 분리된 상태라고 했다. 분리된 후 위쪽이 부풀면서 아래쪽이 가려져 보이지 않았던 상태라고 했다.

그 전날 신랑은 나에게 아이가 수술이 가능한지 복강경 검사를 한다고만 이야기를 했었다. 하지만 검사 당일 9시 반에 검사에 들어간 아이가 면회 시간인 1시 반이 되어도 아직 수술실에 있다고 하는 게 아닌가. 그래서 신랑에게 어떻게 된 상황인지 다시 물었다. 우리 몸속의 장기들은 길이가 있는데 그 길이가 만약 부족하게 되면 소장을 이어주더라도 일곱 살 전에 사망할 확률이 크다고 했다고 한다. 그래서 그 장기들의 길이를 확인하기 위한 검사를 한다고 했다. 근데 이렇게 오래 걸린다고 하지는 않았다는 게 아닌가.

도대체 이 말도 안 되는 상황은 또 무엇이란 말인가. 어떻게 단 한순간도 나는 쉽게 넘어가는 법이 없을까. 그냥 넘어져도 힘이 들 것을 돌부리에 부딪혀 더 크게 다치게 만드냔 말이다. 장장 6시간의 긴 시간이 지나고서야 아이는 신생아 중환자실로 옮겨졌다.

담당 의사 선생님이 오셔서 수술 경과를 알려주셨다. 처음에는 복강경으로 수술 가능 여부 확인을 위해 진행되었으나 다행히 수술이 가능한 상황이었으며, 아이가 너무 작은 상태이고 수술을 더 미루기에는 아이가 위험할 수가 있었다고 했다. 그리고 너무 어리기에 전신마취를 여러 차례 계속할 수 없기에 바로 수술을 진행했다고 했다. 수술은 무사히 잘 끝났으며 두 개로 절단된 소장을 잘 이어주었다고 했다. 이어진 소장이 제대로 움직여서 활동을 시작하게 되면 위도 움직이게 될 것이고 그 후에 퇴원이 가능하다고 했다. 그 시기는 정확히 언제일 거라고 정해진 것은 없다고 했다.

그리고 3일 만에 나는 여전히 펄펄 열이 나는 몸으로 거의 기어가다시피 하여 처음으로 우리 아이와 마주하게 되었다. 처음으로 아이와 마주한 순간 나는 인큐베이터 앞에 주저앉아 울기만 했다. 태어나자마자 찍었던 그때의 얼굴은 어디에서도 찾아볼 수가 없었다.

아직 마취가 남아 있는지 팔다리가 축 늘어져 있었고, 가슴에 관이 꽂혀 있고 입에도 호스가 꽂혀 있었다. 기저귀가 너무 커서 접어서 밴드로 둘러놓았다. 그리고 배에는 수술 후 밴드를 붙여둔 곳도 눈에 보였다. 황달 증상으로 눈도 가려져 있었다. 그때의 장면은 아직도 생생히 기억난다. 그때의 마음을 무어라 글로 표현하기는 어렵지만, 그저 우는 것밖에 할 수 없었다는 표현이 가장 맞는 것 같다.

얼마나 고통스러울까. 우리는 살결에 조금만 상처가 나도 아픈데 몸속의 장기가 두 개로 절단이 된 상태라니 말이다. 그리고 그걸 수술하기 위해 절개를 하였고, 복강경 구멍을 내고, 언제 퇴원을 할지 알 수가 없기에 한 달간 유지할 수 있는 링거관을 가슴에 삽입하고, 그 링거관을 삽입하기 위해 쇄골뼈 라인에 절개를 했다. 눈은 황달 치료를 위해 가려져 있었고 손가락은 너무 가늘어 발등에 밴드를 감아 심박수 및 아이의 상태를 체크할 수 있도록 기계가 연결되어 있었다.

아이와 처음 만나는 순간 너무도 찢어지게 마음이 아팠고, 손 한 번 잡아줄 수도 없이 우는 것조차 너무 미안한 어미라 이름 한 번 불러보지 못했고, 앞으로 어떻게 진행될지 알 수 없는 막막한 상황에 그저 모든 것이 원망스러운 날이었다.

새로운 생명이 태어나면 그 누구나가 "축하한다"라는 말을 건넨다. 하지만 내가 들어야 했던 말은 "아이는 어때? 괜찮아?"라는 말이었다. 그 당연하고 흔한 "축하해"라는 그 한마디를 나는 단 한 번도 들어본 기억이 없다. 아니, 분명히 있었을 것이다. 하지만 나는 전혀 기억나지 않는다. 저마다 아이의 건강 상태를 걱정해주는 사람이 더 많았으며 나 역시도 아이의 건강 상태와 나의 몸 상태가 너무도 좋지 않은 상태였기에 축하한다는 말은 귀에 들어온 적이 한 번도 없었으니 말이다.

그들도 분명 축하한다는 말을 전했을 것이다. 그리고 그 누구보다도 우리 아이를 걱정해주었을 것이며 축하해주었을 것이다. 그 말 한마디가 뭐가 중요하겠는가. 하지만 그 당시의 나는 그 말 한마디에도 기대고 싶었다. 모두가 저마다의 방식으로 인사를 전해올 때 친정오빠의 연락이 없었다. 그래서 내가 먼저 오빠에게 연락했다. 동생이 아이를 낳았는데, 하나뿐인 조카가 태어났는데 축하한다는 말 한마디 없냐고 말이다.

사실 서로가 친근한 말 한마디 할 줄 모르는 남매였고 오빠에게 그런 식의 말을 한 번도 해본 적이 없었던 나였기에 오빠 역시도 당황스러웠으리라. 하지만 누구보다 걱정하고 미안해하고 있으리란 걸 알고 있기에 내가 먼저 인사 요청을 했다. 그러자 오빠는 고생했다고 축하한다는 인사를 전해왔다. 그리고 새언니에게 투정 부리듯 이야기를 전했다. 오빠가 어떻게 문자 한 통 먼저 보내지 않냐고 말이다. 그랬더니 새언니가 그런 말을 전해주었다. "오빠인들 어떻게 먼저 연락하고 싶지 않았겠어. 낳지 말자고 먼저 말한 사람이 오빠인데 어떻게 웃으면서 축하한다고 전화하겠어. 미안해서라도 말 못 하지."라고 말이다.

그 수많은 시간을 지켜보며 함께 마음 졸인 사람 역시 오빠이지 않았을까. 아이가 태어난 후 무사히 태어나서 다행이라고 말하고 싶었던 사람 역시 오빠이지 않았을까. 그렇게 말해서 너무 미안했다고 이렇게 만나서 반갑다고 말하고 싶었던 사람도 오빠이지 않았을까. 그렇게 우리 아이는 많은 이들의 걱정과 염려와 눈물로 이 세상에 태어났다.

나는 여전히 하루하루가 눈물 마를 날 없는 시간을 보내고 있었다. 하루에 한 번 지정되어 있는 면회 시간에는 아이를 보면 그저 우는 것 외에는 할 수 있는 것이 없었다. 인큐베이터 통 앞에 우두커니 서서 잠든 아이의 얼굴을 보며 그저 우는 것 외에는 아무것도 할 수 없었다. 위에 고여 있는 위액이 입에 연결되어 있는 호스로 모두 빠져나와야 모유나 분유를 섭취할 수 있다고 했다. 그래야 퇴원도 할 수 있다고 말이다. 그래서 나는 입에 연결되어 있는 호스의 초록색 물이 모두 빠져나와 맑아지기를 매일 바라며 면회를 가면 그 호스부터 쳐다보는 게 습관이 되어갔다.

수술 후 아이의 몸무게는 1.9kg까지 내려갔고 여전히 아무것도 섭취할 수 없는 상태였기에 가슴에 연결된 관으로 영양제가 투입되고 있다고 했었다. 아이가 태어난 지 1주일 후 나는 아이를 병원에 남겨둔 채 혼자 퇴원해야 했다. 그런데 그때 의사 선생님이 잠깐 보자고 불러 세우셨다. 따로 이야기를 좀 하자며 어디론가 데리고 가는 게 아닌가. 그리고 무언가를 설명을 계속하시는 것이다. 알아들을 수 없는 전문 용어를 쓰시며 이야기를 계속하시는데 전혀 무슨 말인지 알 수가 없었다.

결론은 심장으로 연결되는 동맥관이 원래 엄마 뱃속에 있을 때는 열려 있다가 태어날 때 닫힌다고 한다. 혹은 태어난 후에 닫힌다고 한다. 그런데 우리 아이는 태어난 이후 지금 1주일이 지났음에도 그 동맥관이 닫히지 않아 피가 폐로 역류하고 있다는 것이다. 그래서 심장 부위를 개복을 하여 동맥관에 피가 역류하지 않도록 핀을 하나 꽂아야 한다고 했다. 아주 간단한 수술이라고 했다.

나는 퇴원하여 친정집으로 왔고 신랑은 직장에 나가야 했기에 울산으로 가야 했다. 그렇게 우리 아이는 태어나 1주일이 되는 날, 두 번째 수술실에 들어가야 했고 신랑만 병원에 가보기로 했었다. 그날은 나의 생일이었다. 나는 눈물인지 미역국인지 알 수 없는 국물을 먹으며 부모님 앞에서 소리도 내지 못한 채 눈물을 떨구며 미역국을 먹었다.

아이의 수술은 무사히 잘 끝났다. 이제 하루하루가 기다림과의 싸움이었다. 내가 아이에게 해줄 수 있는 건 아무것도 없었다. 그렇다고 아이에게 찾아가보지 않을 수는 없었다. 친정과 아이가 있는 병원까지는 차로 1시간 반 정도 걸리는 거리였다. 그 거리를 15분 정도 주어지는 면회 시간을 위해 나는 친정아빠와 매일 아빠 트럭을 타고 영천에서 대구까지 하루도 빠지지 않고 면회하러 갔다.

아이의 상태가 궁금하기도 했지만 그 시간이 되면 모두들 아이들의 면회를 온다. 혹여 내가 가지 않으면 우리 아이가 기다리지 않을까. 만약 가지 않는다면 본인만 면회 오지 않았음에 속상해하지 않을까 하는 생각도 들었다. 무엇보다 아이 입에 연결된 호스에서 얼마나 많은 위액이 빠져나와 언제쯤 퇴원을 할 수 있는지가 제일 궁금하기도 했다. 그리고 가야만 하는 이유가 하나가 더 생기고 말았다.

병원에서 1주일 후 퇴원을 한 다음 날 제왕절개를 한 부위에서 피고름이 묻어 나오는 게 아니겠는가. 다음 날 아이의 면회를 가면서 진료를 보았더니 수술 부위가 곪았다는 것이다. 출산 당시 위급한 상황이었고 그때 고열이 나면서 곪았던 것 같다고 했다. 그래서 나는 아이의 면회를 가면서 한 달을 수술 부위의 고름을 짜내어야 했다. 그리고 매일 고름을 짜고 소독을 하며 접촉성 피부염이 함께 와버렸다. 피부과 치료를 받으면서 모유 유축이 끊어지며 더 이상 모유가 나오지 않게 되었다.

한 달을 피고름을 짜내며 가운데 부분이 움푹 파였었는데 다행히 추가로 꿰매지는 않아도 된다고 했다. 친정에서 병원으로 가는 길 고속도로에서 저 멀리 대구에서 유명한 팔공산 갓바위라는 산이 보인다. 갓바위에 오르고 나면 살면서 소원 하나는 꼭 들어준다는 속설을 들어본 적이 있다. 나는 그곳을 여러 번 다녀왔었다. 그래서 갓바위 불상이 보이지는 않지만 그곳을 지날 때마다 속으로 기도를 드렸다. "지금까지 제 소원 아직 들어주시지 않으셨으니 제 소원 하나 들어주세요. 오늘은 우리 아이, 꼭 좀 더 좋아져서 내일은 꼭 제 품에 안을 수 있게 해주세요."라고 말이다. 그리고 아주 간절한 마음으로 기도를 드리곤 했다.

특별하게 어떠한 종교를 믿는다기보다 부모님이 내가 아주 어릴 때부터 불교를 믿으셨고 절에 다니셨다. 그리고 나도 함께 절에 따라다녔다. 불교에 대해 잘 알지는 못한다. 하지만 산속에 있는 절이 좋았다. 그곳에 가면 마음이 편안해졌다. 법당에 퍼지는 은은한 향의 냄새가 좋았다. 그래서 어딘가 믿음이 필요할 때에는 부처님을 찾았던 것 같다. 그렇게 매일을 빠짐없이 친정아빠와 면회를 다니는 동안 여전히 아이의 얼굴을 보자마자 입에 연결된 호스를 확인하고 나면 눈물부터 쏟아졌다.

그리고 아이의 상태에 대해서 설명을 해주시고 나면 그저 아이의 잠든 모습을 면회 시간 내내 지켜보며 소리도 내지 못한 채 눈물만 뚝뚝 흘리고 있었다. 하지만 우리 아빠는 아이를 너무 행복하게 바라보셨다. 나 대신 아이의 이름을 불러주시고 행복한 미소로 바라봐주셨다. 마치 자기 자식 바라보듯 즐겁게 바라보셨다. 어제보다 더 컸는지, 표정이 달라졌는지, 불편해 보이지는 않는지, 몸무게는 얼마나 달라졌는지 하나하나 함께 들으시며 내내 즐거워하시고 연신 아이의 이름을 불러주셨다. 내내 눈도 뜨지 않고 잠만 자는 아이였지만 언제나 행복한 미소로 바라보셨다.

오빠와 내가 태어났을 때도 이렇게 즐거워하셨을까 하고 궁금해질 정도로 행복해하셨다. 마치 전혀 아프지 않은 아이를 대하듯 하셨다. 금방이라도 아이를 데리고 나갈 것처럼 친정아빠는 항상 밝게 우리 아이를 대해주셨다. 그리고 어느덧 한 달이 되었다. 그리고 병원에 갔을 때 아이의 모습이 보이지 않는다. 당황해할 때 신생아 중환자실 담당 선생님이 오셨다.

밤새 있었던 상황에 대해 설명해주셨다. 보통 링거를 꽂게 되면 감염 우려로 3~4일 정도면 링거 바늘 자리를 옮겨주어야 한다. 그러나 중환자실에 오는 아이들의 경우 언제 퇴원할지 알 수가 없기에 링거 바늘 대신 한 달간 꽂아둘 수 있는 관을 가슴에 심어두게 되는데 그 경우 한 달이라는 장시간으로 한 달 후 관을 뽑을 때 감염으로 패혈증이 올 확률이 굉장히 높다고 했었다. 그 이야기는 그간 한 달 동안 매일 들었던 이야기였었다.

가장 많이 예상되는 시나리오이며 관을 삽입하고 있는 동안에 언제든지 발생할 수 있는 상황이라 그 경우 항생제를 바로 써야 하는 상황이 올 수도 있다고 말이다. 그런데 예상한 대로 한 달이 되어 그 관을 뽑고 바로 패혈증이 와 고열이 올랐고 바로 가장 센 항생제를 투여하고 다행히 열이 잡혔다고 했었다. 그래서 신생아 중환자실에서도 상태가 조금 더

위중한 아이들을 따로 관리하는 곳으로 옮겨져 있는 상태였었다. 그래서 매일 아이가 있던 자리에 없었던 것이다.

그 당시에 나는 패혈증이라는 것에 대해 솔직히 잘 알지 못했다. 그런 병에 대해 별 관심이 없었으니 말이다. 그렇게 치사율이 높은 병인지는 우리 아이가 걸렸었다는 걸 알고 난 이후에 검색해본 후 알게 되었었다. 그리고는 천만다행이라는 생각이 들었다. 그래도 병원에 있었고 이미 대비를 해두고 있었던 상황이었기에 바로 대처를 할 수 있었던 것 아니었겠는가. 그렇지 않았다면 어떤 위험한 상황이 올지 알 수 없었으니 말이다. 예상하지 못한 상황의 일이 발생했더라면 대처가 늦어질 수도 있었으니 말이다.

그리고 며칠 후 아이의 수술을 담당한 소아외과 선생님이 나를 부르셨다. 그리고 아이의 소장 수술의 경과 상태를 알려주셨다. 소장은 다행히 잘 회복이 되고 있었다. 하지만 문제는 위장이었다. 위장이 여전히 회복할 기미가 없었다. 지금 상태에서 모유나 분유가 들어가버리면 위가 바로 썩어버린다고 했었다. 그래서 한 달이 넘어서도 모유도 분유도 아직 아무것도 먹지 못하고 있었다. 며칠만 더 지켜본 후 그때도 위가 제 역할을 하지 못한다면 그때에는 위를 절제하는 수술을 해야 한다고 하셨었다.

정말 해도 해도 너무한 것 아닌가. 도대체 나를 어디까지 밀어붙여야 끝이 난단 말인가. 그 힘겨운 시간들 속에 담당 선생님이 말씀하신 날짜의 하루 전 기적 같이 위가 움직이기 시작했다. 다행히 수술하지 않아도 되게 되었다. 입에 꽂고 있던 호스의 색도 많이 옅어지고 있었다. 이제

곧 모유도 먹을 수 있게 되었다. 정말 꿈에 그리던 퇴원이 다가오고 있나 보다.

내가 보고 있는 이 장면이 정말 현실인 걸까? 꿈은 아니겠지? 우리 아이가 간호사님의 손에 기대앉아 모유를 먹고 있는 게 아닌가. 그 조그마한 입으로 힘차게 먹고 있었다. 이젠 정말 이 아이와 함께 집으로 갈 수 있는 날이 멀지 않아 보였다. 담당 선생님께서도 집에 갈 준비를 해도 좋을 것 같다는 말씀을 해주셨다. 얼마나 기다렸던 날인가. 그렇게 우리 아이는 그동안 길고 긴 시간 동안 먹지 못한 설움을 울음으로 표현한다고 하셨다. 얼마나 배가 고팠을까. 뱃속에서도 먹지 못하고 지냈는데, 이렇게 세상에 나와서도 그 긴 시간 동안 배고픔을 참고 지내야 했으니 말이다.

사람이 먹는 즐거움이 얼마나 큰데 말이다. 그 큰 행복을 태어나자마자 잃어버렸으니 어쩌면 이 아이는 태어나면서부터 행복 하나를 잃은 채 태어난 건 아니었을까. 소장은 영양소를 흡수하는 역할을 한다고 한다. 태어나자마자 오랜 시간 먹지 못해 소화력도 많이 떨어질 것이라고 했다. 또래보다 많은 것이 더딜 것이라고 했다. 저체중아로 태어나 수술을 하며 체중이 더 줄어들었기에 커나가는 데 힘듦이 꽤 있을 것이라고 했다.

담당 소아외과 선생님이 뵐 때마다 매번 울기만 하던 나를 위로하기 위해 선생님께서 늘 우스갯소리로 해주시던 말씀이 있다. "어머님, 지금은 많이 걱정되시고 속상하시겠지만 너무 걱정하지 마세요. 성인이 되면 건강해져서 군대 면제 서류 발급받으러 다들 와요. 그렇게 건강하게 다 잘 자라니까 걱정 안 하셔도 돼요."라고 말이다. 지금도 그리고 앞으로 커가면서 속상하고 걱정스러운 일이 많을 것이라고 했다. 하지만 좀 더디더라도 분명 건강한 성인으로 잘 자랄 것이니 전혀 걱정하지 말라고 하셨다.

하지만 나는 그 말씀이 매번 마음에 와닿지 않았다. 지금 내 아이는 여전히 아프고 여전히 작았으니 말이다. 하지만 지금은 그 말씀에 조금씩 동의하며 꼭 그렇게 되길 기도한다. 그리고 또 감사한다. 미숙아에 조산으로 태어났음에도 수술한 것 외에 다른 장기들은 우선 별다른 이상 없이 태어나준 것에 말이다.

다 채우지 못한 주수에 그래서 그 장기들이 다 생성되지 못했을 수도 있었을 것이다. 다른 장기들이 역할을 미처 하지 못했을 수도 있었을 텐데 말이다. 앞으로 커가며 뒤늦게 나타나는 모습들이 있을지는 모르겠으나 우선 모든 장기들이 다 생성되었고 별다른 장애 없이 태어나 준 것에 너무도 감사한 마음이었다.

그렇게 우리 아이는 43일이라는 시간을 신생아 중환자실에서 보낸 후 두 번의 수술을 마치고 패혈증 치료를 받은 후 드디어 우리의 품에 안기게 되었다.

*

5

넌 내 딸이야

35주 4일간의 임신 기간과 43일간의 신생아 중환자실의 입원 기간을 거쳐 드디어 우리 아이를 품에 안을 수 있었다. 2.26kg으로 태어났지만 두 번의 수술과 패혈증, 그리고 한 달 이상의 금식으로 체중이 너무 많이 줄어버려 간신히 2.25kg으로 퇴원했다. 인큐베이터 통 너머로 보았던 모습보다 실제로 마주한 모습은 더 여리고 가늘었다. 정말 만지면 부서질 것만 같았다.

너무 소중하고 아까워서 차마 안을 수조차 없어 퇴원하고 집으로 오는 동안은 엄마가 아이를 안고 집으로 왔다. 한 달가량 제왕 절개한 부위의 피고름을 짜내고 치료를 받은 지 얼마 되지 않았고, 진통이 허리로 오면서 허리디스크 통증이 다시 왔다. 그래서 우선 친정에서 지내기로 하고 친정으로 왔다. 아무것도 모르고 아무것도 할 줄 몰랐기에 친정으로 가 엄마의 도움을 받기로 했다.

집으로 돌아와 아이를 눕히고 잠든 아이 얼굴을 바라보았다. 왜 잠든 아이를 천사라고 하는지 알 것 같았다. 숨소리조차 들리지 않는 것 같아 코에 귀를 가져다 대어볼 만큼 숨소리도 너무 작고 고요했으며 모든 것들이 너무 작았다. 너무 작아 만져보는 것도 안아보는 것조차도 겁이 날 정도로 조심스러웠다.

아이가 인큐베이터에 있을 때는 자세히 보이지 않아 알 수 없었던 것들도 그날 알게 되었다. 수술 부위의 상처를 그날 자세히 보게 되었다. 소장 수술을 위해 절개한 배의 상처는 의외로 크지 않았다. 수술 부위가 배 중앙에 위치하고 있어 나중에 아이가 클수록 수술 부위는 늘어날 것 같지만 수술 자국이 그렇게 크거나 진하지 않아 다행이다 싶었다.

그러나 가슴 수술 부위를 보고 많이 놀랐다. 인큐베이터에서 매일 누워 있을 때는 수술 부위가 그렇게 클 것이라고 생각하지 못했다. 가슴 부위에 밴드가 붙여져 있었지만 막상 아이를 보니 가슴 앞 부위부터 시작하여 등 쪽의 날개뼈 아래까지 빙 둘러서 모두 수술 자국이었다. 아이 몸의 가로로 반이라고 해도 될 만큼 수술 자국이 넓게 분포되어 있었다.

얼마나 아팠을까. 얼마나 많이 울었을까. 가슴이 찢어질 것 같았다. 매일 그 수술 자국을 볼 때마다 가슴이 미어지는 것만 같았다. 그리고 아프게 태어나게 해서 미안하다고 매번 아이에게 사과했다. 아이는 너무도 작았고, 너무 오랜 시간 금식했다 보니 모유를 잘 빨지 못했다. 그래서 젖병으로 모유를 주니 자꾸 거부했다.

그러다 퇴원한 지 이틀째 되던 날 갑자기 열이 나기 시작했다. 친정에서 가까운 대학병원으로 가니 진료 거부를 했다. 신생아 중환자실에서 퇴원한 지 이틀밖에 안 되었으니 수술한 병원으로 가보는 게 낫겠다고 하는 게 아닌가. 아, 이 아이의 병이 그렇게 큰 병이었다는 것이 또 새삼 크게 와닿는다. 바로 대구로 방향을 틀어 입원했던 병원으로 왔다. 진단명은 로타바이러스였다.

로타바이러스는 구토와 발열 증상을 동반하며 물 설사를 함께한다. 그래서 또 바로 입원해야 한다고 했다. 퇴원한 지 이제 이틀 되었는데 또 입원이라니. 그리고 이제 먹기 시작한 지 며칠 안 된 아이인데 또 금식을 하라고 한다. 최소 4시간에서 6시간 동안 금식해야 한다고 한다. 이유를 물어보니 아이들이 먹고 나서 계속 토할 경우 전해질이 빠져나올 수가 있는데 그렇게 되면 쇼크가 온다는 것이다. 그래서 최소한의 금식 시간을 지켜야 한다는 것이다.

안 그래도 배가 고픈데, 토하고 나서 또 금식을 시키니 아이는 배가 고프다고 자꾸 울어대고, 병실에는 다른 아이들도 있다 보니 같은 엄마들이지만 표정들이 좋지 않았다. 그래서 아이가 울 때면 아이를 안고 병원 복도로 나와서 하염없이 병원 복도를 걸었다. 그러면 아이의 울음은 잦아들었고, 안정을 찾고 잠이 들곤 했다. 그렇게 1주일을 하염없이 나는 병원 복도를 서성였다.

아이가 신생아 중환자실에 있을 때 신랑과 나는 아이가 언제 퇴원하게 될지 알 수 없었기에 급하게 대구에 집을 얻어 울산에서 다시 대구로 이사를 했었었다. 이번에 병원에서 퇴원하면서는 부모님 댁이 아닌 우리집으로 갔다. 퇴원을 하고 나서 혹시 이상 증상이 있지는 않을까 해서 대구에 있는 우리 집으로 가기로 했다. 퇴원하여 집으로 온 후 다행히 아이에게서는 별다른 이상 증상은 없었다. 그러나 분유를 거부했다. 모유도 먹으려 하지 않았다. 왜 그런 걸까 하고 검색도 해보고 주위에 물어도 보았다. 가장 많이 하는 이야기가 분유가 입에 맞지 않아서 그런 것 같다고 했다. 그래서 아기들이 가장 많이 선호한다는 분유를 급하게 구매하여 먹여보기로 했다.

어르고 달래고 어떻게든 한 모금이라도 더 먹여보기 위해 안간힘을 쓰는 나의 마음을 아는지 모르는지 아이는 전혀 먹으려 하지 않았다. 그러다 억지로 조금이라도 먹기라도 하면 다 토해버리곤 했다. 처음에는 조금 토하더니 조금 더 먹기라도 하면 더 많이 토하곤 했다. 처음에는 그게 분유가 맞지 않아서 그런 줄 알았다. 나도 참 많이 미련했다. 토했을 땐 분명히 이유가 있었을 텐데 왜 의심이란 걸 해보지 않았을까. 왜 당연히 토할 수도 있다고 생각했을까.

토하는 양이 처음에는 많지 않았다. 그래서 그럴 수 있다고 생각했다. 양이 그렇게 많지는 않았는데 토했을 때 색깔이 뭔가 조금씩 이상하기 시작했다. 분유의 색깔이 아니었다. 조금씩 초록색이 섞이기 시작했다. 분유를 먹고 토한 지 3일쯤 되었다. 도저히 분유도 더 이상 먹으려 하지 않고 토할 때마다 색도 이상하여 병원으로 다시 찾았다. 그리고 증상 이야기를 했다. 그리고는 담당 선생님께 혼이 났다. 처음 토했을 때 왜 바로 오지 않았느냐고 말이다.

토했을 때 섞여서 보였던 그 초록색이 전해질이라고 했다. 이 미련한 엄마, 아이를 또 위험하게 할 뻔했다. 또 당장 입원해야 한다고 한다. 도대체 집에 있은 날이 며칠이 된다고 또 입원하라는 것일까. 그리고는 담당 선생님이 좀 이상한 말을 하셨다. 증상을 들어보시고는 바이러스 감염 증상 같다며 검사를 좀 하자고 하셨다. 정확한 이야기는 검사 후에 하자며 일단 입원부터 한 후에 검사부터 하자고 말이다.

이번에는 일반병실이 아니라 100일 미만의 아기들만 입원하는 병실에 입원했다. 최대 8명까지 입원할 수 있는 병실이었고 100일 미만의 영유아가 입원 시 들어가는 병실이었다. 피를 뽑고 X-ray를 찍고 결과를 기다렸다. 얼마 후 이제 최고 고비인 링거를 꽂을 시간이 되었다.

이 아이도 나를 닮았나 보다. 혈관이 거의 안 잡힌다. 대학병원에서는 링거를 꽂으려면 처치실에 아이를 데리고 가고 보호자는 들어오지 못하게 한다. 그저 아이의 우는 소리를 밖에서 듣고만 있어야 한다. 이번에도 역시 너무 오래 걸린다. 30분 정도 걸린 것 같다. 아이는 울다 지쳐 있고 간신히 링거를 꽂고 수액을 꽂은 상태였다. 지쳐 잠든 아이를 바라보며 피검사 결과를 기다리고 있었다. 바깥은 무더워지기 시작하는 대구의 6월이었다.

몇 시간이 지났을까. 담당 선생님이 오셨다. 그리고 해주신 말씀이 '거대세포 바이러스'라고 하셨다. 이 바이러스는 지금도 검색해보아도 나는 이 질병에 대해 잘 이해하기 어려울 만큼 뚜렷한 증상을 잘 느끼지는 못했다. 이 바이러스에 감염되었을 때 여러 증상이 나타날 수 있는데, 우리 아이는 식도염으로 증상이 발현되어 계속 토했다고 한다. 그리고 간 수치가 굉장히 높게 나왔다고 한다. 그래서 질병이 진단되었다고 한다.

그런데 지금 내가 결정 내려야 할 사안이 있다고 했다. 이게 바이러스인데 치료를 위해서는 한 달 동안 항바이러스제 투약이 필요하다고 했다. 아이를 집에서 치료하는 방법과 병원에 입원을 하는 방법 두 가지의 경우가 있다고 했다. 아이가 신생아인데 한 달이라는 긴 시간이다 보니 병원에 입원하는 것을 부담스러워하는 경우도 있다는 것이다. 그래서 집에서 투약하는 경우 하루에 알약 1개를 잘 갈아서 분유에 태워서 잘 먹이면 된다는 것이다. 그 대신 의료보험 적용이 안 된다고 했다. 그리고 한 가지 방법은 입원하는 것.

항바이러스제를 투약하는 것인데, 한 달을 입원을 해야 하고, 한 달이라는 시간 동안 투약해야 하기 때문에 한 달 동안 다시 링거를 꽂아야 한다. 평균 3~4일마다 링거를 옮겨서 꽂아야 하기 때문에 그만큼 혈관에 꽂을 수가 없어서 신생아 중환자실에 있었을 때처럼 또 가슴에 관을 삽입해야 한다고 했다.

나는 고민할 것도 없이 입원을 선택했다. 알약을 갈아서 먹일 자신도 없었으며, 아이가 거부하면 그 약을 제대로 먹일 수도 없다고 생각했다. 집에서 간호했을 때 돌발 상황이 생기면 전혀 응급처치가 불가능하기에 병원이 가장 안전하다고 생각했다. 그래서 한 달간 다시 입원하기로 선택했다.

우리는 시부모님도 계시지 않고, 친정부모님도 농장을 하고 계시기에 집을 비울 수가 없었다. 신랑도 직장에 나가야 했기에 나를 도와 아이를 함께 봐줄 수 있는 사람이 없었다. 나도 아이를 출산한 지 2개월 정도밖에 되지 않아 아직 몸조리가 필요한 산모였음에도 함께 도와줄 수 있는 사람은 없었다. 그래도 어쩌겠는가. 나보다는 아픈 내 아이가 먼저였다.

우선 여러 가지 검사가 진행되었다. 기본적인 채혈검사와 X-ray 검사는 했으며 그다음으로 위 내시경 검사를 해야 한다고 했다. 이제 태어난 지 2개월 정도 된 아이가 위 내시경이라니, 아직 몸무게도 2.5kg도 안 되는데 말이다. 그래서 수면내시경도 안 된다고 했다. 어른들도 그냥 하기 힘들어 수면 내시경으로 진행하는데 수면 없이 바로 진행해야 한다고 했다. 그래서 엄마인 내가 옆에서 아이를 같이 잡아주고 보조를 해주어야 한다는 것이다.

나도 주삿바늘 공포증이 있고, 나도 내시경 할 때 수면으로 하는데, 우리 아이 목에 기계 들어가는 것까지 다 보아야 하는구나. 이렇게 엄마는 모든 것에서 용감해져야 하는구나. 아이가 너무 작아서 침대로 이동을 하지도 않는다. 그냥 내가 안고 검사실로 가서 대기했다. 아이를 검사대에 눕히고 검사를 진행했다.

그 작은 목으로 기계가 들어가고 아이는 한없이 울어대고 검사는 진행되었다. 검사가 끝이 나자마자 담당 선생님은 채혈검사에서 생각했던 것처럼 거대세포 바이러스가 맞다고 했다. 항바이러스제 투약을 하자며 가슴에 관을 꽂는 시술을 진행하자고 했다. 아이의 소장 수술을 담당했던 소아외과 선생님을 또 이렇게 빨리 뵙게 될 줄은 몰랐다.

병실로 선생님이 찾아오셨다. 시술 시간은 15분 정도면 간단하게 끝이 난다고 했다. 가슴으로 연결되는 관을 삽입하는 간단한 시술이라고 했다. 전신마취를 해야 하기 때문에 준비 과정, 마취하는 시간, 시술 시간, 마취가 깨어나는 시간까지 하여도 1시간 정도면 될 거라고 하셨다. 그리고 시술 당일이 되었다. 이번에도 역시 아이가 어려서 내가 직접 아이를 안고 수술실로 갔다. 내가 직접 수술복을 입고 그 차가운 수술대에 직접 아이를 눕히라고 했다.

너무나도 잔인하다는 마음까지 들었다. 아픈 것도 속상한데 엄마인 내가 직접 그 차가운 수술대에 직접 눕혀야 한다는 게 너무도 속상했다. 하지만 너무 어리기에 만약에 있을지도 모르는 상황에 대비해 간호사가 아닌 보호자가 그렇게 한다고 했다.

아이를 눕히고 나는 대기실에서 진행 상황을 전광판을 보며 기다리고 있었다. 정말 담당 선생님의 말씀처럼 시술은 금방 끝이 났다. 전광판에 수술실 앞으로 와서 대기하라는 멘트가 나왔고 그곳에서 아이를 기다렸다. 근데 어찌 된 일일까. 아이가 나오지 않았다. 10분, 20분, 30분이 지나도 아이가 나오지 않았다. 그리고 담당 선생님의 모습이 보였다.

시술은 잘 마쳤는데 아이가 마취에서 깨어나지 못하고 있다는 게 아닌가. 일단 좀 더 기다려보자고 했다. 그 자리에서 나는 주저앉았고 엉엉 울었다. 달리 무엇을 하겠는가. 우는 것밖에는……, 얼마나 시간이 흘렀을까. 아이의 모습이 보였다. 아이의 그 작은 입에 산소호흡기가 씌워져 있었고 아직 의식이 없는 상태라고 했다. 중환자실로 가서 의식이 돌아오길 기다려보자고 했다.

상황은 이러했다. 아이가 이번에 바이러스에 감염되면서 숨을 쉴 때 마치 코감기가 걸린 것처럼 '그렁그렁' 하고 소리나는 게 있었다. 그러나 코를 빼면 콧물은 전혀 나오지 않으면서 마치 코가 막힌 것처럼 그렁그 렁하는 소리가 들렸었다. 그런데 콧물이 없는 상태다 보니 시술을 진행 하였는데 이게 문제가 되었던 것이다. 어른들은 코가 막히면 입으로 숨을 쉴 수가 있지만 아기들은 입으로 숨을 쉴 줄 모른다고 했다. 마취에 서 깨지 않은 상태에서 입으로 숨을 쉬지 못하는데 코가 막혀버리니 숨을 못 쉬게 된 것이었다. 그래서 마취에서 깨어나지 못해 급하게 중환자 실로 옮겨졌고 그 상황을 전해 들으신 친정부모님이 급하게 또 병원으로 달려오셨다.

혼자서 전전긍긍하고 있을 나를 위해 달려와주신 거다. 몸조리는 고사 하고 하루 밥 한 끼도 제대로 챙겨 먹지 못하고 있었다. 아이는 여전히 분유만 먹으면 토했다. 몸집이 너무 작았기에 환자복을 입을 수도 없었 다. 7부 일반 내의 상의만 입혀도 온몸이 다 가려져 환자복 대신 입혔었 는데 하루에도 몇 벌을 갈아입혀야 했다.

아이가 토하면 나도 옷을 갈아입어야 했고 그때마다 침대 시트도 매번 갈아야 했다. 그것만으로도 하루가 바빴다. 그렇게 토하고 나면 또 4시 간~6시간은 금식에 들어가야 하니 나는 또 아이를 안고 병원 복도 곳곳 을 걸어 다녀야 했다. 그러니 식사는 고사하고 잠시 앉아 쉴 시간조차 없 었다.

신랑은 아이가 입원하는 동안 한 번도 병원에서 밤을 새운 적이 없었 다. 그 이야기는 뒤에 가서 다시 하겠다. 그래서 24시간을 늘 혼자서 아 이를 돌보아야 했기에 나는 잠을 제대로 잘 수도, 밥을 제대로 먹을 수도 없었다. 한 달간을 항바이러스제 투약을 위해 입원하면서 거의 매주 위

내시경 검사를 했던 것 같다. 매일 새벽 5시 반이면 아이를 데리고 나가 몸무게를 측정했다. 그래야 아이에게 투약될 약의 양과 수액의 양이 조절된다고 했다. 그리고 아이의 기저귀를 버릴 때도 매번 저울에 달아서 무게를 측정한 후 기록지에 기록해야 했다. 아이에게 들어가는 수액의 양과 배출되는 양을 확인해야 하기 때문이다.

아이가 아프면 엄마도 반 간호사가 된다는 게 맞는 말인가 보다. 한 달이라는 시간은 바쁘고도 참 긴 시간이었다. 매일 새벽 5시 반이면 시작되는 병원 생활의 하루는 체중 체크부터 시작되었다. 하루에 몇 번이고 아이의 혈압과 체온을 측정하였고, 하루에 세 번씩 나누어 가슴에 꽂은 관을 통해 항바이러스제가 투약되었고 나는 기저귀를 갈 때마다 새 기저귀의 무게를 측정하고 버릴 기저귀의 무게를 측정해서 기록지에 기록했다. 아이가 분유를 먹고 나면 먹은 양을 기록해야 했고 토하고 나면 옷을 갈아입히고, 나의 옷을 갈아입고, 침대 시트를 교체하고 아이를 안고 병원 복도를 걸어 다니며 아이를 달래고 어떻게든 잠시라도 재워야 했다. 그래야 아이는 배고픔을 잠시나마 잊고 잘 수 있었으니 말이다.

그리고 신랑이 퇴근해서 병원에 오면 나는 아이 옷과 내 옷을 가지고 집에 가서 삶고 빨아서 널어두고 새 옷을 챙기고 다시 병원으로 향했다. 식사를 한다거나 쉬고 할 시간이 없었다. 나에게 몸조리는 사치였고, 식사 시간의 여유마저 허락되지 않았다. 그래서 엄마가 방울토마토, 오이, 과일처럼 서서도 간단하게 먹을 수 있는 것들을 챙겨서 가져다주고 가시면 아이를 안고 서서 잠시 먹거나 아이가 잠들었을 때 언제 다시 깰지 모르니 급히 몇 개 집어 먹는 게 다였다.

함께 입원해 있는 병실의 보호자들이 밥 한 끼 제대로 먹으라고 했지만 그건 생각처럼 쉽지 않았다. 아이가 분유를 먹는다고 하지만, 먹자마자 늘 다 토했기 때문에 항상 배가 고픈 상태였다. 잠이 들더라도 울다 지쳐 잠이 든 것이지 숙면을 취하는 게 아니었다 보니 길게 자야 30분 남짓. 깨면 어김없이 울어 대었기 때문에 병실 밖으로 나가야 했다.

다른 아픈 어린 아기들이 있었고, 그들의 보호자들 역시 몸조리가 필요한 산모들이었으니 말이다. 하지만 실질적으로 산모가 보호자 역할을 하는 사람은 별로 없었다. 대부분 부모님이나 가족, 혹은 신랑들이 대신하고 있었다. 아이들이 태어난 지 100일 미만인 아기들만 입원하는 병실이었다 보니 산모들도 몸조리가 필요했으니 말이다. 더군다나 혼자서 그렇게 24시간 아이를 돌보고 있는 사람은 나뿐이었다.

한 달이라는 시간은 너무도 길고 긴 시간이었다. 바깥 날씨가 어떤지, 어떤 사건이 일어나고 있는지, 세상이 어떻게 돌아가고 있는지 전혀 알지 못했다. 아니 알고 싶지도 않았다. 나는 이 아이의 건강이 우선이었으니 말이다. 어느덧 대구의 무더운 7월로 들어섰고 병실에도 에어컨이 계속 가동 중이었지만 병실의 여름은 유독 더 더웠던 것 같다.

이불을 덮기엔 너무 더워서 손수건으로 아이의 몸을 덮었다. 아이가 얼마나 작으면 손수건의 3/4으로 목에서 다리까지가 다 덮어졌다. 얼굴만 빼고 손수건 한 장으로 다 덮어지다니, 이렇게 작았구나. 그것도 손수건이 남을 정도로 말이다. 더 애처롭고 애잔했다.

3주쯤 되었을까 새벽에 아이가 또 분유를 먹고 토했다. 옷을 갈아입히고 간신히 달래서 재워서 눕히고 옷을 갈아입으려는데 눈물이 왈칵 쏟아졌다. 쌓여 있는 옷과 침대 시트, 잠든 아이, 아이를 닦인 물티슈들, 그리고 내 모습을 보니 너무 서글펐다. 모두 잠든 병실, 불 꺼진 캄캄한 병실에서 소리 내어 울 수도 없었다. 숨죽여 혼자 눈물만 뚝뚝 흘리고 있을 때 커튼이 걷혔다.

담당 간호사 선생님이셨다. 아이의 상태를 확인하러 오셨다가 울고 있던 나를 보셨다. 간호사 선생님도 그날은 내가 너무 안쓰러워 보이셨던가 보다. 힘들지 않냐 물어 오실 때마다 제대로 먹지도 못하고 아픈 아이가 더 힘들지 않겠냐며 미소 지어 보였던 내가 혼자 숨죽여 울고 있었으니 더 애잔했던 모양이다. 아무 말 없이 그저 안아주시고는 다독여주셨다. 같은 엄마의 마음 아니셨을까.

아무 말 없이 토닥이며 안아주기만 했을 뿐이었는데 그 포옹 한 번으로도 내 마음을 이해한다고, 많이 힘들지 하며 말을 건네는 것 같았다. 만약 그 새벽 그 어느 누구라도 나를 다독여주는 이가 없었다면 나는 무너졌을지도 모른다는 생각이 든다. 하루 24시간 동안 어느 한순간에도 긴장을 놓은 순간이 없었다. 잠을 자는 동안에도 말이다.

그때부터 나의 불면증이 시작되었다. 혹여 내가 자는 동안 아이에게 무슨 일이 벌어졌을 때 내가 잠이 들어 알아채지 못할까 봐 불안한 마음에 단 한순간도 마음 편히 잠을 이루지 못했다. 그래서 밤에 잠이 들더라도 2시간 이상 잠을 자본 적이 없었던 것 같다. 나의 예민함이 불안함과 겹쳐 불면증까지 만들어낸 것이다.

길고 긴 한 달이라는 시간은 어느덧 다가왔고 입원할 때보다 너무도 많은 짐이 늘어났다. 병원에 공용으로 비치되어 있는 젖병소독기가 있었지만 담당 교수님께서 나는 별도로 젖병소독기를 마련하는 게 어떠냐고 말씀하셨었다. 한 달이라는 장기 입원의 이유도 있었지만 우리 아이가 바이러스 감염이기도 했었고 면역력 결핍자로 진단하는 수치의 경계에 있다고 하셨다.

소장 수술을 하였고, 바이러스에 감염이 되었다 보니 면역결핍 수치가 높다며 나중에 크면 유치원까지도 웬만하면 보내지 말고 집에서 케어하라는 조언도 해주셨다. 여러 아이들과 어울리며 성장하는 게 좋지만 그럴 경우 많은 질병에 옮게 되고 건강에 아주 치명적일 수 있다는 것이다.

새로운 생명을 키워낸다는 것이 힘든 것이라는 건 알지만, 다른 사람들도 이렇게 힘들게 키우는 걸까 하는 생각이 들었다. 세상이 왜 나에게만 이렇게 힘든 시련을 주는 것일까 원망스러웠다. 나는 또 내 삶을, 내 팔자를 운운하며 한탄하며 푸념하는 것 외엔 그 누구를 원망할 수도 하소연할 수도 없었다. 나는 이 아이를 지켜내야 할 엄마니까 말이다.

다섯 번의 위 내시경 검사와 두 번의 위 조영술, 가슴관 삽입 시술, 한 달간의 항바이러스제 투입 후 아이는 퇴원하였다. 100일을 거의 앞둔 7월의 무더운 어느 날이었다. 병원에 입원할 때는 무더워짐이 느껴지는 날씨였는데 퇴원할 때는 대구의 한여름이 너무도 따가운 날씨였다.

퇴원하고 나는 도저히 우리 집으로 돌아갈 기운이 없었다. 한 달간 너무 지치기도 했을 뿐더러 몸이 너무 좋지 않았었다. 부모님의 도움을 받기 위해 부모님 댁으로 아이를 데리고 갔다. 그리고 병원에 진료를 받으러 갔다. 우선 통증이 심한 허리 통증 치료를 받고 몸의 이상 증상들을 말했다. 산후풍이라고 했다. 예상은 하고 있었다. 아이를 낳고 퇴원하자마자 왕복 3시간의 거리를 단 15분간 아이를 만나기 위해 매일 트럭을 타고 왔다 갔다 한 달을 했다.

그리고 또 한 달을 아이와 병원에서 먹고 자고, 아이를 안고 기계가 주렁주렁 달린 링거대를 밀고 병원 구석구석을 낮과 밤을 걸어 다녔다. 수시로 병원 침대를 오르내려야 했고 아이가 토한 옷과 내 옷을 삶고 손빨래를 하고 평소보다 몸을 더 많이 움직여야 했던 몇 달 간이었다. 산후풍이 안 올 수가 없는 상황이었다.

약을 짓고 부모님 댁에서 좀 쉬기로 했다. 우선 허리 통증으로 움직이는 것이 불편하고 아이를 보는 게 불편하다 보니 전적으로 엄마가 아이를 키우다시피 하셨다. 밤에도 아이가 울면 내가 일어나기도 전에 엄마가 일어나 분유를 먹이고 낮에도 아이를 업고 재워주시고 놀아주셨다.

어느 날 아이와 내가 낮잠을 자는데 엄마가 방에 들어오셨다. 내가 잠든 줄 알고 우리 아이에게 엄마가 말을 건네고 계신 걸 들었다. "아가, 왜 이렇게 자꾸 아프고 그래. 조금만 더 건강하게 태어나지 그랬어. 네가 이렇게 아프면 너희 엄마가 너무 속상하고 마음이 아프잖아. 너는 할머니한테는 손주지만, 너희 엄마는 할머니한테는 딸이란 말이야. 할머니는 내 딸이 아픈 게 더 속상하고 슬퍼."라고 말이다.

엄마가 그렇게 생각하고 계신 줄 몰랐다. 평소 표현에 서툰 분이셨고, 한 번도 엄마의 마음을 표현하지 않으셨기에, 그리고 아이 걱정을 늘 하시고 계셨기에 알지 못했다. 그저 나에게는 밥은 챙겨 먹었는지만 물으셨기에 그런 마음이신지는 몰랐다. 이 아이가 나에게 소중한 아들이듯, 나도 우리 부모님에겐 소중한 딸이었구나. 그때서야 나는 처음으로 실감하게 되었다. 자식을 낳으면 부모님의 마음을 알게 된다는 그 말의 참 마음을 말이다.

흔히 자식이 사고를 치거나 말을 듣지 않으면 딱 너 같은 자식 낳아 똑같이 속 썩어보라는 말을 한다. 나는 이 아이를 키우며 내가 가졌던 부모님에 대한 원망, 반항심, 속상해했던 지난 마음들을 다시 되새겨본다. 내가 자라며 그런 마음을 가지고 커갈 때 나를 바라보던 우리 부모님은 어떤 마음이셨을까. 그리고 나와 아픈 우리 아이까지 함께 바라보아야 하는 우리 부모님은 또 얼마나 더 마음이 아프실까.

집안에 아픈 사람이 하나 있으면 그 모든 가족의 관심이 그 아픈 사람에게 집중된다. 특히나 아직 너무 어린 아기였기에 모든 신경이 아이에게 집중되었다. 부모님은 아이가 잘 때면 TV 소리도, 말소리도 줄이셨고, 모든 순간을 아이에게 맞춰주셨다. 정작 엄마인 나도 하지 못하는 부분을 외할아버지, 외할머니이신 우리 부모님이 모두 도맡아 해주셨었다. 내 아빠, 엄마라는 이유로 말이다.

내리사랑이라고 했던가. 그 사랑을 모두 받고 앞으로 건강하게만 자랄거라 생각했던 우리 아이의 건강은 생각처럼 그리 쉽게 나아지진 못했다.

*
6

끝이 있는 걸까

드디어 100일이라는 시간을 맞이했다. 이 시간까지 오느라 얼마나 많은 일이 있었던가. 시작부터 위태로웠으며 세상 밖으로 나오는 날마저 위급했다. 나의 품에 오기까지 오랜 시간이 걸렸다. 그 100일이라는 시간 동안 수술실에 세 번이나 들어갔다 왔다. 배와 가슴에 수술 자국이 남았고 가슴에 구멍 자국 두 개가 남았다. 목 부분에 두 개의 절개 표시가 남았다.

남들은 살면서 한 번도 겪지 않을 법한 일들을 100일이란 시간 안에 너무 많이 겪어내야만 했고 너무 많은 아픔과 고통을 이겨내야만 했다. 이제 잘 먹고 잘 크기만 하면 될 줄 알았다. 하지만 그런 바람은 항상 꺾이기 마련이다. 몇 달 지나지 않아 또 고열이 났다. 장염이라고 한다. 급하게 응급실로 향했다. 한 달이라는 긴 시간을 입원하다 보니 웬만한 선생님들은 다 아시는 분들이다.

채혈검사를 하고 X-ray를 찍었다. 장염이라고 한다. 또 입원해야 한다고 한다. 소장 수술을 했기 때문에 크면서 장염은 자주 올 거라는 말도 함께 해주신다. 앞으로 자주 입원하게 될 거라는 말을 둘러서 해주시는 거다. 30분이 넘게 또 혈관과의 사투의 시간이다. 아이는 어느새 또 울다 지쳐 잠이 들었고 나는 1주일간의 또 힘든 입원 생활을 해야 했다. 이때는 그저 아이가 자주 아플 수 있겠구나 하고 생각했다. 이때가 시작일 거라고는 상상조차 해보지 않았다.

아마 이때쯤부터였나 보다. 거의 분기별로 입원한 것 같다. 장염은 기본이고 폐렴도 건너뛸 수 없는 필수 코스였다. 병원에 가면 세균성과 바이러스성이 있는데 우리 아이는 항상 바이러스성으로 질병이 온다고 했다. 차이점은 사실 잘 모르겠다. 다만, 입원하면 평균 1주일이었다. 그리고 링거를 빼고 무조건 하루는 경과를 지켜보고 아무 이상이 없는 걸 확인하고 퇴원했다. 그렇지 않고 퇴원을 한 경우에는 꼭 당일날 다시 재입원하는 경우가 생기곤 했다.

아이의 돌잔치가 있던 전날 또 열이 나기 시작했다. 잘 먹지도 않았다. 이게 흔히 말하는 돌치레인가 싶었다. 열이 나는 게 심상치 않았다. 정말 웬만하면 병원에 가기 싫었지만 어쩔 수 없이 병원으로 갔다. 또 장염이란다. 탈수가 심하다고 했다. 입원은 아니더라도 수액을 맞아야겠다고 한다. 처치실에서 바늘을 꽂는데 또 혈관이 찾아지지 않는다.

처치실 문이 열려 있었고 혈관을 찾는 데에 1시간 이상이 걸렸다. 아이가 숨이 넘어갈 듯 울어대며 문 밖에 서 있는 나를 원망하는 듯한 눈빛으로 바라보던 그날을 잊을 수가 없다. 수액과 영양제를 무사히 맞고 집으로 돌아와 다음 날 진행된 돌잔치에서도 아이는 기운 없이 늘어져 있었다.

그때가 세월호 사건이 있은 지 며칠 지나지 않은 날이었다. 그래서 사회적 분위기상 다른 행사는 모두 생략되었고 간단한 소개와 돌잡이로 마무리되었다. 아이도 컨디션이 좋지 않고 아픈 상황이었기에 다행이다 싶었다. 우리는 돌잔치가 끝이 나고 정리를 한 후 짐을 싸서 또 친정으로 들어갔다.

희한하게 아이가 아프면 나도 함께 같이 아파왔다. 그래서 친정에서 엄마의 도움을 많이 받았다. 아니 엄마가 키워주셨다고 해도 과언이 아닐 것이다. 돌만 지나면 좀 나아지겠지 했지만 그 이후에도 우리 아이는 더 자주 아팠다. 한 달에 한 번씩 입원하기도 했다. 장염, 폐렴, RSV(Respiratory syncytial virus:호흡기세포융합 바이러스), 고열은 기본이었다.

늘 1인실에 입원을 하다가 한 번은 이제는 다인실에 입원해도 되겠다 싶어 다인실에 입원했더니 담당 선생님이 오셔서 1인실로 옮기자고 하셨다. 백혈구 수치가 평균 이하로 떨어져서 다른 아이들의 질병에 감염될 수 있다며 1인실로 옮긴 후에 병실 밖으로 나오지도 말라는 것이었다. 너무도 생소하고 처음 들어본 질병에 많이 걸려보아 이름도 다 기억하지 못한다. 그리고 그때에는 그저 입원해서 케어하고 빨리 퇴원하는 게 우선이었기에 그 질병이 어떤 것인지가 궁금한 게 아니라 언제 퇴원하는지가 더 궁금하고 시급한 문제였던 것 같다.

한 달에 한 번씩 꼬박꼬박 입원과 퇴원을 반복하며 나는 너무도 지쳐가고 있었지만 아이러니하게도 아이는 병원에만 오면 그렇게도 잠을 잘 자고 밥을 잘 먹었다. 정말 병원이 체질이냐고 할 만큼 너무도 잘 지냈었다. 말귀를 알아듣고, 행동을 할 수 있을 때쯤 되어서는 담당 선생님이 회진을 오면 울지도 않고 청진기를 보면 알아서 웃옷을 올리고 "아~" 하고 해보라고 하면 입을 벌리고 귀를 보자 하면 고개를 돌려 귀를 보여주곤 했다.

담당 선생님이 이렇게 병원에 적응 잘하는 애도 없다고 할 만큼 정말 병원이 체질인가 싶을 정도였다. 옆에 다른 아이들이 울면 깰 법도 하고 짜증을 낼 법도 한데 유일하게 우리 아이는 아랑곳하지 않고 혼자서 숙면을 취하곤 했다. 씁쓸한 사실이긴 하지만, 이 아이는 태어나자마자 아이들이 울고 시끄러웠던 그 환경이 너무도 익숙했던 곳이었고 태어나자마자 병원 소독약 냄새를 너무도 오랜 시간 맡고 지냈기에 어쩌면 그 환경이 더 평온했던 것은 아닐까.

태어나 세 살 정도까지는 거의 열다섯 번 가까이 병원에 입원했었던 것 같다. 이제는 아이가 아프면 병원에 입원해야 하는 상황인지 통원치료로 가능한지 정도는 감이 올 정도까지 왔으니 얼마나 많은 입원과 퇴원을 반복했단 말인가.

아플 때마다 혹시 모를 입원을 위해 미리 입원 가방을 챙겨놓고 병원에 갔었다. 그리고 입원을 해야 한다 하면 신랑에게 퇴근 후에 집에 가서 가방을 가져다 달라고 했었다. 그만큼 입원 가방을 수도 없이 싸고 풀고를 반복했다. 누군가 병원에 입원한다고 하면 어떤 것을 챙기면 유용할지 자동으로 나올 만큼 익숙해졌다고나 할까….

그리고 아이가 어린이집에 가고 규칙적인 생활을 하면서 입원하는 횟수가 줄어들기 시작했다. 태어나서 진료를 담당했던 선생님은 면역력 관련으로 유치원까지는 보내지 않기를 권유하셨지만 나의 생각은 달랐다.

면역력이라는 게 무조건 가두어둔다고 해서 생기는 건 아니라고 생각했다. 그래서 일단 부딪혀보자는 생각으로 어린이집에 보내었고 의외로 건강하게 잘 버텨주었다. 하지만, 문제는 의외의 곳에서 발생했다.

아이가 기저귀를 뗄 때가 되었을 때 나 역시도 뭔가 다르다는 것을 느꼈었다. 그저 예민함이라고 하기엔 과하다고 생각하고 있었는데 역시나 어린이집 선생님께서 연락이 오셨다. 대소변을 가리는 것에 있어 굉장히 과하게 예민하다는 것이다. 그리고 심리상담을 한번 받아보는 것이 어떻겠느냐고 하시는 것이었다.

나 역시도 같은 생각이었다. 워낙 병원에도 오래 있었고 그즈음 아이의 행동이 무언가 다름을 느끼고 있었다. 그래서 아이와 함께 심리상담을 받으러 찾아갔다. 놀이를 통한 심리상담이 진행된 후 결과를 듣게 되었는데 그 결과는 충격적이었다. 우리 아이가 발달 지연이라는 것이다. 그것도 선천적이 아닌 후천적 발달 지연이라는 것이다.

아니, 이건 또 무슨 이야기일까. 태어나자마자 병원에서 오랜 생활을 했다 보니 성장함에 있어 발달해야 하는 순서에 따라 기고, 잡고, 서고 하는 그런 것들이 제대로 진행되지 않음에 본인이 발달을 포기했다는 것이다. 그리고 본인이 발달하려 노력하지 않아도 주위에서 도와주는 이들이 있다는 걸 알고 스스로 발달을 포기했다는 것이다.

또한 실질적으로 기억을 하고 있지는 못하지만 몸에 가해지는 자극에 대한 공포심이 굉장히 많다는 것이다. 그 당시 다섯 살이었음에도 소파에 올라가서 뛰어내린다거나 하는 행동을 하지 않았다. 같은 시설에 운동재활기구가 있는데 반원으로 생긴 짐볼에 올라가보라고 하니 올라가지 않았다. 본인이 예측 불가능한 몸의 행동은 전혀 하지 않는다는 것이다.

그러고 보니 우리 아이는 전혀 혼자서 뛰거나, 달리거나 하지도 않았다. 넘어지면 아프다는 말과 함께 말이다. 그런 몸에 가해지는 자극에 대한 공포심이 극도로 과하다는 것이다. 이 모든 것이 본인이 실제로 상황을 기억하는 것은 아니나 무의식적으로 남아 있는 병원 생활에 대한 기억으로 나타나는 발달 지연과 공포심과 트라우마에서 비롯된 것이라고 했다.

너무도 미안하고 속상했다. 그저 수술이 잘되고 치료가 잘되면 끝날 줄 알았다. 더 이상 입원을 하지 않고 아프지 않으면 이젠 건강할 줄 알았다. 그렇게 그 모든 것들이 무의식에 남아 아이를 괴롭히고 있으리라곤 생각하지 않았다.

그 또래의 아이들이 많이 하는 신체활동을 우리 아이는 하지 않았다. 급하게 뛰다가 넘어지는 법도 없었으며 킥보드를 탄다고 우기거나 공을 차고 놀자고 하지도 않았다. 소파에 올라가서 뛰지도 않았으며 높은 곳에 올라가서 뛰어내리지도 않았다. 그 모든 것들이 그저 얌전하다고만 생각했다. 남자아이 치고 얌전하다고만 생각했다. 하지만 그게 아니었던 것이다. 본인이 기억하지 못하는 무의식에 남아 있던 트라우마였고 공포였던 것이다. 몸이 건강해지면 이젠 좀 한숨 돌릴 수 있을 줄 알았다. 하지만 이제 다시 또 시작이었다. 그렇게 2차전이 시작되었다.

심리치료, 언어치료를 시작했다. 우리 아이는 해야 할 말을 밖으로 끄집어내질 못했다. 예를 들어 어린이집에서 점심 맛있게 먹었냐고 물으면 "응."이라고 대답은 하지만, 뭐 먹었는지 물으면 "몰라."라고 대답했다. 그렇게 구체적으로 항목을 나열해야 한다거나 자기 생각을 이야기해야 하는 모든 질문에는 "몰라."라는 대답으로 일관했다. 그게 본인이 대답하기 어려운 질문이건 쉬운 질문이건 상관없었다. 그래서 심리치료와 언어치료를 시작하기로 했다.

아이가 치료받는 동안 대기실에서 함께 대기 중인 엄마들을 지켜보게 되었다. 겉보기에 정말 아무렇지 않아 보이는 아이와 함께 온 엄마들은 무언가 모르게 굉장히 표정이 날카로워 보였다. 신경이 곤두서 있어 보이고 어딘가 모르게 불편해 보였다. 하지만 누가 보기에도 장애가 있어 보이는 아이와 함께 온 엄마들은 오히려 더 여유가 있고 표정이 밝으셨다. 아이가 문제를 일으켜도 오히려 더 의연하게 대처하고 더 성숙한 모습을 보였다.

TV에서 다큐멘터리를 보면 장애를 가진 아이를 키우는 엄마들이 아이를 더 강하게 키우고 엄하게 사회생활을 시켜 독립할 수 있게 하듯 나 역시도 그곳에서 그런 모습을 보았다. 그러면서 또 한 번 반성하게 되었다. 나 역시 처음에 치료를 시작할 때 굉장히 예민했었다. 몸이 좀 건강해지고 나니 또 다른 게 힘들게 한다며 투덜대고 있었다. 도대체 이걸 언제까지 해야 하냐며 끝이 있는 거냐며 원망했다. 내가 뭘 얼마나 잘못을 하고 살았느냐고, 제발 누가 좀 알려달라고 소리치고 싶었다. 얼마나 고생을 해야 좀 살 만해지냐고 원망했다.

그러다 그곳에 함께 오는 엄마들을 바라보며 조금씩 반성하게 되었다. 그리고 우리 아이를 바라보았다. 당사자인 우리 아이는 어쩌면 나보다 더 무섭고 힘들지는 않았을까. 말도 못 하고 울음으로밖에 표현하지 못 했을 그때부터, 태어나기도 전부터 지금까지 얼마나 힘들고 지쳤을까. 어쩌면 이 아이도 나중에 본인이 뭘 그리 잘못해서 태어나기도 전부터 아팠냐고, 본인을 혹은 엄마인 나를 원망하고 이 세상을 원망하고 비관하며 살게 되진 않을까 하는 생각이 들었다.

그리고는 정신이 번쩍 들었다. 내가 무너져서는 안 되겠다. 위험했던 그 순간마다, 목숨 걸고 내가 이 아이를 지켜내었던 그 순간마다 주저앉아 울었을지언정 포기하지 않았던 이유는 내 자식이고, 내가 책임져야 할 소중한 생명이기에 적어도 이 아이가 원망하며 살아가게 하지는 말자는 생각이 들었다. 그리고 조금씩 치료의 효과가 나타나기 시작했다. 그래서 나라에서 지원하는 바우처 혜택이 가능하게 되어 운동재활 수업과 인지 수업도 추가하게 되었다.

무엇보다 본인 신체에 대한 공포가 심했기에, 적어도 본인의 몸을 지키기 위한 컨트롤은 할 줄 알아야 한다는 생각이 들었기에 수업을 추가해야겠다고 생각했고 그렇게 우리는 매일 함께 치료센터에 출석도장을 찍어가며 조금씩 함께 성장해나가고 있었다.

*

7

때때로, 아주 자주 기적을 잊고 살아간다

  치료센터에 1년쯤 다녔을까, 점점 욕심이 나기 시작했다. 이쯤이면 되지 않았을까 하는 마음 말이다. 정부에서 지원하는 바우처가 1년이기 때문에 부담이 있기도 했지만 1년이라는 시간이면 당연히 무언가 눈에 띄는 효과가 있을 것이라는 기대심리가 생기기 시작했다.
  이런 사설 치료센터는 비용이 굉장히 비싸다. 그래서 당연히 꾸준히 다녀야 효과가 있다는 걸 부모들이 잘 알고 있지만 경제적인 부분들에 부담도 클 뿐만 아니라 수업시간에 맞추어 아이와 함께 오고 가는 것들에 제약이 있기도 하다. 그래서 보통 3개월, 혹은 6개월 정도면 치료를 중단하는 경우가 많다.

아이가 한 살 한 살 나이를 먹어가고 있었고 당연히 무언가 달라지고 있을 것이라고 생각되었다. 하지만, 그건 어디까지나 나만의 착각이었을까. 생각만큼 눈에 띄게 뭔가 달라지는 건 없었다. 무려 1년이라는 시간을 거의 1주일 내내 치료센터를 제집 드나들 듯이 수업에 참여해왔는데, 담당 선생님들은 분명 매번 달라지고 있다고 하셨는데 여전히 아이의 행동은 그대로였고 나의 질문에 대해 모든 대답은 여전히 "몰라."로 일관했으며 아이의 행동은 여전히 조심스러웠다. 도대체 내가 무엇을 더 해야한단 말인가. 너무도 지쳐갔다.

아침에 아이를 어린이집에 등원시키고 나면 바로 집안 정리 및 청소에 정신이 없었다. 여전히 면역력이 약했고, 아픈 횟수는 줄어들었지만 또래 아이들보다 자주 아팠기에 청결에 더 신경 써야 했다. 쓸고 닦고, 소독하느라 시간이 어떻게 가는지 알 수가 없었다. 그렇게 집안을 정리하고 한숨 돌릴 때쯤이면 점심시간이 되었다. 대충 한 끼 챙겨 먹고 잠시 쉬었다가 아이를 데리러 가야 했다. 그리고 놀이터에서 잠시 놀고 싶다는 아이를 어르고 달래서 손을 잡고 버스를 타거나 택시를 탔다.

나는 자가용이 없다. 그래서 아이와 함께 버스를 타거나 택시를 타고 바로 치료센터로 향했다. 월요일부터 금요일 중 하루를 제외하고 매일 갔다. 아이를 수업에 들여보내고 대기실에서 잠시 숨을 돌릴 때쯤이면 어느덧 수업이 끝이 났다. 그러면 아이의 손을 잡고 다시 집으로 왔다. 또래보다 2~3세 정도 키와 몸무게가 작은 아이는 걷기를 싫어했다. 매번 업어달라고 했다.

아이를 들쳐업고 버스정류장으로 향했다. 버스를 타고 집으로 오면 그때부터 다시 나는 바빠졌다. 아이의 밥을 챙기고 간식을 챙기고 나의 눈과 나의 몸은 오로지 아이의 꽁무니만 쫓아다니기 바빴다. 그런 만큼 아이 역시 나의 꽁무니를 쫓아다니기 바빴다. 내가 설거지를 하면 싱크대 아래에 누워서 기다리고, 화장실을 가면 화장실 문 앞에서 기다리고 있었다.

불안 애착이라고 했다. 잘 때나 앉아 있을 때는 내 팔꿈치를 만지지 않으면 잠을 자지 못했다. 우리는 그렇게 서로가 서로를 늘 불안한 마음으로 바라보며 하루를 보냈다.

언제부터일까. 점점 아이에게 짜증을 내는 날이 많아지기 시작했다. 분명 말을 다 알아듣고 말을 할 줄 아는데 말로 표현을 하지 않으니 화가 나기 시작했다. 어려운 걸 물어보는 것도 아니고 이것과 저것 중에 무얼 할 것인지 선택하라는 것조차 무조건 "몰라."라고 대답을 하는 것이었다.

내가 도대체 뭘 잘못하고 있는 걸까. 달래다가 짜증을 내다가 화를 내다가 급기야 소리를 지르게 되었다. 그러면 안 된다는 걸 알면서도 결국 나도 나의 화를 주체할 수 없는 순간이 오고야 만 것이다. 그러면 아이는 울고 그제야 나는 정신을 차리게 되었다. 그 대답 하나가 뭐 그리 중요하다고, 그 대답 하나로 세상이 끝나는 것도 아닌데 아이를 다그치고 화를 내고 있었던 내 모습을 그제야 보게 되었다. 하지만 그렇게 화를 주체하지 못하는 순간은 종종, 아니 꽤나 자주 찾아왔다.

아이가 대, 소변 가리는 것에 있어 굉장히 민감해했었다. 집에서는 나름대로 소변을 잘 가린다고 생각했다. 집에서는 혼자이고 화장실에 가고 싶을 때 언제든 갈 수 있으니 괜찮았겠지만 어린이집에서 화장실을 가고 싶을 때는 예상치 못할 변수가 생기다 보니 예민한 반응을 많이 보였다고 한다. 사실 이 상황으로 인해 아이의 다른 모습을 알게 되었기도 하다. 화장실을 다녀온 후 옷에 조금만 소변이 묻기라도 하면 마치 옷이 다 젖은 것처럼 예민하게 반응을 한다고 했다. 그래서 당장 옷을 갈아입어야 한다며 울었다고 했다. 그리고 대변이 마려울 땐 항상 그냥 참고만 있었다. 그래서 항상 팬티를 버려서 왔다.

나는 그때마다 매번 짜증을 냈었다. 화장실 가고 싶다고 하면 되는데 왜 이렇게 매번 팬티를 버려서 오냐며 말이다. 화장실 가고 싶다는 말 한마디 못 하냐며 화를 많이 냈었다. 그러고 보면 아이는 어린이집에 처음 갔을 때 식사 시간에서도 다른 애들과는 남다른 모습을 보였다. 밥을 먹기 위해 식판을 앞에 받아 들었는데 대뜸 울더라고 했다. 그 당시 아이는 만으로 2세가 되기 한 달 전이었다.

소장 수술 때문이었는지 일반 밥을 소화를 잘 시키지 못해 죽처럼 끓여서 매끼를 먹였었다. 늘 보던 밥과 다른 밥을 보고 낯설어서 울었던 것 같다. 아이는 낯선 것은 무조건 거부하고 본인을 자극하는 일은 여전히 피하기 일쑤였다. 본인의 생각, 어린이집에서 있었던 일, 어린이집에서 그날 먹었던 식사 그런 것들은 한 번도 얘기해준 적이 없었다. 먹고 싶은 것이 있냐고 물어도 있다고 한 적이 없었다.

그저 나에게 편의점을 가자고 하거나 슈퍼를 가자 정도만 말을 할 뿐이었다. 그러면 거기서 본인이 먹고 싶은 것을 고를 뿐이었다. 좋알좋알 말을 하거나 수다를 떨어준 적도 없었다. 칭얼칭얼 투정을 부린 적도 없었다. 치료 선생님 말씀으로는 말을 할 줄 모르는 게 아니라 본인 감정 속에 있는 말을 꺼내려하지 않으려 한다고 했다. 그 역시 어릴 적 병원에서의 트라우마로 추정된다고 했다.

도대체 본인은 기억도 하지 못하는 그 트라우마가 얼마나 크기에 이 아이는 이렇게 입을 닫고 몸을 웅크리고 세상과 단절하려 했을까. 치료 센터에 다녀왔을 때는 잠시 아이에게 측은함으로 대하게 된다. 하지만 나도 사람인지라 분명히 다 알아듣고 행동을 하면서 말로 제대로 표현해주지 않고 내 꽁무니만 졸졸 따라다니는 아이를 보면서 굉장히 짜증을 많이 냈다. 혼자서 좀 놀 수 없냐고, 엄마도 엄마 할 일 좀 하자며 소리 질렀던 게 셀 수 없이 많았다.

싱크대에서 바쁘게 왔다 갔다 하다 갑자기 뒤로 돌 때면 아이가 쿵 하고 부딪혔다. 워낙 작다 보니 보이지도 않고 언제 왔는지 와서 발밑에 누워 있었다. 아이가 아플 거라는 생각도 잠시, 또 그렇게 와서 누워 있는 걸 보면 화부터 났다. 그렇게 잠자기 전까지 전쟁을 치르고 잠자리에 누워서까지 실랑이를 치러야 했다. 아무리 옷으로 꽁꽁 싸매도 어떻게든 옷 속으로 손을 집어넣어 내 팔꿈치를 긁어야만 잠이 들었다.

팔꿈치의 울퉁불퉁한 주름을 긁지 않으면 불안해하며 어떻게 할 줄을 몰라 했다. 아무리 잠이 쏟아져도 어떻게든 잠을 깨우며 잠을 자지 않고 있는 것이었다. 그냥 편하게 주면 그만이지 하겠지만, 조금만 피곤해지기 시작하면 시도 때도 없이 장소를 가리지 않으니 내 팔이 성할 날이 없었다. 그리고 애착 행동으로 자리 잡아 나중에 고치기 힘들어질까 걱정이 되기도 했다.

힘겨운 하루를 마무리하고 지쳐 있던 어느 새벽이었다. 힘들어하던 내게 친구에게서 메시지가 왔다. "아이가 기적이라는 걸 잊지 마. 병원에서 네가 울고 있었던 그날을."이라고 말이다. 소름이 끼쳤다. 그리고 아이와 내가 처음 얼굴을 마주했던 날 찍은 사진을 보았다.

6시간의 수술을 마치고 마취가 다 깨지 않았던 상태에서 마주했던 그날 찍은 사진을 천천히 다시 보았다. 그때의 내가 어떤 마음으로 이 아이를 바라보고 있었는지, 어떤 마음으로 인큐베이터 앞에서 울고 있었는지 말이다.

나는 너무 많은 순간에 기적이라는 말을 사용해버린 것 같다. 처음 임신해서 자궁에 피가 고여 있다가 유산의 위기를 넘겼을 때도, 장에 이상이 있다는 걸 알게 되고 다운증후군일 거라는 이야기를 들었지만 아니라는 확답과 함께 무사히 잘 자라주었을 때에도, 35주 4일이라는 시간으로 다른 아이들보다는 빠르게 세상에 나왔지만 감사하게도 다른 장기들의 이상 없이 무사히 태어나주었을 때에도, 6시간이라는 긴 수술을 너무도 씩씩하게 잘 견뎌냈을 때에도, 가슴 수술을 받았을 때에도, 위를 절제해야 하는 마지막 순간에 다행히 그 위기를 넘겨주었을 때에도, 패혈증이 왔음에도 무사히 잘 넘겨주었을 때에도, 마취가 깨지 않아 산소호흡기에 의지하고 있었을 때에도 말이다.

이렇게 수많은 위기의 순간마다 나는 기적이라며 너무 쉽게 기적을 가져다 써버렸나 보다. 그래서 그 수많은 기적의 순간을 너무 쉽게 잊어버리고 그 소중한 기적의 순간을 너무도 잘 이겨내고 견디며 버텨내준 아이에게 느리다며 너무도 쉽게 짜증을 내고 화를 내고 있었다. 그 큰 기적의 순간을 다 이겨내준 것은 까맣게 잊어버린 채 그저 느리다는 이유로 말이다.

우리는 모두 그 모든 기적의 순간들을 거쳐 태어난 소중한 생명들이다. 하지만 우리는 너무도 쉽게 그 순간들을 잊고 살아간다. 기적의 확률로 임신을 하고 40주라는 시간을 기적처럼 성장하여 세상 밖으로 나와 뒤집고, 기고, 잡고, 서고, 걷고, 말했던 그 모든 기적의 순간들을 우리는 매 순간 행복해하고 감동했으나 어느새 당연해하며 모두 잊은 채 더 큰 기적을 바라며 살아간다.

우리에게 이 아이가 와주었던 그 기적의 순간을 잊지 않고 살아가기를 바라본다.

나는 이혼했지만 작가가 되었습니다

8

이젠 내가 놓을게

쳇바퀴 돌 듯 매일이 같은 반복이었다. 아이도 나도 지쳐가고 있었다. 아이는 또래와 함께 놀이터에서 뛰어놀고 싶어 했고, 나는 하루라도 빨리 그 놀이터에서 뛰어노는 아이들과 같아지길 바랐다. 과연, 그 기준은 누가 만든 것일까. 누구 기준에서 같다는 것이 있었기에 나는 그 같다는 기준을 맞추기 위해 아등바등했을까. 잠시 잠깐 놀이터에서 뛰어놀고 미끄럼틀 몇 번 타는 그 시간이 뭐가 그리 오래 걸린다고 나는 수업시간 1분 늦는 것조차 용납하지 못한 채 아이를 이끌고 치료센터로 향했다. 그땐 그랬었다. 놀이터에서 아이를 한 번 더 뛰어놀게 하는 것보다 치료센터에 아이를 1분 더 빨리 데리고 가는 게 더 도움이 되는 것이라고 생각했다.

1년 반쯤 치료센터를 다니던 어느 날이었다. 심리상담 담당 선생님께서 면담을 좀 하자고 부르셨다. 평소에도 수업이 끝나면 간단하게 면담을 하지만 그날은 따로 면담을 좀 하자고 하셨다. 무슨 일인지 긴장부터 되기 시작했다. 아이에게 최근에 변화가 생긴 일이 있냐고 물으셨다. 그냥 내 느낌일지는 모르겠으나 심리적으로 불안해할 때마다 온몸으로 표출하던 아이였다. 크게는 질병이 찾아오거나 손톱을 찢거나 하는 행동으로 표출이 되던 아이였다. 그래서 혹여나 내가 모르는 부분이 있나 해서 선생님께 다시 여쭈었다. 내가 발견하지 못한 무언가가 있는지 말이다.

선생님께서 조심스럽게 말씀을 꺼내셨다. "틱이 온 것 같아요. 혹시 발견 못 하셨어요?"라고 말이다. '아, 이건 또 무슨 말이지? 틱?' 매번, 매 순간 나의 예상을 깨는 상황들이 벌어진다. 틱이라니 이건 또 무슨 상황일까. 나는 별다른 변화를 눈치채지 못했는데, 선생님은 어떤 상황을 발견하신 걸까. 자세하게 다시 여쭈어보았다. 아이가 눈을 자주 깜빡인다는 것이다. 그건 사실 나도 최근에 눈치를 채고 있던 부분이었다. 그래서 선생님께 여쭈어보았다. 워낙 잠을 이기려 하는 아이라서 잠을 자지 않으려고 애쓰느라 그런 걸로 생각했다고 말이다. 하지만, 선생님의 설명은 달랐다.

그 깜빡임이 비정상적으로 반복된다는 것이다. 그리고 본인이 깜빡이고 있다는 것을 인지하지 못하고 있다는 것이다. 그리고 무언가에 집중할수록 그 깜빡임이 더욱 심해진다고 하셨다. 그전까지 내가 알고 있는 틱이라고는 언어나 욕설로 본인의 의지와 상관없이 말을 하거나, 행동적인 부분으로 하는 경우뿐이었다. 그렇게 눈을 깜빡이는 것도 틱의 종류인지는 전혀 모르고 있었다. 그래서 선생님께서 검사를 받아보는 게 좋겠다고 말씀해주셨다. 그리고 교육청 지원에 대해서도 알려주셨다.

사설 치료센터의 경우 비용이 많이 들어간다. 더군다나 우리 아이는 4개의 치료를 받고 있었고, 만약 눈 깜빡임이 틱이 맞다면 그 치료까지 병행하려면 더 많은 비용이 필요하기에 기존에 받고 있는 바우처만으로는 힘들 것이라고 하셨다. 그래서 틱 진단을 받으면서 교육청 지원도 함께 알아보라고 하셨다. 교육청 지원을 받기 위해서는 현재 아이가 발달 지연에 대한 소견과 함께 틱 증상에 대한 소견이 필요했다. 그래서 나는 아이와 함께 신경정신과를 찾았다.

아이의 검사가 시작되었다. 검사는 그리 오래 걸리지 않았다. 선생님은 나와 몇 마디를 나누셨고 우리 아이를 보신 후 몇 마디 질문을 하시고는 바로 진단을 내리셨다. "틱이 맞네요. 아직 어려서 검사가 불가능하지만 나중에 학교 들어가게 되면 ADHD 검사도 해보시는 게 좋겠습니다. 지금 진료실 들어온 지 3분도 안 됐는데 한 번도 제자리에 있은 적이 없어요. ADHD일 가능성 있습니다."라고 말이다.

그 당시 우리 아이 나이가 다섯 살이었다. 아직 한글을 모를 때라 질문지를 읽을 수 없어 ADHD 검사는 하지 못하였으나 선생님의 육안 검사로 틱 진단은 바로 내려졌다. 그리고 그 순간 내 마음도 함께 무너져 내리고 말았다.

도대체 이 세상은 나에게 어떻게 하라는 걸까. 태어나기 전부터 아팠으면 태어나서는 좀 덜 힘들게 해도 되는 것 아닌가. 태어나서도 그렇게 아프게 했으면 이제 좀 건강하게 편하게 클 수 있게 해주어도 되는 것 아닌가. 그렇게 몸 아픈 것 겨우겨우 이겨내고 견뎌냈더니 이제는 마음이 아프다고 한다. 그래서 꾸역꾸역 여기까지 왔더니 이제는 틱까지 안겨주었다. 더 이상 내가 어떻게 해야 할지 도무지 알 수가 없었다. 이제는 무얼 어떻게 해야 할지 더 이상 버틸 힘이 없었다.

그래도 아이는 지켜야 하니까 교육청 지원을 위한 서류를 발급받고 집으로 왔다. 아무것도 할 수가 없었다. 아니 할 의욕도 기운도 없었다. 아이를 돌볼 기운도, 나를 돌볼 기운도 없었다. 그리고 신랑에게 아이의 상태에 대한 결과지를 사진으로 찍어 보냈다. 이렇다 저렇다 하는 별다른 반응은 없었다. 조금의 걱정과 잘 지켜보자는 식의 말뿐이었던 것 같다.

그때부터였던 것 같다. 내가 더 이상 버틸 힘이 없다고 느껴졌던 것이 말이다. 그동안은 어떻게든 조금만 버티면 될 거라는 생각이 있었던 것 같다. 어디가 끝인지는 알 수 없지만 조금만 더 버티면 끝에 다다를 것이라는 생각이 들었다. 조금만 더 가면 치료도 끝이 나고 아이도 많이 좋아질 것이라는 희망이 보였다. 하지만 틱 진단을 받고 온 그 순간부터는 그런 생각들이 모두 사라지고 말았다. 그런 희망이 전혀 보이지 않았다. 그동안 보였던 희망도 보이지 않았고 말 그대로 앞이 깜깜하기만 했다.

어디로 가야 할지, 어떻게 나아가야 할지 아무것도 보이지 않았고, 아무 생각도 들지 않았다. 그 스트레스 때문이었는지 나는 갑자기 급속도로 살이 빠지기 시작했다. 2개월 만에 10kg 가까이 살이 빠졌던 것 같다. 그 모습을 제일 안타깝게 바라본 사람은 물론 우리 가족들이었다. 가장 가까운 곳에서 가장 많이 보아왔으니 말이다. 그중에서도 특히 엄마가 가장 많은 걱정을 하셨다. 스트레스로 살이 빠졌을 것이라는 생각은 하셨으면서도 혹시 어디 아픈 건 아닌가 해서 병원에 데려가 검사까지 했으니 말이다.

더 이상 내가 이 끈을 잡고 있을 힘도 기대도 용기도 없었다. 어디까지 잡고 있어야 할지 그 어떤 빛도 보이지 않았다. 너무 막막하기만 했다. 그래도 작은 불빛이라도 비쳐주었다면, 조금의 희망이라도 알려주었다면 어떻게든 버텨내었을 텐데, 그동안 그렇게 악착같이 버틴 나를 마치 비웃기라도 하듯 이렇게 또 들이닥치니 더 이상 잡고 있을 힘이 없었다. 그리고 나는 툭 하고 놓고 말았다.

아빠의 부재를 말로 표현하지도 않고 속으로 묻어둔 채 온몸으로 틱으로 그 아이는 표현하고 있었던 것이다. 단 한 번도 아빠를 보고 싶다는 말도, 아빠 어디에 있냐는 말도 묻지 않은 채 말이다. 우리 집에 있을 때면 유독 나에게 업히려고 꽁무니를 따라다녔다. 다섯 살임에도 아기띠에 여전히 들어가는 사이즈다 보니 본인도 그걸 너무도 잘 알기에 업히려 늘 꽁무니를 따라다녔다. 나 역시 발에 차여 부딪히느니 차라리 업고 일을 하는 게 더 편하기도 했었다. 그리고 그렇게나마 잠시 업어주면 나에게 기대 눈을 붙이기도 했었다.

어린이집에 다니는 기간 동안 낮잠이라는 것을 자본 적이 없는 아이였다. 어떻게든 잠을 깨려고 안간힘을 쓴다고 했었다. 집에서도 마찬가지였다. 그나마 내가 업어주면 기대어 잠시 눈을 붙이곤 했었다. 그래서 꽤 오랜 시간을 아이를 업고서 생활을 했었다. 틱이 온 후에는 유독 더 많이 업어주었던 것 같다. 심리적인 것들이 틱으로 나타나고 있었기에 그렇게나마 안정을 찾아주고 싶었다. 그렇다 보니 안 그래도 좋지 않은 허리에 갑작스레 빠진 살로 허리가 더 무너지고 있었다.

그래서 부모님께서 주말이나 연휴 같은 경우에는 어떻게든 아이를 봐주려 노력하셨다. 태어나서부터 부모님 댁에서 자라서인지 아이도 부모님 댁에 가면 훨씬 더 안정을 느꼈었다. 우리 집에서는 내 꽁무니만 따라다니면서 부모님 댁에 가면 내가 방에 있는지만 확인하고 부모님과 거실에서 놀고 밤에도 부모님과 잠을 자곤 했었다. 우리 집에서는 의지할 사람이 엄마밖에 없다는 것을 알고 나만 쫓아다녔나 보다. 부모님 댁에서는 외할아버지도, 외할머니도 계시니 진정 편안하게 쉴 수 있었던 것 같다.

긴 추석 연휴를 부모님 댁에서 편하게 지내고 우리 집으로 돌아왔다. 연휴 마지막 날 밤 모든 정리를 끝내고 자리에 눕는데 갑자기 허리에 극심한 통증이 찾아왔다. 악 소리와 함께 꼬꾸라졌다. 그때만 해도 아이는 장난인 줄 알았었던 것 같다. 깔깔거리고 웃다가 내가 엉엉 울고 있으니 갑자기 놀래서 울기 시작했다. 순간적인 통증으로 움직일 수가 없어서 울면서 팔을 뻗어 아이를 오라고 해 달랬다. 잠시 후 통증이 가라앉았고 울고 있는 아이를 달랜 후 허리가 아팠다는 걸 알려주고 상황을 설명해주었다.

아이가 태어나 자라면서 늘 엄마가 허리가 아파 누워 있는 걸 보며 자랐고 엄마는 허리가 아파 함께 뛰며 놀아주지 못한다는 걸 너무나 잘 알며 커왔기에 상황 설명을 해주니 알아듣는 것 같았다. 그리고 안심을 시킨 후 잠이 들었다. 연휴가 끝이 난 다음 날 아침, 아이를 어린이집 등원을 시키고 전날 밤 허리 통증이 너무도 심각했기에 바로 준비를 하고 병원에 가기 위해 나섰다. 그리고 나는 그날 우리 집 마당에서 찢어지는 듯한 허리 통증과 악 소리와 함께 쓰러졌다. 그동안 버티고 있던 마음이 놓아져버리면서 악착같이 버티고 있던 허리도 함께 놓아져버렸던 것 같다. 그게 내 나이 37세 되던 해, 2017년 10월 10일이었다.

나는 쓰러지던 그 바로 전날까지도 아이를 업었었다. 내 허리쯤은 상관이 없었다. 아이가 단 5분이라도 더 잘 수 있다면 나는 아이를 업었다. 나처럼 예민하고 그 모든 스트레스를 몸으로 받아내는 아이였다. 그걸 누구보다 내가 가장 잘 알고 있으니 말이다. 그래서 나는 그 시간으로 다시 돌아가 쓰러질 것이란 걸 알고 있더라도 아마 이 아이를 또 업을 것 같다.

이혼은 누구의 탓도 아니다.

그저 서로가 달랐을 뿐이다.

그 어느 누군가 한 사람이라도

나의 글을 읽고 진심으로 위로를 받았으면 좋겠다.

제 3장

후회하지 않기 위해
선택한 거야

*

1

내가 이혼을 결심한 이유

2018년 1월 26일, 우리 부부는 가정법원에서 이혼합의서를 받아 들었다. 혼인 신고서를 작성한 2012년 8월 1일로부터 약 5년 6개월 만이다. 이혼합의서를 받기 전 별거 기간이 1년 있었으니 실제 부부로서의 시간은 그보다 더 짧았다고 할 수 있다. 모든 이별하는 부부가 그러하듯 각자 부부들의 사연이 있을 것이고 그들 각자의 입장 차이가 있을 것이다. 물론 우리 부부도 그러했다. 그 모습이 어떠하였든 어떤 모습으로든 다들 사랑이라는 모습으로 부부가 되었을 텐데 말이다. 이혼이라는 이름 아래에서는 다들 각자 남남이 된다.

솔직히 신랑은 언제부터 이혼이라는 것을 생각했는지는 잘 모른다. 정확하게 그 시기를 물어보려 한 적도 없었으며 알려고 하지도 않았던 것 같다. 신랑 역시 내가 언제부터 이혼이라는 것을 생각하고 있었는지 알려고 하지 않았다. 하지만, 우리가 이혼이라는 단어를 입 밖으로 내뱉은 것은 우리 아이가 불과 돌도 되기 전이었다. 그때 어떠한 이유로 어떤 일로 싸웠는지 왜 이혼이라는 말이 나왔는지 지금은 기억이 나지 않는다. 그러나 우리는 늘 매번 같은 문제로 싸웠고, 늘 같은 이유로 마음 상해했다.

우리는 서로가 너무도 달랐다. 서로가 너무 달라 끌렸었지만, 서로가 너무 달라 많이 부딪히기도 했다. 사소하게는 먹는 것부터, 취미생활도 맞지 않았으며 생활 패턴도 맞지 않았다. 소소하게 좋아하는 TV 프로그램 보는 취향도 맞지 않았다. 대화하는 법도 달랐으며 싸우는 방법도 화해하는 방법까지도 말이다.

나는 이야기하는 걸 좋아한다. 콜센터에서 근무하던 시절 주위에 친하던 동료들을 보면 하루 종일 힘들게 말을 하고 나면 더 이상 말을 하기 싫다는 이야기를 많이 했다. 나의 경우엔 그렇지 않았다. 사람들과 이야기 나누는 게 좋았다. 사람들과 어울려 함께하는 건 힘들어했지만 이야기 나누고 대화하는 건 얼마든지 할 수 있었다. 그래서 하루 종일 전화기를 통해 상담을 하고서도 친구들과 전화를 통해 수다를 떨 수 있었고, 퇴근 후 모임을 통해 사람들과 만나 충분히 이야기를 나누며 어울릴 수 있었다. 하지만, 신랑의 경우는 좀 달랐다. 사람들과 어울리는 건 좋아했지만 말을 많이 하는 건 좋아하지 않았다. 그래서 항상 내가 옆에서 쉴 새 없이 종알종알 떠들어도 별다른 리액션도 없었으며 가끔 대답이 필요한 경우에 대답만 해주는 정도였다. 그저 나는 혼자서 열심히 떠들 뿐이었다. 평소 대화를 할 때는 괜찮지만 싸움이 될 경우 이게 문제가 되었다.

나는 화가 나면 그 상황에서 모두 쏟아부어야 하는 스타일이다. 지금 내가 왜 화가 났는지, 무엇 때문에 화가 났는지 그 자리에서 이야기를 해야 한다. 내가 화가 난 상황을 모두 이야기하고 내가 오해한 부분이 있다면 사과하고 상대가 오해한 부분이 있다면 그 오해를 풀어주어야 한다.

하지만 신랑은 그렇지 않았다. 내가 화가 나 모든 것을 쏟아부을 동안 그저 듣고만 있었다. 내가 화를 낼 동안 모든 것을 그저 듣고만 있다가 내가 다 쏟아내고 나면 그냥 그 자리를 벗어났다. 어떠한 변명을 하거나 해명하거나 화해하려고 시도하지도 않았다. 아무런 액션을 취하지 않은 채 그냥 그 자리를 벗어났다. 그리고 한참을 몇 시간, 혹은 반나절이 지나고 나서 본인이 화가 진정되거나 혹은 화가 풀리고 나면 아무 일 없었다는 듯 들어와 정말 아무 일 없었다는 듯 평소와 같이 행동했다. 나는 아무것도 해결된 게 없는데 말이다.

본인 말로는 그 자리에서 같이 싸우게 되면 싸움이 더 커지기만 하기에 그 자리를 벗어나는 거라 했다. 그리고 내가 왜 화가 났는지 이유를 알았고 내가 화를 다 내지 않았냐며 시간이 지났으니 진정이 되지 않냐는 말을 했었다. 처음에는 적응이 되지 않았다. 아니, 오히려 더 화가 났다. 그렇게 해서는 전혀 해결되는 게 없었으니 말이다.

표면적으로 그날 그 순간에는 해결이 되었지만 장기적으로는 또 똑같은 문제로 또다시 싸우게 되었다. 그리고는 또 똑같은 문제로 그러냐며 늘 같은 말이 반복되었다. 지금 생각해보니 우리는 서로가 대화하는 방법을 몰랐던 것 같다. 그리고 서로가 대화하는 방법을 찾으려 하지도 않은 것 같다. 서로가 서로를 위해 맞추려는 노력 자체를 하지 않았던 것 같다. 그랬기에 서로 다투고 난 후에 화해를 위한 노력도 하지 않았으며 현명하게 화해하는 방법도 몰랐던 것 같다.

처음 이혼이라는 말이 나온 후 서로 또 그렇게 언성을 높이며 싸운 후 어느 정도 진정이 되었고 서로 잘 맞춰보자는 말로 그렇게 묻고 넘어가는 것 같았다. 그러나 내가 이혼을 마음먹은 건 그 이혼이라는 단어가 내 입에서 나오기 훨씬 이전이었다.

아이가 거대세포 바이러스에 감염되어 병원에 한 달간 입원하게 되었던 그날이 결정적이었다. 아니, 이미 그 이전부터 마음속 어딘가에는 이 사람과 오래가지 못할 것이라는 사실을 짐작하고 있었는지도 모르겠다. 하지만 결정적이었던 것은 그날 밤이었다. 아이가 자꾸 심하게 토해서 병원에 데리고 갔고 입원해야 한다고 했었다. 신랑은 출근했고 나는 혼자 아이를 간호하고 있었다. 계속 배가 고파 울어대는 아이를 안고 하염없이 복도를 거닐다 지친 나는 신랑에게 전화를 걸었다.

"오늘 언제 퇴근해?", "왜?", "배가 고파서 계속 우니까 안고 계속 복도에 있는데 혼자서 너무 힘드니까, 퇴근하는 대로 좀 와달라고.", "오늘 잔업인데.", "아~그래?" 그렇게 신랑은 퇴근이 늦어진다는 사실을 나에게 알렸다. 하지만 평소 잔업이 끝날 시간이 지났는데도 신랑에게서는 아무런 연락이 없었다. 그래서 신랑에게 전화를 걸었다. 그런데 전화를 받지 않았다. 그리고 몇 시간 후 모두가 잠이 든 시간이었다. 신랑에게선 여전히 연락이 없었다.

다시 전화를 걸었다. 이번에는 전화를 받았다. "어디야?", "어?", "잔업하는 거 맞아? 술 마시는 거 아니야?", "어, 맞아." 정말 너무 화가 났다. 나는 하루 종일 아픈 아이를 데리고 몸조리도 못 한 내 몸까지 이끌고 혼자 힘겹게 아이를 간호하고 있는데 거짓말을 하고 술을 먹고 있다니 이해가 되지 않았다. 그래서 따져 물었다.

"나는 지금 애랑 병원에서 이러고 있는데 술이 들어가?", "나도 힘들다.", "힘든 건 알겠는데, 내가 미리 부탁했잖아. 애가 못 먹어서 계속 울어서 하루 종일 밖에 나와 있으니까 좀 와서 도와달라고, 그런데도 술을 먹으러 가?", "그래서 어쩌라고?" 그 한마디에 순간 화가 치밀었다. 낮에 문자를 보내 부탁했었다. 며칠 전 로타바이러스에 걸렸을 때에도 이미 경험을 해보았었고, 낮에도 계속 나는 복도에서 서성이고 있었기에 이미 문자를 보내 도움을 요청한 상태였다. 그걸 알고 있음에도 술을 마시고 있다는 것이 너무 화가 났다. 그리고 "어쩌라고"라는 그 한마디가 너무 어이가 없고 화가 났다. 그래서 나는 대답했다.

"지금 당장 병원으로 와."라고 말이다. 당연히 오지 않을 것을 알고 있었다. 그때는 이미 밤 10시가 넘은 시간이었다. 모두 잠든 시간이었고 늦은 시간이었으며 이미 술에 취해 있었기에 오지 않으리란 걸 나는 너무도 잘 알고 있었다. 하지만 그 말이라도 해야 나의 부탁에 대해 아무렇지도 않게 무시한 것에 대한 화가 조금이라도 풀릴 것 같았다.

하지만 나에게 돌아온 대답은 그 이후로 아직도 너무나 생생하게 나에게 남아 내가 이혼을 선택하게 한 결정적인 말이 되고야 말았다. 신랑의 입에서 나온 말은 "내가 지금 병원 가서 아이 떨어뜨려서 죽여도 상관없지?"라는 말이었다. 나는 그 말을 아직도 잊을 수가 없다. 그날 차고 삭막했으며 소름 끼치게 무서웠던 밤의 병원 복도의 공기마저도 아직 기억이 난다. 그 순간의 신랑의 목소리도, 내가 느꼈던 그 느낌도 나는 아직 생생하다. 신랑의 그 말을 듣는 순간 너무 소름 끼치게 무서웠던 나는 전화를 끊어버렸고 그날 신랑은 병원에 오지도 않았으며 더 이상 전화를 하지도 않았다.

신랑은 신랑 입장에서 그만의 고충이 있었을 것이다. 그만의 힘듦이 있었을 것이라고 생각한다. 내가 그 사람이 되어보지 않았고 그 자리에 없었기에 그 사람을 100% 이해를 할 수는 없다. 하지만, 적어도 자기 자식을 두고 그런 말을 입 밖으로 내뱉는다는 건 도저히 해서는 안 되는 말이라고 생각한다. 적어도 나에게 소리를 치거나 화를 내는 건 이해할 수 있다. 그러나 이 아이는 아무 죄가 없지 않은가. 그리고 한 생명을 가지고 그렇게 표현하는 건 잘못이다. 나는 그 순간 이미 이 사람은 말로 이 아이를 죽인 거라고 생각했다. 그리고 그때부터 이 사람에 대한 모든 감정과 마음이 닫혀버렸다. 아니, 어쩌면 그때부터 이 사람과의 이혼을 항상 마음속 어딘가에 품고 살았는지도 모르겠다.

이전부터 쌓여 거름이 되어 있던 마음에 이 한마디가 싹이 되어 틔어졌는지도 모르겠다. 그리고 시간이 흘러가며 그 싹이 자라나 걷잡을 수 없게 자라나 우리는 결국 이혼이라는 결론을 맞이했던 것 같다.

함께 살아오며 수없이 싸우고 화를 내고 미워했던 그 모든 순간들의 시작은 그에게서 들었던 저 한마디가 나의 뇌리에 너무도 깊숙이 박혀 있었기 때문이었다.

*

2

서로 바라보는 곳이 달랐을 뿐

이혼하는 사람들은 다 각자만의 이유가 있다. 나는 신랑에게 들었던 그 한마디가 결정적이었고, 신랑은 늘 내가 본인을 멀리한다는 이유에서였다. 그도 그럴 것이 나는 이미 저 말이 마음에 너무 깊이 박혀 있는데 어떻게 내가 가까이하겠는가 말이다. 나는 살면서 노력하면 어쩌면 나아질지도 모른다고 생각했다.

열심히 아이를 키우고 그렇게 살다 보면 조금씩 잊힐 것이라고 생각했다. 하지만 아이가 커 갈수록 더욱더 또렷하게 떠올랐고, 아이가 커갈수록 신랑이 아무렇지 않게 아이를 대할 때마다 문득문득 떠오르는 게 괴롭기까지 했었다. 그래서 나는 더욱더 아이에게 집중하기 시작했다. 그럴 수밖에 없었던 것이 조금 나아지려 하면 또 아팠고 몸이 괜찮아진다 싶을 때면 마음이 아파왔기에 한시도 아이에게서 눈을 뗄 수가 없었다. 신랑은 늘 그게 불만이었다. 항상 내가 아이만 바라보고 있다는 것에 불만을 표현했다. 그렇게 우리는 겉으로는 아무렇지 않아 보였지만 조금씩 모든 게 어긋나고 있었다.

처음부터 모든 것이 맞지 않았던 우리는 서로의 다름을 인정하기보다는 틀리다고 늘 생각하며 함께이기보다는 각자의 모습으로 지내는 것이 어쩌면 더 편안하기도 했다. 연애 초 나는 콜센터에서 하루 종일 고객들의 민원에 시달리고 녹초가 되어 돌아와 쓰러져 있기 바빴다. 신랑 역시 사업을 시작한 터라 늦는 날이 많았다. 평일은 각자 그렇게 바쁘게 지냈고 그렇게 함께하는 시간이 적을수록 나는 문자나 통화라도 자주 하길 바랐지만 신랑은 전화를 오래 하거나 연락을 자주 하는 걸 싫어했다. 오히려 그런 나에게 집착이 심하다고 했다.

평일에 그렇게 업무에 지친 나는 주말이면 항상 잠으로 피로를 해결하려 했고 오로지 자는 게 제일 행복하게 느껴지던 시절이었다. 하지만 신랑은 평일에 즐기지 못했으니 주말에는 친구들도 만나고 취미생활도 하면서 즐겨야 하는 스타일이었다. 그래서 주말마저 우리는 함께하지 않고 각자의 삶을 살았다. 그리고 결혼하였고 신혼 초 이미 나의 뱃속에는 아이가 있었다. 그리고 임신 초기부터 나는 늘 유산의 위험을 안고 지내야 했다.

움직이는 시간보다 누워서 지내는 시간이 많았고, 외출하는 시간조차

별로 없었다. 항상 집안에 있어야 했고 늘 누워 있어야 했다. 울산으로 이사를 한 상태라 아는 사람도 없었고, 유산의 위험으로 외출도 자제한 상태였기에 늘 혼자였다. 늘 외로웠다.

신랑이 퇴근하여 집으로 돌아오면 나와 시간을 보내주길 바랐었다. 하지만 그렇지 않았다. 신랑은 처음부터 대구를 떠나기 싫어했었다. 대구에서 사업이 제대로 진행되고 있는 것도 아니었으며 직장을 구해서 일을 하고 있는 것도 아니었다. 나는 임신한 상태였고, 빚 독촉에 시달려야 하는 상태였다. 그래서 친정오빠가 울산에서 중공업에 취직자리를 마련해준 것이었는데 신랑은 그동안 익숙하게 생활해온 대구에서 벗어나길 싫어했었다. 그래서 퇴근해서 집에 돌아오면 늘 게임에 열중했다.

나와는 별도의 대화도 없었고 나에겐 별다른 관심도 주지 않았다. 아이가 상태가 좋지 않다는 걸 알았던 때에도 나의 몸은 괜찮은지 아이의 태동은 있었는지조차 물어봐주지 않았다. 내가 하루 종일 울어서 눈이 퉁퉁 부어 있었던 날에도, 내가 밥은 먹었는지 하루 종일 어떻게 보냈는지조차 물어봐주지 않았다. 부부라기보다 그저 같은 공간에 살고 있는 사람 같은 느낌이었다. '이 사람은 왜 나와 결혼했을까. 왜 나와 함께 살고 있는 걸까.' 늘 그 생각을 하며 살았던 것 같다. 그러면서 끊임없이 서로의 다른 점을 틀리다고 생각하며 살아간 것 같다.

회생을 접수하고 법원에 심리가 있던 날이었다. 밖에는 비가 오고 있었다. 법원에 출석해야 하는 날이었다. 이미 양수과다가 온 상태라 늘 갈비뼈가 아픈 상태였다. 숨 쉬는 것조차 아프다는 걸 매 순간 실감하던 때였다. 그날은 비가 와 신랑은 일을 가지 않았다. 가랑비가 오고 있었고,

사실 출근해도 되는 상황이었지만 신랑은 출근하지 않았었다. 내심 법원에 태워다줄 줄 알았다. 하지만 혼자 갈 수 있냐고 묻는 신랑 말에 그저 툭 하고 혼자 갈 수 있다고 나는 대답했다. 그러자 나의 말에 신랑은 아무렇지도 않게 컴퓨터 앞으로 향했고 웃으며 게임을 즐기고 있었다.

임신한 아내가, 그것도 그냥 외출이 아닌 회생신청 통과 심리를 받기 위해 법원에 출석하러 가는데 말이다. 집에서 법원까지는 버스로 15분 남짓한 거리였다. 버스에서 내려서 오르막을 5분 정도 가야 하지만 임산부였던 나는 10분가량 걸렸던 것 같다. 비가 와 버스 안 냄새가 그날따라 하필이면 역하게 느껴졌고 헛구역질로 중도에 버스에서 내렸다. 그리고는 투덜투덜 걸어서 법원으로 향했다.

갑자기 서러움이 북받쳤다. 내가 지금 뭘 하고 있는 건가. 내가 왜 이렇게 살아가나. 나는 왜 이러고 있는걸까 하는 생각에 너무도 서글퍼졌다. 눈물을 뚝뚝 흘리며 꾸역꾸역 걸어 법원으로 향했다. 그 서러움이 남아 있어서일까. 법원에 가서도 그 마음이 남아 있었던 모양이다. 겨우겨우 심리를 마치고 바로 집으로 올 수가 없었다. 집 근처에 있던 친정오빠 집으로 향했다. 마침 새언니가 집에 있던 터라 그곳으로 향했다. 도저히 집으로 가기가 싫었다. 그냥 집으로 가버리면 분명 신랑과 또 싸우고 말 것만 같았다.

지금 되돌아 생각해보면 신랑도 나도 서로가 솔직하지 못했던 부분이 많았던 것 같다. 서로가 원하는 것을 솔직하게 말하지 못했으며, 대화하는 방법도 서로가 몰랐었다. 굳이 자존심을 내세우려 한 건 아니지만 내가 무엇을 원하는지, 상대가 어떻게 해주길 바라는지 허심탄회하게 말한 적이 없었던 것 같다.

나는 늘 솔직한 사람이라고 생각했다. 좋은 건 좋다, 싫은 건 싫다고 말해야 하는 사람이고, 모든 감정이 표정에 금방 드러나는 사람이라고 생각했다. 하지만, 신랑에게만큼은 내가 원하는 걸 제대로 말하지 못하고 살았다. 그날도 비가 오니 법원까지 태워달라고 말할 수도 있었던 걸 말하지 않았다. 아마, 비가 온다고 출근하지 않은 신랑이 마음에 들지 않아서였던 것 같다. 아주 가는 가랑비였고 그 정도 비로는 출근해도 상관없는 날씨였다. 어떻게든 출근하지 않으려 하는 신랑이 미웠었고 그래서 모든 말에 가시가 박혀 있었던 것 같다.

그리고 나에게 조금이라도 관심을 가져주길 바랐던 마음을 알아주지 않아 늘 서운하다고 생각한 것 같다. 그걸로 많이 싸우기도 했었다. 왜 나에게 괜찮냐고 물어봐주지 않냐고, 아이는 괜찮냐고 물어봐주지 않느냐고 말이다. 하지만, 신랑은 늘 내가 듣고 싶은 대답을 시원하게 해주지 않았다. 그래서 늘 같은 문제로 싸우고 있다고 생각한 것 같다. 그래서 늘 서로가 같은 문제로 싸우기 싫었고 부딪히기 싫어서 애써 피하려고 했는지도 모르겠다. 굳이 싸우느니 모른 척하려 했다.

매사에 그렇게 대했던 것 같다. 싸우느니 그냥 내가 하고 말자고 모른 척해버렸다. 얘기해도 바뀌지 않을 걸 알았고, 얘기해도 안 해줄 거란 걸 알기에 그냥 나 혼자서 하려 했고, 그냥 내가 해버리면 그만이지 하는 마음이었다. 그렇게 혼자서 모든 걸 해내려고 했다. 그게 더 마음이 편하다고 느꼈다. 그렇게 혼자 견디고 버티고 있었다.

예정일보다 빠르게 35주에 양수가 터져버렸고 아무런 준비도 안 된 상태에서 아이가 이 세상에서 태어났던 날 전신마취에서 깨어나자마자 내가 들었던 첫마디는 "자연분만 안 하고 제왕절개 하니까 편하지? 둘째도 낳아야지?"라는 신랑의 말이었다. 내가 분만실에서 3일 동안 어떤 고통을 느끼며 양수를 쏟으며 하혈을 하고 있었는지, 3일간 진통 억제제를 맞고도 12시간 동안 어떤 진통을 느끼고 마지막에 어떤 상황이 되어 긴급 수술을 했는지 이 사람은 아무것도 생각하지 않고 있었다.

그저 나의 긴장을 풀어주기 위한 농담의 말이 아니었다. 말 그대로 자연분만이 아닌 제왕절개로 편하게 아이를 낳았으니 빨리 둘째를 낳자는 거였다. 그리고는 산모이자 환자인 나를 그냥 두고 본인은 오랜만에 대구에 왔으니 친구들을 만나야 한다며 외출했다. 그렇게 나는 또 혼자 남겨졌다. 수술을 하기 위해 소변줄을 꽂았다가 제거한 후 일정 시간 안에 소변을 보아야 한다고 했다. 그래서 화장실에 가야 하는데 마취제가 남아 있을 수 있으니 어지러울 수가 있다고 했다. 하지만 나는 부축해줄 그 누구도 없었다. 그래서 혼자 일어서서 화장실을 가려고 하다 쓰러질 뻔한 위험한 순간도 있었다.

하지만 신랑은 그 모든 위험한 순간을 전혀 알지 못한다. 나는 아이를 출산하고 고열이 난 상태였음에도 혼자 병실에 있었고 퇴원하는 1주일 내내 별도의 보호자가 없었다. 아이를 출산한 다음 날 아이 면회 시간에 움직이려 하니 수술한 부위의 통증으로 도저히 움직일 수가 없었다. 그랬더니 다른 사람들은 하루면 움직인다던데 뭐 그리 엄살이 심하냐는 말을 했었다. 그러나 그건 엄살이 아니었다. 고열로 인해 수술 부위가 곪고 있었던 것이다.

그런 말 한마디라도 따뜻하게 해주었더라면 어땠을까. 정말 필요한 순간에 늘 옆에 없었던 사람이다. 아이가 아파서 입원해야 하는데 잠깐 나올 수 없냐고 했더니 직장에서 어떻게 중간에 나갈 수가 있냐며 짜증을 냈었다. 그걸 왜 모르겠는가. 나 역시 직장 생활을 해본 사람이다. 하지만, 말이라도 한번 물어보겠다고 해줄 수 없었을까. 항상 혼자 다 하려 하는 내가 부탁했을 때에는 어떤 상황일까 한 번쯤 고려해보려 했으면 어땠을까. 그리고 다시 전화 걸어 안 되겠다고 말해줄 순 없었을까.

그런 나에 대한 배려도, 마음도 없었다. 그래서 항상 나는 입원과 퇴원을 스스로 혼자서 했었다. 그래서 매번 친정부모님께 도움을 청하거나 혼자서 택시를 타고 입원과 퇴원을 반복했다. 그리고 본인은 코를 너무 심하게 골기 때문에 다른 사람들에게 피해를 끼친다며 단 한 번도 병원에서 밤을 같이 보낸 적이 없었다. 하물며 아이가 1인실을 쓸 때조차도 말이다. 그리고 나와 아이가 병원에 입원할 때면 오히려 친구들에게 연락해 술 약속을 잡고 밤늦게까지 놀던 사람이었다.

나 역시 아이가 아프다는 이유로 신랑에게 소홀했던 건 마찬가지였다. 나보다 신랑이 음식을 더 잘했었기에 밥을 제대로 차려주지도 못했었고, 나 역시 말 한마디 따뜻하게 해주지 않았었다. 내가 상처받았다는 이유로 나 역시 상처를 주기 일쑤였다. 그러나 내가 바라본 신랑은 늘 본인이 먼저인 사람이었다. 이기주의적인 사람은 아니었을지 몰라도 본인이 먼저인 사람이었다. 본인이 즐거운 게 먼저이고 본인이 편한 게 먼저인 사람이었다. 그것에 터치를 한다거나 못 하게 하려고 한 적은 없었다.

하지만 그 이전에 나는 이미 신랑에게서 마음을 놓아버렸던 것 같다.

어쩌면 우리는 처음부터 서로가 너무 틀리다는 생각으로 시작한 건 아니었을까. 그래서 서로가 서로에게 더 바라지도 않았으며 원하지도 않았다. 각자의 역할을 할 뿐이었다. 하지만, 그 각자의 역할에서 삐걱대기 시작할 때 결국 싸움이 커지기 시작했고 결국 우리는 이혼이라는 결론에까지 다다르게 되었다.

*

3

모든 이별은 아름다울 수 없다

우리도 처음부터 이혼을 생각했던 것은 아니었다. 같은 문제로 자주 다투기는 했었지만 시간이 지나면 또 늘 그랬듯이 일상적인 모습으로 돌아왔고 아무 일 없었다는 듯 생활이 이어졌다. 나는 늘 이혼을 염두에 두고 있었지만 아이가 많이 어리기도 했었고, 솔직히 많은 여성들이 그러하듯 이혼하고 당장 아이와 먹고살 길이 막막해서 이혼할 수 없다고 하듯이 나 역시 그랬다.

당시 아이는 치료센터에도 다니고 있었고, 너무도 어렸고, 당장 이혼한다고 해서 내가 일을 바로 할 수 있는 상황도 아니었다. 그리고 이혼한다고 해서 갑자기 내 인생이 황금빛 태양이 빛나는 것처럼 화려하게 바뀌는 것도 아닐 것이며 우울한 삶이 갑자기 행복하게 바뀌는 것도 아니라는 걸 알기에 그저 견디는 삶이라 생각했다. 그래서 더 아이에게 집중했고 아이만 바라보고 살아갔다.

그런 내 속마음을 다 알 리 없는 신랑은 아이만 바라보는 내가 늘 불만이었다. 하지만, 신랑의 일에 어느 것 하나 하지 말라고 한 건 없었다. 술 약속이 있다고 해서 언제 한 번 안 된다고 한 적 없었고, 몇 시까지 들어오라고 한 적도 단 한 번도 없었다. 주말이면 항상 취미생활로 낚시를 하러 다녔고, 그것 역시 단 한 번도 가지 말라고 한 적 없었다. 친구들과의 모임이나 약속이 있다고 할 때 단 한 번도 가지 말라고 한 적도 없었으며, 집에 청소를 도와달라거나 설거지를 해달라고 하거나 아이 목욕을 시켜달라고 한 적도 없었다.

신랑은 밖에서 일을 하니 집안의 일은 내가 하는 거라 생각했다. 그리고 신랑은 내가 워낙 내 기준이 철저한 사람이라 본인이 하고 나면 내 맘에 들지 않아 또다시 해야 하는 사람이니 본인이 하지 않는다는 말을 늘 했었다. 내가 다시 하게 될지언정 본인이 도와줄 수도 있을 텐데 또다시 하는 나를 보는 게 기분이 언짢았던 것 같다.

아이가 나에게 집착이 심하다 보니 신랑이 일찍 들어오는 날이면 집안일을 하기 위해 아이와 좀 놀아주라고 부탁해도 퇴근 후 피곤하기도 했으며, 아이와 지내는 게 익숙하지 않다 보니 그저 아이를 곁에 둘 뿐 놀아주는 방법을 잘 모르는 듯했다. 그러면 아이는 아빠를 물끄러미 바라보다 다시 나에게로 왔고, 그럼 난 항상 아이를 업고 집안일을 하는 게 더 편하고 익숙한 광경이었다.

신랑은 내가 아이를 치료센터에 보내는 걸 늘 마음에 들어 하지 않았다. 우리 아이는 정상인데 내가 늘 바보로 만들고 있다고 했었다. 하지만 난 그렇게 생각하지 않는다. 우리 아이는 후천적 발달 지연이었기 때문에 잠깐잠깐씩 봐서는 신랑 말처럼 보통의 아이들과 별반 차이점을 알아채지는 못한다. 그저 외형적으로 또래보다 작다는 것, 그리고 수줍음이 많고, 말수가 적다는 것, 남자아이지만 활동량이 적고 활동 범위가 적다는 정도일 것이다.

하지만 그런 아이와 하루의 거의 대부분을 함께하고 있는 엄마인 나는 작은 부분까지도 보게 되고 민감한 부분도 보게 된다. 내가 보지 않는 어린이집에서의 행동도 전해 듣기 때문에 나는 교정이 필요하다고 판단했었다. 그 부분에서도 자주 부딪혔었다.

우리 부부가 결정적으로 부딪히게 된 계기는 신랑이 다니던 직장을 그만두고 사업을 시작하겠다고 하면서부터였다. 우리 부부가 처음 함께할 때부터 우리는 경제적으로 마이너스부터 출발이었다. 이미 빚이 있는 상태였고, 친정오빠에게 빌린 돈과 나는 회생에 들어가 있는 상태였다. 간신히 내가 빚을 내서 신랑의 신용불량을 풀어놓았지만 울산에 가서는 일을 거의 하지 않은 상태였고, 아이가 태어나고 나서 바로 신랑이 대구로 올라왔었다. 그리고 그때부터 다시 자리를 잡기 시작했기에 우리의 수입은 별로 되지 않았다.

그리고 그때부터 3년 가까이 아이는 병원에 있는 시간이 더 많았기에 우리는 늘 항상 생활이 마이너스였다. 이제 간신히 나가는 만큼 벌고 있을 때쯤 갑자기 신랑이 사업을 하겠다는 것이다. 나는 강력하게 반대를 했었다. 신랑은 사업을 할 타입은 아니라고 생각했으며 아직은 고정적인 수입이 필요한 때였다. 적어도 내가 회생이 끝날 때까지는 그래야 한다고 생각했었다.

하지만 신랑은 나와 상의도 없이 이미 혼자서 결정하고 회사에 퇴사를 이야기해둔 상태였었다. 그리고 나와 상의도 하지 않고 기존에 타던 차가 상태가 좋지 않다며 차도 새롭게 바꾼 상태였다. 사업에 필요한 자금의 투자처도 이미 확보한 상태라며 말이다. 확신이 가진 않았지만 이미 모든 걸 다 결정하고 통보를 받은 상태였으니 나로서는 어떻게 할 도리가 없었다.

하지만, 나의 촉은 이번에도 빗나가지 않았다. 확보해두었다는 투자처의 투자금은 자꾸만 미루어졌고 한 달, 두 달 지연되면서 생활비 확보가 되지 않았다. 생활비도 급하지만 회생비를 제때 넣지 않으면 그동안에 넣은 회생비도 날아가게 되고 회생 절차도 바로 파기된다. 마음이 급해지기 시작했다. 그리고 우리의 싸움은 급격히 커지기 시작했다. 막말이 오가기 시작했고 큰소리가 오가기 시작했다. 평소 싸울 때와는 다르게 큰소리가 오가기 시작했다. 늘 싸움의 시작은 돈이었고, 싸움의 끝도 돈이었다.

5개월쯤 지났을까. 신랑이 동업자를 확보해 사업을 시작한다고 했다. 그리고는 집에 들어오지 못하는 날이 많아졌다. 하지만 무언가를 다시 시작하게 되고 신랑도 점점 활기를 다시 찾아가는 듯했다. 하지만, 우리의 사이가 다시 원래의 자리로 돌아가지는 않았다. 그 사이 치열하게 싸우던 그 시간 속에 벌어졌던 그 틈만큼 벌어진 채 그대로 굳어져버렸다.

아이와 내가 잠들고 나면 신랑은 집에 들어왔고, 우리가 일어나기 전에 신랑은 다시 나가곤 했다. 그렇게 신랑의 얼굴을 보지 못하는 날이 길어지기 시작했다. 처음 결혼을 하면서부터 신랑과 나는 떨어져 자는 날이 많았다. 신랑이 코를 많이 골았는데, 내가 그 소리에 놀라서 자주 깼었다. 그래서 조금만 꿈적여도 신랑이 짜증을 냈었다. 그럼 나도 그런 신랑으로 인해 짜증을 내게 되고, 서로가 힘든 밤이 되곤 했다. 그래서 결국 떨어져서 자는 밤이 많아졌고 아이가 태어난 후 신랑의 코 고는 소리에 아이가 놀라서 깬 적이 있었다. 그 후로는 아예 각방을 쓰기 시작했다. 아이와 나는 함께 자고 신랑은 따로 잤었다. 신랑의 출근 시간이 빠른 편이기도 했고, 술을 마시고 들어오는 경우도 많다 보니 각방이 더 편하기도 했다.

사업을 시작하고 신랑을 보지 못하는 날이 길어지고, 서로가 벌어져 있던 틈이 더 벌어지며 어느샌가 서로 멀어져 가고 있었다. 그러다 서로가 서로를 거의 투명인간 취급하는 상황까지 오게 되었을 때쯤 신랑이 별거하자고 했다. 그리고 신랑의 부탁이 있었다. 혹여 다른 좋은 사람 만나더라도 아이가 학교에 들어갈 때까지는 이혼은 하지 말자고 말이다. 요즘 아이들이 그런 가정 형편이나 소문에 민감하니 어느 정도 크고 나면 그때 서류 정리를 하자는 것이다. 그리고는 몇 달 동안 신랑에게서 연락은 없었다. 아이가 보고 싶다는 연락도, 잘 지내느냐는 연락도, 아픈 곳은 없냐는 연락도 말이다.

그리고 4개월 정도 지난 후 신랑에게서 처음으로 전화가 왔다. 신랑이

꺼낸 말은 "이혼하자."였다. 그리고 무심결에 내 입에서 튀어나온 말은 나 역시도 놀랍게도 "여자 생겼니?"였다. 그리고 너무도 당연한 대답이 돌아왔다. "어."라는 한마디가….

며칠 후 지인에게서 연락을 받았다. 신랑에게서 연락을 받았다고 말이다. 나의 약점을 찾기 위해서 돌려서 무언가를 물어보더라는 것이다. 여자 쪽에서 결혼을 서두르는데 내가 이혼을 안 해줄 것 같다며 나의 약점을 찾는 것 같다는 것이었다. 화가 나기 시작했다. 신랑에 대한 마음도 미련도 전혀 남아 있는 게 없었다. 하지만, 그렇게까지 해서 이혼을 하려고 하는 걸 보니 너무 억울하고 화가 났다.

그래서 정확하게 양육비를 받고, 모든 것을 확실하게 해야겠다는 마음이 들었었다. 그 당시 파트타임으로 콜센터에서 아르바이트를 하고 있었는데, 조금만 늦게 아이를 데리러 가면 아이가 나를 기다리다 내가 와야 할 시간에 오지 않으면 울음을 그치지 않는다는 것이었다. 그때 아이가 다섯 살이었다. 어떤 방법을 써서 달래도 내가 도착하기 전까지는 울음을 그치기 않고 울기만 한다는 것이었다. 그래서 콜이 조금만 늦게 끝나는 날이면 택시를 타고서라도 시간을 맞춰서 아이를 데리러 가야 했다. 이건 배보다 배꼽이 더 커지는 상황이 자꾸 생기는 것이었다. 그래서 아르바이트도 그만둬야 하는 상황이었다. 그 상황에 양육비도 제대로 확인 받지 않으면 아이도 나도 절대 생활이 되지 않겠다는 생각이 들었다. 그래서 양육비 이야기를 하고 이혼 이야기를 마무리 짓기로 했었다.

처음에는 약속한 금액이 바로 들어왔었으나 그다음부터는 금액 전부가 아닌 금액을 나누어서 보내기 시작했다. 그것도 내가 양육비 왜 안 보내냐고 독촉을 해야만 꼭 보내곤 했었다. 정말 자존심 상하는 일이었다. 내가 돈이 있었다면 내 돈으로 아이를 당당하게 키우고 싶었다. 내가 번듯한 직장에 나갈 수 있었다면 내가 일을 해서 아이를 키우고 싶었다. 하지만 양육비는 당연히 받아야 하는 권리이며, 아이의 치료 역시 멈추고 싶지도 않았다. 내 욕심이었을 수도 있다. 하지만 그때 치료를 받았던 것을 나는 지금도 후회하지 않는다. 기회가 되었다면 더 할 수 있었다면 하는 마음이 아직도 있으니 말이다.

그렇게 이혼 서류를 작성하기로 하고 추석 연휴가 있어서 연휴가 지나면 서류 작성을 하자는 이야기를 마지막으로 나누었었다. 그리고 연휴가 끝난 바로 다음 날 내가 디스크로 쓰러져버리고 말았다. 디스크로 쓰러지고 2차 수술을 해야 한다는 소견이 나오고 나니 앞이 막막해졌다. 그러던 중 양육비가 입금되지 않은 걸 확인했다.

그리고 신랑과 통화를 하던 중 싸움이 커지게 되었다. 나 역시도 수술을 또 해야 한다는 얘기에 감정이 격해져 있었던 데다 신랑과 대화를 하면서 감정이 더 격해졌다. 그러다가 싸움이 더 커지게 된 것이다. 안 그래도 일을 하기 힘든데 디스크 수술까지 하게 되면 일을 하기가 더 힘들어지는데 양육비까지 안 보내주면 어떻게 하나며 신랑을 닦달했다. 그랬더니 신랑도 화가 나서 나에게 뭐라고 했다.

본인이 보내주는 양육비는 아이를 키우라고 보내주는 돈이지 내가 생활하라고 보내는 돈이 아니라고 했다. 그래서 앞으로는 본인 돈으로 본인이 키우겠다는 것이다. 이건 또 무슨 소린가. 싸움이 길어지면서 서로의 감정도 격해졌고 서로의 감정의 골도 이미 깊어진 상태에서 문제가 커지고 있었다. 결국 신랑은 양육비 대신 아이를 선택했다.

나는 선택지가 없었다. 디스크 수술을 앞둔 상태에서 아이를 선택할 자신이 없었다. 비정한 엄마라고 해도 할 말이 없다. 더군다나 두 번째 수술이다. 그것도 같은 자리에 두 번째 수술이다. 경과가 어떨지 장담할 수 없었다. 재활 기간이 얼마가 걸릴지도 알 수가 없는 상황이었다. 척추 4번, 5번의 왼쪽 디스크를 절단한 상태였었는데 이번에는 같은 자리의 오른쪽을 절단해야 하는 상황이다. 마당 한가운데서 쓰러져 119에 실려 병원에 온 상태에서 내 몸 하나 가눌 수 없는 상태에서 아이를 선택할 용기가 없었다.

5년 전 그 긴박한 상황에서 아이와 나의 목숨을 걸고 서명을 했던 순간까지도 지켜냈던 아이였다. 이 아이를 지키기 위해 수없이 많은 날을 울었고, 마음 졸이며 살았다. 내 목숨 바쳐 지켜낸 아이였다. 그런 아이를 놓는다는 건 상상조차 할 수 없는 이야기였다. 하지만, 그 상황에서는 이 아이를 잡을 수가 없었다. 내 몸 하나 가눌 수 없는 상황에서 돈도 없이 이 아이를 잡는다는 건 나도 아이도 둘 다 같이 죽자는 이야기밖에 되지 않는 것이었다. 그래서 나는 결단을 내려야만 했다. 그래서 나는 그렇게 아이를 놓기로 했다.

그 누가 아름다운 이별이라고 했던가. 적어도 나의 이혼은 아름답지 않았다. 아니 이혼은 진흙탕 싸움이란 걸 뼈저리게 느꼈다. 나의 이혼은 나만의 문제가 아니었다. 가족 간의 싸움으로까지 번져갔다. 아이를 보내는 날 우리가 살던 집 관련 문제로 한바탕 소동이 벌어졌다. 처음 나와 아이가 함께 살 때는 아이와 살아야 하니 나에게 주기로 했으나 아이를 데리고 가면서 본인이 집을 가져야겠다고 한 것이다. 그때부터 막말과 욕설이 오가기 시작했다.

나는 이혼을 하면서 위자료로 받은 금액은 단 1원도 없었다. 지금 살고 있는 집은 LH신혼부부 전세대출 지원으로 들어온 집이다. 하물며 이 집 보증금도 내가 결혼 전 살고 있던 집의 보증금으로 넣은 금액이다. 그래서 간통죄 사라지고 위자료로 준 셈 치라고 하고 이 집을 끝끝내 받아내긴 했다.

하지만 그러기 위해서도 정말 치욕스럽고 구질구질한 이야기들을 해야 했다. 서로가 가지고 있는 모든 약점을 끄집어내야 했고, 서로의 가족들에게 알리고 싶지 않은 약점을 다 이용해야만 했다. 나는 변호사를 만나 자문을 받은 상태였기에 자문을 받은 자료와 필요한 내용을 모두 활용하였다. 그렇게 해서 받은 게 이 집 하나다. 그것도 LH와 계약된 2년마다 서류를 넣어 심사를 받고 갱신해야만 살 수 있는 집말이다.

어린아이가 있는 경우 이혼하려면 3개월의 조정 기간이 주어진다. 그 기간에 정말 치가 떨릴 정도로 진흙탕 싸움이 벌어졌다. 매일매일이 스트레스의 연속이었고 문자 오는 소리만 울려도 경기를 일으킬 정도로 소름 끼치는 시간들이었다. 내가 공황장애가 생긴 것도 그때였다.

이혼 서류를 접수하고 디스크 수술을 마치고 친정에서 요양 중일 때 이혼 조정 기간에 들어갔고 본격적인 진흙탕 싸움이 벌어졌다. 쟁점은 하나였다. 어떻게든 상대를 깎아서 내가 무엇이든 하나를 더 얻기 위함이었다. 지금 생각해보면 우리가 가지고 있는 것도 아무것도 없었는데 뭘 그렇게 서로를 못 잡아먹어서 안달이었는지 모르겠다.

매번 입에 담기 힘들 욕설이 오갔고 어떻게든 상대의 약점을 찾기 위해 안간힘을 썼다. 그러다 시누가 나를 고소하겠다는 이야기를 전해 들었다. 내가 뭘 잘못했기에 고소란 말인가. 그리고 나도 맞불 작전을 짰다. 내가 가지고 있는 약점을 꺼내 들었다. 그랬더니 고소 이야기는 어느샌가 들어가버렸다. 그리고 나중에서야 전해 들은 그 고소 이야기는 내가 정상적인 아이를 과도하게 치료센터에 보내고 신경정신과에 데리고 다녔다는 것이다.

정말 화가 나고 어이가 없는 일이었다. 나는 치료센터의 소견서와 정부 바우처 기록지도 모두 있었고, 신경정신과 진단서 및 교육청 바우처 지원 의뢰서까지 받아둔 상태였는데 말이다. 차라리 고소를 하게 둘 걸 하는 생각도 잠시 들었었다. 그럼 내가 역으로 그 자료들을 다 가지고 있으니 무고죄 고소를 할 수 있었는데 말이다. 그 당시에는 그런 생각까지 했었다. 그만큼 가족들까지도 진흙탕 싸움에 끌어들여 끝을 보려 했었다. 하지만, 지금에 와서 생각하면 차라리 그렇게 조용히 묻고 지나가길 잘했다는 생각이 든다. 정말 그렇게까지 했더라면 어른들은 그렇다 한들 아이는 무슨 죄란 말인가.

3개월의 조정 기간에 나는 아이를 만날 수도 전화를 할 수도 없었다. 신랑의 가족에게 하물며 다시는 아이 근처에 얼씬도 하지 말고 이 동네에서 이사를 가라는 문자까지 받았었다. 아이는 알아서 잘 키울 테니 다른 남자 만나서 잘 살라며 이곳을 떠나라는 것이었다. 엄마가 아이만 데려가면 되지 무슨 돈을 바라냐며, 엄마가 어떻게 아이를 버리냐는 것이었다. 그러니 아이 버린 엄마는 다시는 뒤도 돌아보지 말라는 것이었다.

내 휴대폰에는 지금까지 신랑과 다투었던 대화 목록, 욕설이 오갔던 통화들이 모두 아직까지 저장되어 있다. 하지만 마지막에 받았던 저 문자는 삭제하고 가지고 있지 않다. 어쩌면 나 역시도 자식을 지키지 못하고 버린 비정한 엄마라는 생각을 하고 있어서가 아닐까….

치열했던 조정 기간에 비해 이혼 결정은 너무도 짧은 시간에 끝이 났다. 법정에 들어가서 서로의 신분을 확인한 후 이의 있냐는 확인 질문 한마디 후 양육권 및 친권 확인을 한 후 이혼 결정이 되었다고 선언한 후 끝이 났다. 그렇게 나는 아이와 함께 친권과 양육권을 모두 신랑에게 넘겨주었다.

사실 친권까지는 넘겨주지 않으려고 했었다. 공동친권을 가지려고 했으나 친권이 효력을 발휘하는 사항이 두 가지가 있다고 했다. 아이가 미성년의 상황에서 해외로 나가야 하는 상황에서 친권자의 동의가 필요한 경우, 그리고 아이가 중대한 수술을 위해 친권자의 동의가 필요한 경우라고 했다. 전자의 경우는 상관이 없었으나 후자의 경우에 곤란한 상황이 발생할 수 있다는 생각이 들었다. 혹여 아이와 내가 다른 지역에 살고 있거나 아이가 다른 지역에서 사고가 나거나 아픈 경우 수술을 해야 하는데 내가 수술 동의를 못 해주면 아이는 수술을 바로 할 수가 없게 되는 상황이 발생한다는 것이었다. 특히나 우리 아이는 희귀 난치성 바이러스 보균자가 아닌가. 그래서 나는 친권까지 포기해야만 했다. 그리 길지 않은 결혼생활과 1년간의 별거, 전쟁보다 치열했던 이혼조정 기간을 거쳐 우리의 이혼이 결정되었다.

별거하면서 이혼을 고민하고 있을 때 그런 조언을 들었다. 손이 왜 두 개밖에 없는 줄 아느냐고 말이다. 가장 중요한 것 두 개 중에 한 가지만 꼭 붙들라고 손은 두 개라는 것이었다. 두 개 모두를 손에 움켜쥐고 있으면 아무것도 할 수 없다는 것이다. 가장 소중한 것 중 한 개는 분명 포기해야 한다는 것이다. 그리고 얻는 게 있으면 잃는 게 있어야 한다고 그게 세상의 진리이고 순리라고 말이다.

　나는 과연 무엇을 얻었으며 무엇을 잃은 것일까. 나에게 가장 중요한 두 가지는 무엇이었을까. 하나를 얻기는 했을까. 나는 그 순간 소중한 두 가지뿐만 아니라 모든 것을 잃은 것 같은 기분이었다. 그동안 꼭 움켜쥐고 있던 모든 것들을 툭 하고 모두 놓아버린 채 주저앉은 기분이었다.

*

4

그날 나는 온 우주를 잃었다

살아가다 가장 슬픈 날은 어떤 날일까. 사랑하는 이를 떠나보낸 날이 아닐까 하는 생각이 든다. 더 이상 그 사람을 볼 수 없고, 함께할 수 없는 그 순간이 올 때 그때가 가장 슬프지 않을까. 그저 혼자 그리워만 해야 하는 그 순간 말이다. 다행히 나는 아직 부모님과 가족들 중 떠나보낸 사람이 없다. 하지만, 그보다 더 소중한 이를 내 품에서 떠나보냈었다.

이 세상에 하나밖에 없는 나의 가장 소중한 보물, 나의 아들이다.

처음 생명을 가지게 되었던 그 순간 자궁에 피가 고이고 유산의 위기가 여러 번 왔을 때에도 나는 최선을 다해 지켰다. 다운증후군의 확률이 높다고 했을 때에도, 장애를 가지고 태어날 수 있다고 모두가 안 될 거라고 너무 마음 아프지만 떠나보내자고 할 때에도 나는 끝까지 지켜냈었다. 그리고 35주가 되어 양수과다증으로 갑자기 양수가 터졌을 때에도 감염 위험이 있기 때문에 양수가 터지고 24시간 안에 출산을 해야 한다고 했다. 하지만 아이가 태어나면 바로 수술을 해야 하는데 아이가 2kg이 되지 않으면 마취가 불가능하다고 했다.

그 당시 아이의 몸무게는 2kg이 되지 않았다. 출산을 한다고 하여도 마취가 불가능하여 수술이 불가능한 상태라 아이의 생명을 보장할 수 없는 상태였다. 그래서 어떻게든 2kg을 맞추어야 했고, 금요일이라 당직 선생님밖에 계시지 않았기 때문에 담당 교수님이 계시는 월요일에 수술을 하기 위해 3일을 양수가 터진 상태에서 하혈하면서 분만실에서 진통 억제제를 맞아가며 억지로 버텨내야 했다. 침대에 패드를 깔아 두고 몇 번을 교체했지만 흥건하게 계속 젖어 패드를 몇 번을 교체해도 부족할 만큼 하혈은 계속되었다. 그렇게 3일을 버티며 긴급 상황이 되었을 때 나와 아이의 목숨이 위험할 수 있다는 경고에도 서명하고 지켜냈던 아이다.

43일간의 신생아 중환자실에 있으면서 패혈증과 수많은 고비 속에서도 지켜낸 아이다. 거대세포 바이러스에 감염이 되고 항바이러스제를 투약하기 위해 가슴에 관을 삽입하는 수술을 위해 수술실에 들어갔고 마취가 깨지 않아 중환자실에 있을 때에도 끝까지 지켜낸 아이다. 다 기억할 수도 없는 질병과 아픔 속에서 내 건강과 내 모든 걸 걸고 지켜낸 아이였다.

그런 아이를 내가 한순간에 너무도 쉽게 놓아버렸다. 그런 아이를 너무도 쉽게 잃어버렸다. 허리디스크로 쓰러진 건 표면적인 것이었지만, 실제로는 마음이 무너진 것이었다. 그 아이의 몸이 아픈 것을 어느 정도 치료가 되어간다고 생각했을 때에 발달 지연이 왔고, 그것 또한 이쯤이면 치료가 진행이 되어가고 있다고 생각했을 때쯤 틱까지 찾아왔다. 이제 거기에선 내가 더 이상 버틸 힘이 없었다. 그리고 나는 무너지고 말았다. 그동안 너무도 악착같이 달려온 나는 더 이상 버틸 힘이 없이 무너져 내렸고 두 달 사이에 체중이 10kg 가까이 빠지면서 급격히 건강이 나빠지기 시작했다.

그럼에도 아이가 업어달라고 할 때마다 업어주다 보니 허리 통증은 더 심해졌고 쓰러지고 말았다. 무너진 건 허리였지만, 실질적으로 무너진 건 그동안 버티고 버텨온 내 마음이었던 것 같다.

아이가 신랑을 따라가던 날이 아직도 기억이 난다. 아이를 위해 옷을 준비했었다. 아이가 제일 좋아하는 빨간색 트레이닝복이었다. 아이는 새 옷을 입어서 너무 즐거워했고, 2주 가까이 병원에 있다가 퇴원한 엄마를 만나서 너무 즐거워했었다. 아이는 아빠와 함께 고모집으로 간다고 했었다. 오랜만에 고모집에 놀러 간다며 한껏 들떠 있었다.

이 아이는 알고 있었을까. 그렇게 떠나고 나면 이제 엄마를 만날 수 없다는 것을 말이다. 아이는 나에게 엄마 아픈 거 다 나을 때까지 고모집에서 조금만 놀다가 오겠다는 인사를 남기고 떠나갔다. 너무도 해맑게 웃으며 인사하는 그 모습에 나는 더 이상 그 어떤 말도 할 수가 없었다.

아이가 떠나가고 어른들은 여전히 전쟁의 연속이었다. 서로 누가 더 심한 말을 할 수 있는지, 누가 더 상처를 낼 수 있는지 경쟁이라도 하는 듯했다. 지나고 생각해보면 그 어떤 것도 서로에게 득이 될 것은 아무것도 없는데 말이다.

아이를 보내고 혼자 집에 멍하니 남았다. 처음엔 눈물도 나지 않았다. 덩그러니 혼자 집에 있는데 뭔가 이상했다. 방을 정리하고 아이 물건을 정리하고 이리저리 왔다 갔다 하다 그제서야 울음이 터졌다. 그리고는 주체할 수 없을 만큼 꺼억꺼억 거리며 울었다. 태어나 그렇게 울어본 건 처음이었다.

숨이 쉬어지지 않을 정도로 꺽꺽거리며 울었다. 가슴이 너무 미어졌다. 너무도 아팠다. 이런 거구나. 내가 도대체 무슨 짓을 한 걸까. 그제야 더 이상 아이가 내 곁에 없다는 게 실감이 나기 시작했다. 눈물이 멈추질 않았다. 아무것도 할 수가 없었다. 아이가 내 곁에 없다는 게 도무지 믿어지지 않았다. 집 안 어디에서고 아이가 금방이라도 "엄마" 하고 뛰어나올 것만 같았다. 밤새 그렇게 울다 지쳐 잠이 들었다.

다음 날 신랑을 만나 가정법원으로 가 이혼 서류를 접수했다. 우리는 아무 말이 없었다. 아니 어떠한 말을 할 필요도 없었다. 나는 아이에 대해 물을 자신이 없었다. 그리고 물을 수도 없었다. 아이의 이야기를 하면 금방이라도 울음이 터져 나올 것만 같았다. 나의 삶에 아이가 이렇게 큰 의미일지 나는 알지 못했다. 나에게 얼마나 소중한 존재인지 알고는 있었으나 내 삶에 아이가 빠져나간 후 내가 이렇게 무너져 내릴 거라곤 생각하지 못했다.

그리고 나는 집으로 돌아와 아이에게 편지를 쓰기 시작했다. 매일매일

한 페이지씩 일기 형식으로 아이에게 편지를 써 내려갔다. 아이에게 이 일기가 전해지지 않기를 바라는 마음이 더 크기도 했다. 하지만 그 일기를 쓰는 마음은 그랬다. 그렇게라도 하지 않으면 아이가 너무 보고 싶어서 내가 미쳐버릴지도 모른다는 마음과 언제고 시간이 많이 흘러 아이가 커서 혹여나 엄마인 나를 원망하는 날이 온다면 이 일기를 통해 변명이라도 하고 싶었다.

그때의 나의 상황을 핑계라도 만들어두고 싶었다. 그럼에도 사랑하는 마음만큼은 진실했노라고 꼭 알려주고 싶었다. 비록 너를 아빠에게 보내는 그 순간에도 엄마는 너를 너무 사랑했고, 너와 함께하지 않는 그 모든 순간에도 너를 사랑하고 있었다고 꼭 알려주고 싶었다. 그런 마음으로 매일 편지를 적어나갔다. 그 편지는 1년이란 시간 이상을 노트를 채워나갔다.

하지만, 나는 그 편지를 적은 이후로 단 한 번도 다시 펼쳐보지 못했다. 그 속에는 다시 읽어보지 않더라도 너무도 아프고 슬픈 이야기들만 있으니 말이다. 그래서 이 편지들은 언제까지고 우리 아이에게 전해지는 일이 없었으면 하는 바람이다. 그저 내가 살기 위해 유일하게 매달릴 수 있는 순간이었지만, 그랬기에 아이에게는 어쩌면 너무도 큰 슬픔이 될 수도 있으니 말이다.

아이를 보내고 이혼 조정 기간 3개월 동안 만나지 못했다. 나는 그 기간에 두 번째 허리디스크 수술이 있었다. 수술 대기실에서도 우리 아이만 생각이 났다. 요즘 허리디스크 수술은 수술에 들어가지도 않는다고 하지만 나는 그 대기실에서 간절히 기도했다. 꼭 무사히 수술을 마치고 나가서 우리 아이 꼭 만날 수 있게 해달라고 말이다. 우리 아이 얼굴 한 번 못 보고 떠나게 된다면 너무 슬프지 않냐고 꼭 잘되게 해달라고 말이다.

3개월간 나는 아이를 만날 수도, 목소리를 들을 수도 없었다. 하물며 어린이집에는 내가 찾아오면 얘기해달라고까지 부탁을 해두었다는 전남편 가족들의 이야기를 듣기까지 했다. 왜 그렇게까지 해야 했을까. 무엇 때문에 그렇게까지 해야 했을까. 나에게 우리 아이는 전부라는 걸 알고 있었기 때문이 아니었을까 하는 추측만 할 뿐이다.

이혼이 확정되고 아이와의 면접교섭이 결정되었다. 매월 첫 번째 주, 세 번째 주 토요일, 일요일을 아이와 함께하기로 말이다. 내가 내 배 아파 낳은 내 아이를 날짜를 정해서 만나야 한다니 참으로 씁쓸했다. 아이를 만나게 되면 아이는 나에게 어떤 모습을 보일까. 어떤 말을 할까. 나는 아이에게 어떤 말을 해주어야 할까. 아이를 만나기도 전부터 나는 긴장과 설렘으로 아무것도 할 수 없었다.

아이가 왔다. 눈물이 쏟아질 것만 같았다. 하지만 울 수가 없었다. 아이가 너무도 밝고 환하게 웃고 있었으니 말이다. 그리고 한걸음에 달려와 "엄마" 하고 나에게 안겼다. 그래 나는 엄마였지, 이 아이의 엄마였다. 그 어떤 이름과도 바꿀 수 없는 엄마였다.

한 달에 두 번의 만남은 우리 두 사람에게는 너무도 행복하지만 그만큼 너무도 아픈 시간이었다. 이제 막 여섯 살이 된 아이가 감당하기엔 너무도 슬프고 힘든 시간이었다. 어른인 나도 버거운 시간인데 한참 엄마의 손길이 필요하고 사랑이 고픈 이 아이에겐 얼마나 더 고단한 시간이었을까.

그럼에도 이 아이는 그 시간들을 꿋꿋이 이겨내주었다. 울먹울먹하면서도 내가 다시 만날 날에 대한 약속을 하면 울음을 참고 돌아서 가곤 했다. 그리고 조금씩 그 울음은 고요해졌고 어느새 평온한 얼굴로 돌아가기 시작했다. 때로는 의연하게 돌아가는 그 모습들에 서운함이 느껴졌던 적도 있었다. 아이가 돌아가고 난 일요일 저녁이면 한없이 무너졌다.

매번 반복해도 여전히 낯설고 아프고 익숙해지지 않는 시간들이었다. 몇 번이고 다시 달려가 아이를 안고 싶은 마음이었다. 아이를 보내고 집으로 들어와 혼자 방에 쪼그리고 앉아 항상 숨죽여 울었다. 소리 내 우는 것조차 죄스럽게 느껴졌다.

그렇게 아이를 신랑에게 보냈던 그날, 그 순간부터 나는 나의 온 우주를 잃었다. 그때부터 나는 그 어떤 것도 아무런 의미가 없었으며 삶에 그 어떤 의욕도 의미도 남아 있지 않았다.

*

5

영원히 내 곁에 있어줄 너희 덕분에

사람들과 이야기를 나누고 어울리는 걸 좋아하지만 깊은 이야기를 나누거나 오랜 시간 함께 알고 지낸 친구는 거의 없다. 어린 학창 시절 내성적이긴 했지만 친구들과 어울리길 좋아하는 성격이었다. 하지만 집에 화재가 나면서부터 급격히 소극적인 성격으로 변한 것 같다.

그때부터 친구들과 어울리지 않았고, 학교 수업이 끝이 나면 친구들과 어울리지 않고 바로 집으로 와버렸던 것 같다. 방과 후에 학원도 별도로 다니지 않았다. 학업에 별다른 관심도 없었으며 흥미도 없었다. 특별한 취미활동에 관심이 있는 것도 없었다. 그저 자전거를 타고 혼자서 이곳저곳 어슬렁거리며 돌아다니는 것이 유일한 낙이었고 자유를 느끼는 시간이었던 것 같다.

무엇을 하든 흥미를 잘 느끼지 못했고, 쉽게 빨리 흥미를 잃어버렸다. 싫증도 잘 느끼고 끈기도 없었다. 그건 사람들이나 친구에 대해서도 그랬던 것 같다. 새로운 친구들을 사귀어도 금세 싫증을 내게 되고 깊은 우정을 가지지 못했다. 더군다나 고등학교를 졸업함과 함께 서울로 가버렸고 대학 생활은 속초에서 하다 보니 이전 학창 시절 친구들은 연락하며 지내는 친구들이 없다.

그리고 대학 졸업과 함께 다시 대구로 내려오면서 대학 동기들 역시 연락이 다 끊어졌다. 사회생활의 대부분을 차지한 콜센터라는 곳이 작은 칸막이 안에서 오로지 실적으로 평가되는 곳이다 보니 옆 사람이 동료가 아닌 나의 경쟁 상대일 뿐이었다. 나는 힘든 일이 있거나 안 좋은 일이 생길 때면 항상 도망가기 바쁜 사람이었다. 그 가장 좋은 방법으로는 연락처를 바꿔버리는 것이었고, 그다음으로는 내가 아는 사람이 없는 지역으로 도망가는 방법이었다. 그렇게 하다 보니 점점 연락처에는 흔히 말하는 절친이나 오랜 친구들이 남아 있지 않았다.

그럼에도 조금만 힘들거나 무슨 일이 있으면 연락처를 바꾸고 잠수를 타버려도 유일하게 내 곁에 남아 있는 친구가 있다. 초등학교 때부터 지금까지 함께하는 친구 두 명이 있다. 결혼하고 서로 다른 지방으로 흩어져 몇 년 동안 얼굴도 보지 못하고 살고 있지만 어제 만난 것 같은 친구들이다. 한 달에 한 번 통화할까 싶을 정도로 오랫동안 연락을 하지 못해도 몇 시간 전에 통화한 것처럼 어색하지 않고 서로의 마음을 알아주는 그런 나에겐 너무 소중한 친구들이다.

결혼생활 내 힘들던 시절 유일하게 고민을 털어놓을 수 있었던 친구들이었고, 그래서 이혼을 결정할 때에도 함께 고민을 들어주었던 친구들이다. 그랬기에 이혼을 하고 나서도 가장 많은 걱정을 해주었고 나를 위로해주었던 친구들이다. 지금도 역시 나를 가장 아껴주고 걱정해주며 아낌없이 응원을 해주는 친구들이다. 이혼 서류를 접수하고 허리디스크 수술을 하고 병원에 입원했을 때 그중 친구 한 명이 병원에 문병을 왔다. 대구 친정에 왔다가 잠시 들렀다며 말이다. 이렇다 저렇다 묻지도 않았고 굳이 이야기를 꺼내려 하지도 않았다. 병원에 있으면 심심할 거라며 양손 가득 간식을 사 들고 와서는 안겨주었다. 그리고는 나를 아무 말 없이 꼭 안아주고는 돌아갔다. 친구가 돌아간 후 한동안 눈물이 멈추질 않았다. 아무 말도 하지 않고 내 마음을 안아준 그 친구가 그저 너무 고맙기만 했다. 위로가 되었든, 조언이 되었든 어떠한 말을 주저리주저리 늘어놓고 갔더라면 오히려 그 감동이 줄어들었을 것이다. 그저 따스히 안아준 한 번의 포옹만으로도 친구의 마음이 다 전해지는 것 같았다.

이혼이 확정되고 난 후 혼자 대구 집으로 돌아오고 난 후부터 두 친구는 하루가 멀다 하고 돌아가며 매일 나에게 전화를 걸어주었다. 들어내놓고 표현은 하진 않았지만 그 두 친구들 역시 내가 많이 불안했을 것이다. 무슨 사고를 치지는 않는지, 많이 힘들어하고 있진 않은지 말이다. 내가 우리 아이에 대한 마음이 어떠했는지 누구보다 가장 잘 알고 있는 친구들이었기에 많은 걱정이 되었을 것이다.

그래서 마치 약속이나 한 것처럼 두 친구가 번갈아가며 매일 전화를 했다. 혹여 전화라도 못 받는 날에는 엄청난 양의 메시지가 쏟아졌다. 나는 그때의 그 친구들의 마음을 잊을 수가 없다. 가까이 살지도 않으면서 자주 만나지도 못하는데 그렇게 마음을 써준다는 게 쉽지 않았을 것이다. 더군다나 그 친구들 역시 가정의 일을 해야 하고 각자 직장 생활을 하고 있었다. 본인 삶만으로도 바쁠 텐데 친구의 삶까지 걱정해주고 챙기기에 많이 벅찼을 것이다.

이 두 친구에게서 여전히 아직까지도 번갈아가며 한 번씩 연락이 온다. 두 친구가 연락하다 보면 내가 생각이 난다고 했다. 그럼 두 친구 중 어느 한 명이 나에게 연락이 온다. 나 역시 두 친구 중 한 명과 연락을 하게 되면 나머지 친구가 생각이 나 연락하게 된다. 그렇게 우리 세 명은 서로가 그렇게 끈끈하게 얽여 마치 어제 만난 친구처럼 돌고 돌아 인연을 이어가고 있다.

만약 나에게 다른 어떠한 일이 생긴다고 해도 이 두 친구들은 언제고 달려와줄 거라는 믿음이 간다. 혹여 못 오더라도 분명 그럴 수밖에 없었던 사정이 있었을 거라고 할 수 있을 만큼 내가 믿는 친구들이다.

얼마 전 친구와 통화를 하다 내가 글을 쓰고 있다는 이야기를 했다. 그랬더니 친구가 더 즐거워하며 이야기를 꺼냈다. 우리 세 명은 중학교, 고등학교를 같은 학교에 다녔다. 그래서 고등학교 시절 내가 이 두 친구들에게 수업시간에 쪽지 편지를 많이 썼었다. 그런데 그 쪽지 편지를 아직까지 다 보관을 하고 있다는 것이다. 정말 놀라운 이야기였다. 20년도 훨씬 지난 시간이다. 그 시절 어떤 이야기가 적혀 있는지, 어떤 얘기를 했는지조차 기억에 없는데 한두 개도 아니고 모두 간직하고 있다니 놀랍기도 했고 너무 고마운 일이었다.

그 친구가 친정에 갔는데 너무도 감사하게도 친정어머니께서 모두 보관해두셨다는 것이다. 그래서 친구가 그걸 모두 집으로 가지고 왔다는 것이다. 그리고 시간이 날 때마다, 생각이 날 때마다 하나씩 꺼내어 읽어보았다고 한다. 왠지 쑥스럽기도 하고 부끄럽기도 했다. 그러면서 그때부터 나는 글을 쓰는 걸 좋아했던 것 같다며 이제야 나의 길을 찾아가는 것 같다며 무한한 응원을 해주었다.

우리 세 명은 서로가 참 많이 다르다. 어느 하나 닮은 구석이 없어 보인다. 각자 성격이 너무도 뚜렷하게 다르다. 그렇기에 어울리지 않을 것 같지만 그래서 어쩌면 더 잘 어울리는지도 모르겠다. 각자가 부족한 부분을 채워줄 수 있는 그런 친구들이었던 것 같다.

고등학교 시절 같은 시간에 같은 버스를 타고 함께 등교하고, 쉬는 시간이면 쫓아가 모여 수다를 떨었다. 점심시간이면 함께 매점으로 가 군것질하고, 하굣길에 함께 분식집에 들러 떡볶이를 먹고, 같은 버스를 타고 함께 집으로 향했다. 그렇게 3년을 함께 고등학교에 다녔다.

같은 추억을 함께 기억하고 함께 공유하는 이가 있다는 건 행복한 일이다. 나의 그 시절을 기억해주고, 추억해주는 이가 있다는 건 가슴 벅찬 일이다. 나의 안위를 걱정해주고 나의 행복을 빌어주는 이가 있다는 건 감사한 일이다.

나의 첫 공저 책 『매일 사색하며 나를 찾다』가 나왔을 때에도 누구보다도 기뻐하며 축하해주었던 사람도 그 친구들이었다. 나 역시 빨리 보여주고 싶었던 사람 역시 이 친구들이었다. 많이 부족하고 부끄럽지만 이 친구들이라면 그 부끄러움마저도 잊게 해주는 사람들이다.

살아가다 지치고 힘겨울 때면 문득문득 생각나는 나의 친구들. 어느 날이고 아무 이유 없이 전화를 걸어도 항상 반갑게 맞아주는 친구들. 내게 즐거운 일이 있거나 힘든 일이 있을 때 제일 먼저 달려와줄 친구들. 언제나 나의 행복을 빌어줄 친구들. 언제나 바로 곁에 있는 것처럼 내게 큰 힘이 되어주는 친구들. 그들이 내 친구라는 게 나는 너무 행복하다.

그 친구들은 알고 있을까. 내가 가장 힘들었던 그때에 그들이 있었기에 내가 잘 버틸 수 있었다는 것을 말이다. 내가 나쁜 선택을 하지 않도록, 내가 너무 슬퍼하지 않도록 매일 전화를 걸어주고, 함께 아파해준 그 친구들이 있었기에 그 어두운 터널을 빠져나오는 시간들이 덜 외롭고 덜 아팠다는 것을 말이다.

다정다감하거나 따뜻한 말보다는 투박하고 무뚝뚝한 성격이 오히려 더 매력적이고, 스치듯 던지는 한마디로 오히려 더 마음을 따뜻하게 해주는 내 친구들이다.

언제고 전화를 걸어 "보고 싶다. 친구야~"라고 건네면 "가스나~ 뭐라카노~"라고 말하면서도 왠지 수화기 너머로는 씨익 미소 짓고 있을 것만 같은 내 친구들. 언제까지고 지금처럼 멀리 있는 듯 가까운 그런 우리들의 우정이 언제나 함께하길 바라본다.

*

6

마음도 충전이 필요하다

많은 사람들이 진짜 자신의 감정 상태를 모른 채 살아간다고 한다. 단순히 지금의 기분이 좋다, 나쁘다가 아닌 지속적인 본인의 심리적인 감정 상태 말이다. 나 역시 그러했다. 꽤 오래전 나조차도 알아채지 못했다.

스무 살 어느 날이었다. 서울에서 자취하던 어느 날 밤, 5층 건물 옥상에 바람을 쐬러 올라갔던 적이 있었다. 무심코 건물 아래를 내려다보았고 문득 그런 생각이 들었다. '여기서 떨어지면 과연 바로 죽을 수 있을까. 그럼 과연 누가 슬퍼해줄까. 나의 장례식에는 누가 와줄까.'라고 말이다. 아무렇지 않게 그렇게 한동안 나의 죽음에 대해 생각을 하다 번뜩하고 정신이 들었다. 그리고는 나도 모르게 눈물을 흘리고 있는 나 자신을 발견했다. 그때는 그저 대구를 떠나 혼자 낯선 서울에서 지내며 찾아온 향수병, 혹은 정해지지 않은 막막한 미래에 대한 20대의 두려움일 거라 생각했다. 꽤 오랜 세월이 지나 알게 되었다. 그 모든 감정들이 우울증의 시초였다는 것을.

　나의 우울증은 어디서 어떻게 시작이 되었는지는 나도 잘 알지 못한다. 하지만 꽤 오래전부터 시작이 되었을 것이라고만 짐작할 뿐이다. 정확하게 우울증이 있다는 것을 알게 된 것은 20대 후반이었다. 첫 사회생활을 콜센터 상담직으로 시작하고 꽤 많은 스트레스에 시달려야 했다. 내성적인 성격이기도 했거니와 잘하지는 못하더라도 못한다는 이야기를 듣는 것도 싫어하는 성격이었다. 나로 인해 팀이 못한다는 이야기를 듣는 것도 싫었고, 못해서 눈에 띄는 것도 싫었다. 그리고 내가 몰라 고객들에서 안내를 잘하지 못해서 머뭇거리거나 오안내를 해서 고객들에게 피해를 주는 경우가 생기는 걸 나 자신 스스로가 용납할 수가 없었다.

　그런 성향 때문인지 더 악착같이 직무 공부를 했고, 매일매일 실적 스트레스를 더 받아왔다. '잘해야지.'라는 생각보다 실수하면 안 된다는 생각이 너무 크게 자리 잡고 있었다. 나의 손가락 하나에 고객의 돈이 왔다 갔다 할 수가 있고, 고객에게 큰 피해를 입힐 수 있다는 생각에 매 순간순간 긴장 속에서 근무했었다.

　특히 첫 직장이었던 S통신사에서 국제전화 처리 건으로 퇴사를 하면서 그 트라우마는 더 심해졌었다. 다른 직원들보다 업무처리를 한 번 더 확인을 하고 조금이라도 미심쩍은 것이 있으면 쉽게 넘어가지 못했다. 그래서 업무가 마감된 후에도 남아서 그날 받은 전화에 대해서 한 번 더 확인하고 나서야 퇴근을 해야 안심할 수 있을 정도로 늘 긴장과 예민함 속에서 근무했었다.

요즘에는 상담전화를 걸면 안내멘트가 송출이 되고 있다. 상담사들의 인권보호를 위한 멘트가 송출이 되고 있지만 여전히 막무가내인 고객들이 많다. 그 고객들도 얼마나 화가 나고 답답하면 그러실까 하는 입장은 충분히 이해한다. 그 억울하고 답답한 사정을 해결해 드리기 위해 있는 사람들이 상담사라는 것도 알고 있다.

하지만 막무가내로 막말을 하고 욕설을 한다고 해서 해결되는 문제는 아무것도 없다. 내가 근무를 할 시기에는 그런 안내멘트가 나오지도 않던 시절이었으며 그런 인권이 보호받지도 못할 시기였다. 고객이 욕설을 하면 그 욕설을 다 듣고 있어야만 할 때였다. 아무런 방어를 할 수도 없었으며, 아무 말도 하지 못하고 있으면 아무 말도 하지 않는다며 또 욕설을 들었던 시기였다. 그렇게 무조건 그 모든 감정을 받아내야만 하다 보니 내 안의 감정들이 쌓이고 쌓여 나도 모르게 병이 되고 있었다. 상담 업무를 쉬고 있던 어느 날 엄마와 함께 TV를 보다 엄마가 조심스럽게 나에게 말을 건네셨다. "신경정신과에 한번 가보는 게 어떨까?" 나는 의아한 눈으로 엄마를 바라보았다. 한동안 나를 쳐다만 보고 있던 엄마가 말을 꺼내셨다. "지금 네 모습 한번 봐봐. 하루 종일 먹기만 하고 있잖아. 폭식증 같아. 병원 가서 한번 상담받아 보는 것도 괜찮을 것 같은데." 아, 내가 폭식증인가? 그러고 보니 과자를 사면 한 번에 몇만 원 치를 사서 그 자리에서 다 해치워버리듯 먹어버리긴 했다. 군것질을 즐기기보다는 마치 먹어치우듯이 과자를 몰아서 먹고 있었다. 엄마가 보시기엔 그 모습이 평소와 달라 보이셨고, 걱정되셨던 것 같다. TV를 보시다가 폭식증도 일종의 질병이라고 말하는 것을 보셨다며 상담을 받아보자고 말씀하셨다. 그땐 정말 아무 생각 없이 그냥 상담이나 한번 받아보자는 생각으로 병원을 찾았다.

처음 찾아가 본 신경정신과는 왠지 낯설고 무서웠고 사람들의 표정이 모두 너무 무겁게만 느껴졌다. 이름이 불렸고, 의사 선생님과 마주 앉았다. 간단한 신상 확인을 하고 어떻게 찾아오게 되었냐고 물어보셨다. "엄마가 가보라고 하셔서요."라고 대답했다. 퉁명스러운 내게 자꾸 무언가 질문을 하시려는 모습이 보였다. 직업병 탓이었을까. 상대가 무슨 말을 하려고 하는지 뭔가 모를 느낌적인 게 느껴졌다. 그래서 내가 먼저 말을 꺼내야겠다는 생각이 들었다.

"과자를 사서 한꺼번에 너무 많이 먹고 그러니까 폭식증 같다고 엄마가 가보라고 하셔서 왔어요."라고 다시 말을 했다. 그리고는 몇 가지를 더 질문하셨다. 어떤 일을 하는지, 요즘 기분은 어떤지, 과자를 한 번에 얼마나 먹는지, 과자를 먹을 때 어떤 생각을 하는지 같은 질문들이었던 것 같다. 벌써 10년도 넘게 지난 시간이라 그 질문들이 다 기억이 나진 않지만 선생님의 말씀 중 하나는 기억이 난다.

길지도 않은 시간이었다. 내가 진료실에 들어가고 10분 정도쯤 지났을까. 나에게 몇 가지 질문을 하지도 않으셨던 것 같은데 나에게 진단을 바로 내리셨다. "지금 상황은 폭식증이고, 문제는 폭식증이 아닙니다. 우울증에 의한 폭식증입니다. 여건이 되신다면 입원하셔서 집중 치료를 받아보시는 게 어떨까요?"라는 말씀이셨다. 이 무슨 황당한 말이지? 그냥 아무 생각 없이 병원에 왔다가 우울증으로 정신병원에 입원하라는 이야기를 들었다.

갑자기 정신병자 취급받는 기분이 들었다. 그리고 너무 갑작스러운 일이었다. 일단 약을 처방받고 부모님과 상의해보겠다며 집으로 돌아왔다. 돌아오는 길에 아무리 생각해도 내가 왜 우울증인지 이해가 되지 않았다. 나는 그리 기분이 우울하다고 생각하지 않았었다. 삶이 행복하다, 즐겁다고 느끼고 있지 않았지만, 그리고 성격 자체가 쾌활하다거나 의욕이 넘쳐나지도 않았지만 우울증이라고 할 만한 성격은 아니라고 생각했기 때문이다. 그렇게 한동안 약을 처방받고 폭식증은 잦아들었고, 그래서 나는 우울증이란 게 그렇게 나에게서 사라졌다고 생각했다.

그리고 꽤 오랜 시간이 흐르고 이혼이라는 것을 하고 나서 다시 신경정신과를 찾았다. 그때는 상황이 많이 좋지 않았다. 그때는 아무것도 모르는 일반인인 내가 생각해도 병원의 도움이 필요한 상황이라는 건 확실히 알 정도로 심각한 상황이었다. 우선 잠을 못 자는 건 기본이었다. 한없이 기분이 가라앉아 있었고, 밥도 먹지 못했고 가만히 있어도 하루 종일 눈물만 났다. 그건 아이를 전남편에게 보냈으니 당연히 그랬을 테다.

하지만 그보다 더 심각한 것은 숨을 쉴 수가 없다는 것이었다. 전남편에게서 메시지만 오거나 아니면 내가 전남편 생각만 하더라도 숨을 쉴 수가 없을 정도였다. 그냥 숨을 쉬기 힘들다는 느낌이 아니었다. 실제로 가슴에 통증이 있었다. 누군가 나의 심장 위에서 가슴을 강하게 압박하고 누르는 것처럼 통증이 있고 호흡곤란이 와서 숨을 쉴 수가 없었다. 머리가 쥐어짜듯이 두통이 오고 실제로 발열도 있었다. 헐떡거리며 간신히 숨을 쉬고 나면 옆에 있는 사람에게도 들릴 정도로 심장이 쿵쾅거리며 마구 뛰었다.

그런 몸의 현상이 생기고 나서는 한동안 차를 타지 못했다. 쿵쾅거리는 음악이 울리는 공간이나 엘리베이터도 타지 못했다. 자동차 자동세차기도 통과하지 못했고 고속도로에서 차간 거리가 조금만 좁아져도 심장이 터질 것처럼 숨을 쉬기가 어려웠다. 그래서 한동안은 차를 타면 항상 눈을 감고 있거나 최대한 외출을 하지 않았다.

그래서 병원을 찾았더니 공황장애와 불안장애라고 했다. 그리고 우울증도 심각한 상태라고 했다. 그 중심에는 당연히 이혼과 우리 아이가 있었다. 너무 큰 상실감이 있었고, 그동안 너무 애쓰며 살았는데 그 상실감이 너무 크다 보니 내가 감당할 수 있는 한계를 넘었다고 했다. 날이 갈수록 병은 나아지기는커녕 약은 자꾸만 늘어갔다. 평소 있었던 불면증은 더욱 심해졌고, 신경안정제와 수면유도제를 먹어도 며칠씩 잠 한숨 자지 못한 채 보내기가 일쑤였다. 정말 이러다가 내가 무슨 일을 저지를 것만 같은 날의 연속이었다. 내가 이렇게 느낄 정도였으니 곁에서 지켜보는 이들은 어떠했을까. 얼마나 속상하고 마음이 아팠을까. 요즘에는 신경정신과에서 상담을 받거나 정신과 질환을 앓고 있는 것에 대해 사람들의 인식이 많이 달라지고 있지만 그래도 아직은 많은 이들이 '정신병'이라는 인식을 가지고 있다. 때로는 '마음의 감기'라며 간단하게 치료할 수 있다고도 하며 때로는 너무 가볍게 생각하지 말라고도 한다.

나는 그 두 가지의 의견이 모두 맞다고 생각한다. 조금이라도 본인의 감정이나 마음이 걱정되거나 의심이 된다면 너무 어렵게 생각하거나 주위의 시선을 신경 쓰지 말고 상담을 받거나 조언을 구해보기를 바란다. 그리고 만약 전문가의 도움을 받아야 하는 상황에 놓인다면 쉽게 고쳐질 것으로 생각하기보다는 이건 오랜 나와의 싸움이라는 생각을 했으면 좋겠다. 약 몇 번 먹으면 금방 나아지는 그런 정말 감기 같은 질병은 아니다. 상담 몇 번 하면 툴툴 털고 일어날 수 있는 질병도 아니라는 이야기다. 자신의 의지가 필요하고 노력이 분명 필요한 질병이다. 어쩌면 살아가며 평생 나와 함께해야 할지도 모르는 질병일 수도 있다고 생각한다.

때론 내 삶의 구석 어딘가에 숨어 보이지 않다가 어느 날 불쑥 튀어나와 힘들게 할 수도 있고 다시 숨어버려 다 나았다고 생각되게 할 수도 있는 것 같다. 최근에 어느 강연을 보다가 '가면성 우울증'이라는 이야기를 들었다. 우울한 기분이 마치 가면을 쓰고 있는 것처럼 겉으로 별로 드러나지 않는 우울증을 말한다고 했다.

표면적으로는 우울 증상이 나타나지 않지만 밑바탕의 원인이나 역동은 일반 우울증과 같으므로 가면 우울증이라고 한다고 했다. 아마 나 역시 이 가면성 우울증이 아니었나 하는 생각이 든다. 사람들과도 잘 어울리고 모임도 여러 개를 하며 항상 잘 웃고 사람들 앞에 나서서 잘 이끌어 나갔다. 사람들과 함께 있을 때 제일 즐겁다고 생각하는 사람이었다. 어디를 가나 사람들과 참 잘 어울린다는 이야기를 많이 들었다.

하지만 그러다 돌아서면 혼자 우울해하고 쓸쓸해했던 것 같다. 늘 사람들이 내 이야기를 하지는 않을까 의식하고 사람들의 시선을 의식을 많이 했다. 그래서 내가 공황장애가 있고 우울증이 있어 치료를 받는다고 하면 아무도 믿지 않았다. 항상 밝게 웃고 있어 그런 면이 있는지 몰랐다는 반응들이 대부분이었다. 그래서 사람들이 나의 어두운 면을 보지 못하게 가면 뒤에 늘 숨어 있었던 것은 아닐까.

사람들은 저마다의 가면 뒤에 숨어 있다고는 하지만, 마음의 가면 뒤에는 숨지 않았으면 좋겠다. 뉴스 기사를 통해 젊은 나이에 생을 마감한 스타들의 이야기를 자주 접하게 된다. 저마다의 사연이 있었을 것이고 아픔이 있었을 것이다. 그들의 주위 사람들의 이야기는 다들 저마다 그렇게 아파한 줄 몰랐다고, 힘들어하고 있는 줄 몰랐다는 이야기들이다. 주위 사람들이 몰랐던 것이 아니라 그 당사자들이 그 마음의 가면 뒤에 숨어 있었던 것은 아닐까.

우리의 마음에도 충전이 필요하다. 부족한 부분은 채워주어야 하고, 아픈 부분은 치료가 필요하다. 상처 난 부분은 약도 발라주어야 한다. 오래된 상처엔 흉터도 남을 것이다. 그 흉터가 남은 부분은 오래도록 트라우마로 남기도 할 것이다.

그래도 우리에겐 각자의 마음의 충전제가 있지 않을까? 내 마음의 충전제는 하나밖에 없는 나의 소중한 아들과 사랑하는 가족들, 소중한 내 인연들이다. 결국 나는 내 사람들과 떨어져서는 살 수 없는 존재인 것이다. 그래서 이제는 그들에게 힘이 들 때는 힘들다고, 아플 때는 아프다고 표현하고, 사랑한다고 고맙다고 솔직하게 표현하고 다가가려 노력한다. 표현하지 않으면 그 누구도 알지 못한다. 그들도, 나도 아무도 알지 못한다. 우리들의 마음은….

네 탓이 아니야

모든 것이 내 탓인 것만 같았다. 그리고 주위에서 다 내 탓인 것 마냥 바라보는 것 같았다. 하나부터 열까지 모든 것들이 다 내가 잘못해서 생긴 일인 것만 같았다. 어디서부터 잘못된 것일까. 그 어느 순간도 허투루 한 적 없었고 열심히 하지 않았던 적이 없었는데, 최선을 다하지 않았던 적이 없었는데, 그 무엇이 지금 나를 이렇게 만든 것일까. 아무리 생각해보아도 알 수가 없었다.

시간을 거슬러 어디서부터 잘못된 것일까. 거슬러 처음으로 되돌아가 생각해보기로 했다. 무엇이 나를 이렇게 괴롭히고 있는지 찾아보기로 했다. 무엇부터 잘못된 것일까. 어디서부터 잘못된 것일까.

전남편과의 처음을 생각해보았다. 우리는 정말 사랑했을까. 서로를 필요로 했을까. 그 질문에 대한 답부터 내려야 했다. 나는 이 질문에 대해 어쩌면 처음부터 늘 의문을 품고 있었는지도 모르겠다.

전남편을 만나 처음부터 나는 물질적인 지원을 조금씩 하고 있었다. 전남편이 신용불량 상태였고, 사업을 시작하면서 경제적인 부분이 어려운 상태였다. 차를 내가 구입해준 상태였고, 생활에 필요한 일부분의 현금도 내가 지원해준 상태였다. 그래서 때로는 전남편이 그런 부분으로 인해 나와 헤어지지 못하고 있는 건 아닌가 하는 생각을 했던 것도 사실이다. 그래서 연애를 하고 있던 시절 나는 몇 번이고 전남편과 헤어지려고 했었다.

하지만, 그럴 때마다 헤어지자고 하고 나서 매번 전남편이 다시 나를 붙잡았다. 그리고는 우리는 결국 헤어지지 못했다. 나 역시 매몰차게 헤어지지 못한 건 사실이다. 혼자보다는 누군가 곁에 있어주길 바란 것도 사실이니 말이다.

전남편을 처음 만난 건 친목 모임에서였다. 그날 술자리가 있었다. 하지만 나는 연애를 하면서 술을 끊었다. 전남편을 만나면서 콜센터 일에 스트레스가 심해져 건강이 나빠진 것도 있었지만 술자리에서 전남편을 만난 것이 어느 정도 후회도 있었기 때문이었다. 하지만, 전남편은 그 부분도 마음에 들어 하지 않았다. 퇴근 후 집에 와서 같이 술을 한잔 하고 싶은데 내가 술을 마실 줄 알면서도 함께 술 한잔 같이 해주지 않는다는 것을 많이 서운해하고 기분 나빠했었다.

내가 결혼생활 내내 술을 마시지 않은 데에는 또 다른 이유들이 있었다. 아이가 많이 아프다 보니 혹여 내가 술을 마시고 아이가 아픈 것을 알아채지 못하면 어떻게 하지 하는 노파심도 한몫했었다. 그런 것들은 그저 내가 술을 끊은 여러 가지 이유 중의 하나일 뿐이고 가장 큰 이유는 따로 있다. 바로 우리 아빠 때문이다.

　우리 아빠는 술을 엄청 좋아하시는 분이셨다. 내가 아주 어릴 적 자전거를 타고 매일 막걸리 심부름을 다니고, 사람 좋기로 소문이 나 매일 집에 손님이 끊이지 않을 만큼 아빠는 술도 좋아하셨다. 우리 집에는 항상 술을 박스로 사다 놓을 만큼 술이 끊이지 않았고, 사람들도 끊이지 않았다. 그런 아빠가 하루 만에 단칼에 술을 끊으셨다. 그리고 술을 끊으신지 10년이 훌쩍 넘어가고 있다. 몇십 년을 술을 마시고 술 좋아하고 사람 좋아하시는 분이 단 하루 만에 단칼에 술을 끊으셨던 이유의 중심에는 바로 내가 있었다.

　아빠와 나는 얼굴도 판박이처럼 닮았지만 성격 또한 참 많이 닮아 있다. 둘 다 급하고 불 같은 성격에 화도 잘 낸다. 아빠와 내가 너무 성격이 닮아 있다 보니 둘이서 싸우기도 잘한다. 항상 그 사이에 끼어 있는 엄마가 늘 고생을 했다. 내가 성인이 되고 나서 아빠는 직접적으로 나에게 화를 내시진 않았다. 내가 성격이 어떤지 너무 잘 아시다 보니 내가 아닌 엄마에게 항상 화를 내시고 성질을 내셨다.

　아빠는 나에게 직접 표현하지 않으셨지만 신랑을 마음에 들어 하시지 않았다. 그래서 결혼 전에 엄마에게 신랑이 마음에 들지 않는다며 다투셨다고 한다. 사실, 엄마가 나의 결혼을 적극적으로 말리신 것도 사실이다. 하지만 끝까지 결혼을 밀고 나간 것도 나였다. 그래서 이혼을 할 때에는 더더욱 죄송했고, 힘들다는 내색을 하지 못했다.

엄마가 결혼식을 앞두고 끝까지 말리시면서 하신 말씀이 있으셨다. 왜 끝까지 말리지 않았냐고, 울면서 후회하면서 엄마 원망하지 말라고 말이다. 그래서 나는 이혼하고서 단 한 번도 엄마에게 힘들다는 말을 하지 못했고, 후회하지 않은 것도 사실이지만 그 말조차도 할 수가 없었었다. 그저 늘 괜찮다는 말밖에 할 수가 없었었다.

그렇게 엄마와 아빠 두 분 다 딸이 결혼하겠다고 우기니 시킬 수밖에 없으셨었으나 많이 반대하셨던 모양이다. 결국 나 몰래 두 분이 많이 싸우셨다고 한다. 그래서 결국 내가 결혼식을 하고 나면 두 분이 이혼하겠다고 하셨으나 결국 두 분이 이혼은 하지 못하셨고, 이혼을 하지 않으시는 대신 아빠가 술을 끊기로 하셨다고 한다. 그래서 정확하게 내가 결혼식을 한 그날부터 아빠는 지금까지 단 한 번도 술자리에서 술을 드시지 않았다.

그 이야기를 꽤나 오랜 시간이 지나서야 알게 되었었다. 술도 좋아하시고 사람도 너무 좋아하시는 분이셨다. 그런 분이 딸로 인해 술을 끊으셨다. 얼마나 속상하셨을까. 기쁜 마음으로 시집보내야 하는 날 좋아하는 술을 끊으시면서 어떤 마음이셨을까. 끝까지 더 반대할 걸 하는 마음이셨을까. 그래도 잘 살기를 바라는 마음이셨을까. 끝끝내 잘 살지 못하고 이혼을 하고 나서 아빠는 어떤 마음이셨을까. 그때 어떻게든 더 반대를 할 걸 하는 마음이셨을까.

명절 때 가족들이 모이면 나는 가끔 맥주 한잔 정도는 마신다. 하지만 여전히 아빠는 아직 술을 전혀 드시지 않는다. 그 모습을 볼 때면 나는 여전히 지난날이 떠오른다. 아빠는 어떤 마음이실까 하고 말이다. 그리고 우리 아이를 바라본다. 아빠는 저 아이를 바라볼 때 어떤 마음이 드실까 하고 말이다.

나는 시부모님이 안 계시다 보니 우리 부모님께서 우리 아이에게 친할아버지, 친할머니의 사랑까지 주기 위해 더 많은 애정을 쏟으시려 노력하셨다. 특히 우리 아빠는 나와 함께 신생아 중환자실에 있던 우리 아이를 면회하러 같이 다니셨기에 우리 아이에 대한 애정이 남달랐다. 우리 아이도 그걸 아는 건지 어릴 적 부모들이 가장 많이 묻는 질문인 "아빠가 좋아? 엄마가 좋아?"라고 물으면 항상 답은 정해져 있었다. "할아버지." 라고 말이다. 그렇게 우리 아이는 우리 아빠를 제일 좋아했다.

전형적인 경상도의 가부장적인 가장의 모습인 우리 아빠가 온화한 모습으로 모든 것에 "YES"라고 답하는 유일한 존재가 우리 아이였다. 그 어느 누가 무슨 말을 해도 "안 돼."라고 말을 하시는 분이 우리 아이가 말을 하면 무조건 "그래."라는 답을 해주었다. 그랬기에 우리 아이를 전남편에게 보내는 걸 가장 반대했던 사람도 우리 아빠였다. 친정에 와서 같이 키우자며 보내지 말라고도 하셨었다. 그렇듯 우리 아이에게 가지는 사랑이 남다르셨었다.

새벽에 일하러 나가시기 전이면 항상 우리 방에 들어와 아이에게 이불을 다시 덮어주고 나가시곤 하셨다. 그건 요즘도 마찬가지다. 내가 결혼하기 전에는 항상 내 방에 들리셔서 나에게 이불을 덮어주고 가시던 분이셨다. 그리고 우리 아이가 태어나고 나서는 항상 우리 아이의 이불을 다시 덮어주고 나가셨다. 그게 우리 아빠만의 사랑 표현 방식이었던 것이다.

아이를 전남편에게 보낸 지 얼마 되지 않았던 어느 날, 아빠와 함께 병원에 가던 날이었다. 서로가 아무 말 없이 차를 타고 가던 길에 아빠가 불현듯 말을 꺼내셨다. 아이가 많이 보고 싶지 않냐고 말이다. 울컥하고 눈물이 나왔고 나는 아무 말도 할 수가 없었다. 그리고 아빠가 말을 이어가셨다. 아빠의 말은 지금까지 내가 알고 있었던 아빠의 모습과는 사뭇 다른 모습의 말씀이었다.

아빠도 우리 아이가 많이 보고 싶으시다고, 밤마다 우리 아이가 보고 싶어서 눈물이 난다는 말씀이셨다. 그러니 너무 슬퍼하지 말라고, 너무 아파하지 말고 잘 견뎌보자는 말씀이셨다. 우리 아빠가 그런 말씀을 하실 줄 아는 분이시란 걸 평생 단 한 번도 생각해본 적이 없었다. 물론 들어본 적도 없으니 말이다. 모든 게 다 내 탓인 것만 같았다. 너무도 죄스러웠고, 내가 뭐라고 온 가족들에게 이런 아픔과 슬픔을 주는 건지 너무도 속상하고 아프기만 했다.

전남편을 만나 결혼을 하고, 아이를 가졌다. 그 아이는 나의 뱃속에서 많은 아픔을 견뎌냈다. 그 시간들 속에 나도 함께 많이 아파했다. 그 아이는 왜 그런 아픔을 가져야 했을까. 아직도 그 원인은 잘 모르겠다. 그 어디에서도 내게 알려준 곳이 없으니까 말이다. 다만 내가 생각하는 이유는 그 시기에 내가 회생 준비를 하면서 극도로 스트레스를 받아서 그런 게 아닌가 하고 생각한다.

일반 성인도 극심한 스트레스를 받으면 장이 꼬이기도 하고, 스트레스성 장염이나 스트레스성 위염이 오기도 하지 않는가. 그래서 우리 아이도 내가 느낀 스트레스를 온몸으로 받아내다 보니 장과 위에 영향이 간 건 아니었을까. 엄마가 태교는 고사하고 너무 심한 스트레스를 주어 그걸 온몸으로 받아낸 게 아닐까 하는 생각을 해본다.

아이가 태어난 후 늘 모든 것이 나 때문이라는 생각을 떨쳐낼 수가 없었다. 내가 임신한 상태에서 아팠으니 말이다. 내가 잘못해서 그런 것일 거라는 생각이 늘 있었다. 그건 지금도 그렇다. 이 아이가 성장해나가면서 그 아픔으로, 그 수술들로 혹여나 본인이 하고자 하는 것들에 제약이 되는 것들이 생기면 어떡하나 하는 생각들도 무수히 많이 해왔다.

더군다나 성장 역시 느리다 보니 학업적인 것도 느릴 수 있을 것이며, 약하다고 또래 아이들에게 괴롭힘을 당하지는 않을까 하는 걱정도 많이 했다. 아마 그건 앞으로도 계속될 걱정이지 않을까 싶다.

모든 것들이 내 탓으로만 생각되고 모두 내가 잘못해서 일어난 일인 것만 같았다. 차라리 그렇게 생각해버려야 마음이 편할 때도 있었다. 나에게 아무 이유가 없는데 이렇게 힘들어야 한다고 생각하면 오히려 더 견디기 힘들었던 적도 있으니 말이다.

하지만 이혼은 누구의 탓도 아니다. 그저 서로가 달랐을 뿐이다. 틀림이 아닌 다름으로 서로가 그 간격을 줄이지 못했을 뿐이다. 너의 탓도 나의 탓도 아니다. 우리 서로가 많이 달랐고, 그 다름을 인정하고 맞춰 가기엔 우리의 노력이 너무 부족했을 뿐이라는 생각이 든다.

*

8

엄마는 아프면 안 돼

  매주 금요일 아이를 만나기 위해 아이를 데리러 간다. 그리고 아이의 손을 잡고 우리 집으로 함께 온다. 우리 집은 주택 건물이고 2층이다. 현관문을 열고 아이가 먼저 올라가게 한 후 나는 현관 대문을 닫고 아이 뒤를 따라 올라간다. 아이가 문을 닫고 올라오는 나를 기다렸다가 손을 내민다. 그리고 내가 아이의 손을 잡으면 계단 끝까지 나의 손을 잡고 아이가 앞에서 나를 인도해준다.

  언제부터였을까. 잘 기억나지 않지만 어느 날인가부터 아이가 그렇게 계단에서 나에게 손을 내밀기 시작했다. 내가 그걸 인지를 하지 못하고 있다가 알게 된 어느 날 아이에게 물었다. "엄마 손 잡아 주는 거야?"라고 말이다. 그랬더니 아이가 그렇게 대답했다. "엄마 계단에서 넘어지면 위험하니까 내가 손 잡아주는 거야."라고 말이다. 그리고는 우리 집 계단을 갈 때면 항상 본인이 앞에서 나의 손을 잡아준다.

내가 우리 집 계단에서 몇 번 미끄러져 넘어진 적이 있었다. 그 이야기를 해준 뒤로 그렇게 손을 잡아준 것 같다. 나는 멍이 잘 드는 편이다. 그리고 멍이 잘 사라지지도 않는다. 그래서 내 몸에 든 멍을 볼 때면 어디서 그랬는지 매번 물어보다 보니 어디서 다쳤는지 어떻게 해서 그랬는지 늘 이야기를 해준다.

그때도 계단에서 미끄러져 넘어졌다고 했더니 그 이후로는 우리 집 계단에서는 항상 손을 내밀어 손을 잡아준다. 어쩜 이렇게 내가 아무렇지도 않게 이야기하고 흘려버린 말을 잘도 기억하고 있었을까.

우리 아이는 본인이 태어나서 내가 엄마라는 존재를 인지하고 나서부터 늘 허리가 아파서 누워 있는 모습을 보며 자랐다. 그래서 아기 때는 나보다도 외할머니의 등에 더 많이 업혀 있었고, 친정에 있을 때는 밤에는 항상 외할머니와 함께 잠들곤 했다. 그만큼 내가 허리 통증으로 인해 누워 있는 날이 많았다. 허리디스크로 쓰러지기 전날 밤에도 통증으로 좀 심하게 쓰러졌었다. 그런 통증은 나도 쓰러지던 날을 제외하면 처음 겪어보는 통증이었다.

모든 집안일을 다 끝마쳐 두고 잠자리에 들기 위해 모든 준비를 끝마친 상태였다. 방 안의 불을 끄려는 순간이었다. 허리에서 '찍'하는 느낌이 들었고 순간적으로 '악' 하는 소리와 함께 꼬꾸라졌다. 아이는 그때까지만 해도 장난인 줄 알았던 모양이다. 앞으로 꼬꾸라지는 내 모습을 보며 깔깔거리며 웃고 있다가 꼬꾸라진 채 엉엉 우는 내 모습을 보더니 웃으면 안 되는 상황이란 걸 판단한 것 같다.

그때부터 갑자기 아이가 울기 시작했다. 나는 허리는 아픈 상태에서 아이는 놀래서 울기 시작했고, 아무것도 할 수가 없는 상황이었다. 아이를 불러서 오라고 해도 놀래서 오지 못하고 있었다. 아이에게 말을 걸어 달래기 시작했다. 엄마가 허리가 갑자기 너무 아파서 그런 거라고 울지 말라고 말이다. 그리고 통증이 조금씩 가라앉기 시작했고, 아이에게 기어가서 안아서 달래주었다.

통증이 조금씩 사라졌고, 아이도 안정을 찾았다. 그리고 어떤 상황이 있는지 다시 차근히 설명해주었다. 많이 놀란 눈치였다. 그동안 엄마가 허리가 아프다는 건 알았지만 그렇게 꼬꾸라질 정도로 아파하는 걸 본 적은 없었으니 말이다. 그리고 항상 아이가 어린이집에 가고 없을 때 혼자 병원에 다녀오곤 했기에 내가 병원에 가서 통증 주사를 맞거나 치료를 하는 것도 한 번도 본 적이 없었다. 그렇다 보니 그렇게 아파하는 걸 본 적이 없었다.

그리고 그다음 날 아이를 어린이집에 보낸 후 나는 병원에 가기 위해 집을 나섰고 1층 마당에서 그대로 넘어지면서 쓰러졌고 몸을 꼼짝도 할 수 없을 정도의 통증으로 쓰러졌다. 119에 실려 병원에 옮겨졌고 어린이집에서 아이는 부모님과 함께 병원으로 왔다. 워낙 본인이 병원에 대한 트라우마가 심한 아이다 보니 병원 침대에 누워 환자복을 입고 팔에 링거를 꽂고 있는 나에게 가까이 오지 못했다.

외할머니에게 안겨 멀찍이 떨어져 그저 나를 바라보기만 할 뿐이었다. 그 아이가 어떤 마음일지 짐작이 갔기에 나 역시 가까이 오라는 말도, 손이라도 잡아보자는 말도 하지 못한 채 그저 멀리서 얼굴만 바라볼 뿐이었다. 그렇게 엄마의 아픈 모습을 보고 난 후로 그 아이에게 엄마의 아픔은 큰 충격으로 남았던 것 같다. 수술이 잘 끝나긴 했지만 다시 재발한 상태이다 보니 여전히 우리 아이는 엄마의 건강을 제일 걱정한다.

나는 지금 허리 척추 4번, 5번 디스크의 왼쪽, 오른쪽을 모두 절제한 상태라 퇴행성 협착증까지 온 상태이고, 5번, 6번 디스크도 탈출된 상태로 신경을 압박하고 있어서 좌골신경과 다리 신경을 압박하고 있는 상태다. 그래서 4번, 5번 디스크, 그리고 5번, 6번 디스크에 인공디스크를 삽입하자는 소견이 나온 지 2년째이며 그 기간에 쓸 수 있는 최고 용량의 약물로 치료 중이다. 인공디스크를 삽입하는 수술은 최대한 하고 싶지 않아서 통증 주사와 약물로 최대한 버티면서 통증을 견디고 있는 중이다.

그래서 주말에 아이가 오더라도 늘 누워 있는 시간이 많다. 그래도 감사하게도 아인 늘 많이 이해해주려 한다. 아이가 먼저 엄마 아프면 안 되니까 누워 있으라며 자리를 내어준다. 그리고 누워 있다가 일어날 때면 "엄마 쓰러지면 안 되니까 내가 잡아줄게."라며 항상 나의 팔을 부축을 해준다.

몇 해 전 내가 기립성 저혈압으로 몇 번 기절해서 응급실에 실려갔던 적이 있다. 겨울이 되면 그 증상이 좀 심해지는 편이다. 누워 있다가 조금 급하게 일어나면 일어난 직후에 순간적으로 휘청하고 몸이 흔들리거나 어지러울 때가 종종 자주 있다. 그걸 옆에서 보고 난 후로는 내가 일어날 때면 항상 팔을 부축해준다. 내가 말을 하지 않았음에도 그걸 감각적으로 알아채고 어느 날부턴가 나를 부축해주고 있었다. 이 아이는 이런 걸 어디서 보고 배워온 걸까. 이런 걸 어떻게 알게 된 걸까.

2년 전 우연히 검사한 호르몬 검사에서 갑상샘 기능 저하가 발견되었다. 하시모토 성 기능 저하라고 했다. 평생 약을 먹으면서 수치를 조절해야 한다고 했다. 원래 아침잠이 많은 편인데 갑상선 기능 저하가 오고 난 후에는 오전에 피로도가 더 심해졌다. 그래서 아이에게 설명해준 적이 있다. 엄마가 왜 손이 더 많이 차가워졌는지, 왜 추위를 더 많이 느끼게 되었는지, 엄마가 왜 더 자주 누워 있게 되었는지, 일어나자마자 엄마는 왜 약을 먹어야 하는지 등 갑상샘 기능 저하에 대해 아이가 이해를 못 하더라도 설명을 해주었다.

그리고 난 후로는 아침이 되면 아이가 일어나면 항상 나에게 그렇게 말을 한다. "엄마는 피곤하면 더 자도 돼."라고 말이다. 이 아이의 영혼 속에는 아마 어른이 있나 보다. 나보다 더 성숙하고 어른스러운 무언가가 있는 것 같다는 생각이 들 때가 많다. 나보다 아픔도 더 잘 견디고 참는 것 같고, 나보다 더 성숙한 어른 같다는 생각이 들 때가 많다. 내가 오히려 더 우리 아이보다 더 어리광을 부리고, 더 투정을 부릴 때가 많다는 생각이 든다.

그래서 이 아이를 나에게 보내신 건 아닐까. 내가 이 아이를 보고 배우라고 말이다. 내가 이 아이와 함께 성장해나가라고 말이다. 갑상샘 기능 저하가 오면서 급격히 살이 함께 쪘었다. 8개월 정도에 19kg이 늘었던 것 같다. 너무 급격하게 늘다 보니 나는 내가 얼마나 많이 살이 쪘는지 얼마나 많이 내 몸이 비대해졌는지조차 감각이 없었다. 갑자기 체중이 증가하다 보니 허리 통증도 얼마나 많아졌는지조차 감이 없었다. 내가 체중이 0.5kg만 늘더라도 그걸 알아챌 만큼 눈썰미가 예사롭지 않은 아이인데, 내가 그만큼 살이 찔 동안 아무 말도 하지 않았었다.

전남편에게 가고 나서부터는 말을 한마디 하더라도 엄마가 들어서 기분이 안 좋은 말은 하지 않기 시작했다. 매일 함께하는 게 아니다 보니 만나는 동안만큼은 속상하게 하는 말이나 마음 상하게 하는 말은 하지 않는 속 깊은 아이였다. 그러던 아이가 어느 날 나에게 그런 질문을 했다.

"엄마, 엄마 살 많이 찌면 허리도 많이 아파?"라고 말이다. 그래서 내가 대답했다. "어, 엄마 살찌면 허리도 더 아프지. 왜?", "엄마, 그럼 엄마 살쪄서 허리 더 아프면 또 수술해야 돼?", "글쎄, 그건 알 수 없지. 할 수도 있고, 안 할 수도 있고. 근데 살쪄서 수술하는 것보다는 허리가 아파서 하냐 안 하냐 문제지, 그건 왜 물어?", "엄마 허리 아파서 또 수술하면 엄마 죽어? 엄마 죽으면 안 돼. 엄마 아프지 마."라고 말을 하며 나에게 와서 안겼다.

내가 살이 찌는 동안 이 아이는 얼마나 불안했을까. 엄마가 아프면 어떡할까. 그래서 엄마가 죽는 건 아닐까 하는 생각까지 했을지도 모른다는 생각을 하니 너무도 마음이 아팠다.

"엄마 안 죽어. 우리 아들 두고 엄마가 왜 죽어, 엄마 수술도 안 할 거고, 안 아플게. 살도 뺄게. 근데 살은 빼도 허리는 아플 수 있어. 엄마 허리 두 번 수술했었다 그치? 그래서 허리는 계속 아플 수 있어. 그래도 엄마 살도 빼고, 허리 덜 아프게 운동도 하고 그럴게. 엄마 우리 아들 두고 안 죽으니까 걱정하지 마."라고 말을 해주고 꼭 안아주었다.

이 아이에게는 여전히 내가 온 우주구나 하는 생각이 들었다. 그게 이 아이가 아홉 살이던 해였다. 미디어 매체를 통해 많은 정보를 접하고 많은 것들을 알 수 있는 나이다. 요즘 어른들이 모르는 많은 것들을 알기도 하는 나이다. 하지만 이 아이만큼은 엄마인 내가 온 우주인 것만큼은 확실하다는 생각이 들었다. 그래서 그 우주만큼은 지켜주어야겠다는 생각으로 다이어트를 시작했다. 그리고 200일 만에 13kg을 감량했다.

여전히 우리 아이는 우리 집 계단을 올라갈 때면 내가 올라오길 기다렸다가 손을 내밀어주고, 아침에 일어나면 "엄마는 피곤하면 좀 더 자도 돼."라며 달콤한 목소리로 아침 인사를 건넨다. 누워 있다가 내가 일어날 때면 어디에 있다가 나타났는지 쏜살같이 달려와 나의 팔을 부축해준다.

정기적으로 검사를 하느라 채혈검사로 여기저기 멍든 자국을 보면 많이 아팠겠다며 "엄마 아프지 마."라며 애틋한 눈빛을 보내준다. 나에게 이 아이가 온 우주이듯, 이 아이에겐 내가 온 우주이다. 그래서 내게는 오늘도 이렇게 열심히 살아야 할 이유가 있으며 최선을 다해 건강하게 살아가야 할 의무가 있다.

겉으로 웃고는 있지만

깊숙한 어딘가에는 다 저마다의

슬픔을 묻어두고 살아간다.

어디선가 아파하고 있을,

모든 오늘의 나를 응원한다.

제 4장

———

생명의 은인
인문학 다이어트

*

1

아무 일도 일어나지 않았다

이혼하고 나면 모든 것이 안정될 줄 알았다. 하루아침에 무언가 반짝하고 달라지진 않겠지만, 어수선했던 마음도, 힘들었던 상황들도 무언가 정리되고 안정될 줄 알았다. 모든 것이 평화로워질 줄 알았다. 하지만, 이혼이라는 것은 단지 서류상에서 신랑이 세대주로 되어 있고, 나와 아이가 함께 기재되어 있었으나, 나로 세대주가 변경이 되었으며 오로지 나만 혼자 남겨졌다는 것과, 우리 집에 3명이서 함께 살던 것이 나 혼자 남게 된 것 외에는 아무것도 달라진 게 없었다.

하루의 시간은 24시간이라는 것은 동일하고, 어제의 공기와 오늘의 공기는 동일했다. 어제의 힘든 마음과 오늘의 힘든 마음의 무게는 동일했다. 서류상으로 무언가 달라졌다고 해서 나의 마음의 변화가 생겼다거나 내 마음의 짐이 덜어졌다거나 달라진 건 아무것도 없었다. 그저 1년의 365일 중 하루일 뿐이었고 어제와 같은 하루일 뿐이었다. 그저 그런 같은 하루였다.

그럴 것이라는 건 알고 있었다. 이미 예상은 하고 있었지만, 나는 무엇을 기대하고 있었던 것일까. 무엇을 바라고 있었던 것일까. 이혼이라는 걸 하면 무언가 굉장히 드라마틱하게 내 삶이 바뀌기라도 할 것이라고 생각한 것일까. 분명히 그런 일은 일어나지 않을 거란 건 알았으면서 무얼 기대한 것일까.

여전히 나에겐 일상과 같은 하루였다. 이혼하고, 두 번째 허리디스크 수술을 하였고, 나는 이제 혼자 살아가야 하는 생계에 던져졌다. 개인회생은 1년 남짓 남아 있었고, 친정오빠에게 갚아야 할 1천만 원은 고스란히 다 남아 있었다. 위자료로 받은 금액은 10원 하나 없었고 모아둘 수 있었던 돈도 남아 있는 돈도 없었다. 당장 생계를 위해 일을 해야 했다. 허리 수술을 하고 6개월 정도 쉬었을까. 나는 또다시 콜센터로 향했다. 마치 결혼하기 전의 나의 모습처럼 말이다.

나의 생계는 내가 해결해야 하는 몸이 되었고 2년을 또다시 콜센터에서 근무했다. 눈을 뜨면 출근을 하고 해가 떨어지면 퇴근해서 집으로 향하고 그 생활이 또다시 반복되었다. 이제 고객 서비스는 당연한 시대가 되어버렸고, 상담원보다 더 많은 것을 알고 더 똑똑한 고객들이 많아진 시대가 되어버렸고, 공부해야 할 것도 많고, 더 많은 것들을 알아야 하는 시대가 되어버렸다. 띠동갑 정도의 어린 직원들이 실적으로 치고 올라왔고, 나는 그간의 경력사원이라는 이유로 더 열심히 공부하고 일을 해야 했다.

39세, 그래도 내가 일을 할 수 있는 곳이 있다는 것에 감사한 매일이었고, 내가 자신 있게 할 수 있는 전문 분야가 있다는 것에 보람을 느끼며 매일 열심히 근무했다. 그러나 내 마음과는 달리 몸이 버텨주지 못했다. 2년 정도의 시간이 지난 후 결국 허리는 또 탈이 났다. 결국 MRI 촬영을 다시 했고, 담당 교수님을 찾아갔다.

교수님은 더 이상 콜센터 근무나 하루 종일 앉아서 근무하는 일은 어렵다며 퇴사를 권유하셨다. 앞으로 어떻게 먹고살라는 말인가. 하지만, 앉아 있기도 힘이 들었고, 걸어 다니는 것도, 하물며 잠을 자기 위해 누워 있을 때조차도 통증이 심했다. 2년 전 수술을 할 때와 비슷한 강도의 통증이었다.

더 이상 근무를 이어가는 건 또 2년 전처럼 갑자기 쓰러지는 날이 올지도 모른다는 공포가 갑자기 몰려왔다. 알 수 없는 그 공포감에 한동안 잠잠했던 공황장애까지 다시 나타났다. 그렇게 다시 일할 수 있다는 기쁨도 잠시 나는 결국 퇴사를 할 수밖에 없었으며 2019년 12월 23일 나는 마지막 직장에서 퇴사하게 되었다.

그리고 컨디션 상태가 너무 좋지 않아 받았던 검진에서 갑상샘 기능 저하가 발견되었다. 하시모토 성 기능 저하라고 했다. 뇌하수체에서 분비되는 물질의 불균형으로 인해 갑상샘에 영향을 끼치는 질병이라고 했다. 평생 약물 복용으로 수치를 조절해야 한다고 했다. 현재 갑상샘에 결절이 심하지만 다른 이상 소견은 보이지 않는다고 했다.

도대체 어디까지 아파야 내 몸은 더 이상 아프지 않은 걸까. 그렇게 갑상샘 진단까지 받아 들고 한 달 정도 지나서였을까. 우리나라와 전 세계를 코로나19가 점령하기 시작했다. 평소에도 밖에 잘 나가지 않는 성격이긴 하지만, 코로나19로 인해 밖을 더 안 나가게 되었다. 갑상샘 질환이 자가면역질환이다 보니 더더욱 조심하게 되기도 했다. 그렇게 자의 반 타의 반 나를 집에 가두면서부터 나는 점점 더 가라앉기 시작했다.

갑상샘 기능 저하가 피로감도 많이 느끼고 컨디션을 많이 다운시키게 하는데, 집에 계속 머물면서 특히 마음까지 더 다운되기 시작했다. 그렇게 늘 침대에 누워서 하루 종일 눈만 뜨고 감고를 반복하던 어느 날 블로그를 통해서 '인문학 다이어트' 모집공고를 보게 되었다.

'인문학 다이어트', 줄여서 '인다'라고 한다. 사실 인다에 대해서 눈여겨본 지는 꽤 오래전이었다. 언제부터였는지는 잘 모르겠지만, 글이 쓰고 싶다는 생각과 독서 모임을 하고 싶다는 생각을 문득 하게 되었었다. 그렇게 모임을 찾아보던 중 인다를 알게 되었는데 인다 관련 모임은 모두 평일에 진행이 되었고, 오전에 진행되는 모임이 대부분이었었다. 하지만 나는 그 당시 직장 생활을 하고 있던 중이었기에 그저 참여하고 싶다는 생각만 한 채 자세히 눈여겨보지는 않았었다. 그래서 독서 모임 동호회에 몇 번 참여해보기도 하고, 온라인 동호회를 기웃거려보기도 하였다. 하지만 무언가 모르게 나와는 맞지 않는다는 생각이 계속 들었다. 그러면서도 계속 독서나 글쓰기에 관련된 무언가를 하고 싶다는 생각이 마음속 어딘가에 늘 남아 있었던 것 같다. 그러다 인다 모집 공고를 본 것이다.

인다 모집 공고를 한참을 들여다보았다. 모집 기간이 1주일이 남아 있었다. 그 1주일 동안 매일, 하루에 몇 번씩 들어가서 읽어보면서 수없이 고민을 했었다. 그저 하나의 프로그램이었을 뿐인데 뭐 그리 고민할 게 있냐고 하겠지만, 나는 그랬다. 무언가를 하나를 시작하더라도 걱정이 많고 고민이 많다. '일단 해보자.'라는 마음으로 시작해본 적이 단 한 번도 없다. 그리고 끈기라고는 1도 없어서 취미 생활도 3개월 이상 해본 적이 없다. 그리고 무엇을 하든 무조건 못 하면 안 된다는 생각과 잘해야 한다는 생각이 함께 공존한다. 그래서 취미생활마저 즐긴다는 생각이 아니라 못 하면 안 된다는 생각과, 잘해야 한다는 생각에 즐기지 못하다 보니 끝까지 하지 못한 채 늘 1~2개월이면 항상 포기해버렸다.

인다는 6개월 과정으로 이루어져 있었다. 6개월 동안 매일 작가님께서 단체방에 브리핑을 해주시면 읽고, 걷고, 사색하며, 그날 내어주신 주제에 대해 글을 쓰는 프로그램이었다. 단순하게 과제를 인증하는 프로그램이 아니었다. 6개월간의 긴 호흡을 가지고 꾸준히 해야 하는 프로그램이었다. 쉽게 판단하고 달려들 수 있는 프로그램이 아니었다.

막연하게 해보고 싶다는 생각으로 달려들었다가 끝까지 하지 못하면 어떡하지 하는 생각과 과연 잘할 수 있을까 하는 생각이 어김없이 뒤따랐다. 열심히 해보겠다는 생각이 아닌 그때 역시도 잘할 수 있을까 하는 생각이 꼬리에 꼬리를 물고 있었다. 같은 생각의 꼬리들이 매일 나를 괴롭혔다.

결론은 하나였다. 신청하거나, 하지 않거나 말이다. 이미 결론은 정해져 있었지만 나는 그 결론을 선택하지 못하고 있었다. 그리고 남은 신청 기간인 1주일 안에 결정을 못 했다. 그리고 나는 나 자신이 너무도 한심했다. 그저 하나의 프로그램일 뿐인데, 그냥 한번 시도해보아도 되었을 텐데, 정말 하다가 안 되면 포기해도 되었을 텐데, 그게 뭐라고 할까 말까 고민만 하다가 또 이렇게 도망가나 하는 생각에 나 자신이 너무 부끄럽고 한심해 보이기만 했다.

그러다 1주일간의 추가모집 공고가 올라왔다. 그리고는 더 고민을 하게 되면 이번에도 역시 신청을 못 하게 될 것 같아 바로 신청 접수를 했다. 모집공고 글에 왜 신청을 하게 되었는지 자세하게 적어 달라는 요청이 있었다. 그때 나의 마음은 참 간절했다. 이미 정식 신청 기간도 지났으며 추가모집 기간이었기에 정말 간절한 마음으로 상세하게 구구절절 신청 사유를 기재했다. 그렇게라도 내 진심이 전달되어 꼭 신청이 되었으면 하는 마음에서 말이다.

그리고 다음 날 모르는 번호로 전화가 왔다. 평소 모르는 번호는 전화를 받지 않는 편인데 그날은 왠지 받아야 할 것만 같았다. 나는 인다를 신청 후에 연락을 주신다는 걸 인지를 못 하고 있었기에 작가님이 연락을 주실 것이라는 걸 생각을 못 하고 있었다.

전화를 받았고, 너무도 자신감이 넘치고 당당한 목소리의 또랑또랑한 목소리가 들렸다. 그분이 바로 『인문학 다이어트』 책의 저자이자, 이 프로그램을 만드셨고, 지금까지 나를 이끌어주고 계신 문현정 작가님이셨다. 처음 몇 마디만으로도 "멋있다."라는 말이 계속 맴돌았다.

어쩜 이렇게 당당할 수 있을까. 본인의 말에 한 치의 망설임도 없었으며 자신감이 넘쳤고 너무도 당당했다. 하지만, 그에 반해 나의 목소리는 한없이 기어들어갔고, 너무도 소심했다. 어디 하나 자신감이라고는 찾아볼 수가 없었다. 하지만, 작가님께서는 내 목소리가 너무 좋다고 칭찬해주셨고, 콜센터 상담을 해서 그런지 목소리 톤이나 말투도 너무 좋다고 칭찬을 해주셨다. 그리고 그날 작가님과 나눈 대화의 핵심도 잘 파악하고 있다며 칭찬해주셨었다.

내가 누군가에게 칭찬을 받아본 적이 있었던가, 아마 없었던 것 같다. 고객에게 칭찬 점수를 받기 위해 억지로 그 말을 이끌어낸 적은 있었지만, 상대에게서 진심으로 칭찬을 받아본 적이 없었던 것 같다. 그날 문 작가님은 나에게 많은 칭찬을 해주셨었다. 그리고 내가 적은 그 긴 신청 사유를 보고는 내가 한없이 어두운 사람일까 봐 걱정을 많이 했다고 하셨다. 하지만, 의외로 목소리가 밝아서 다행이라며 열심히 해보자는 말씀을 하셨었다. 그리고 분명 잘할 수 있을 것이라고, 작가님은 선견지명이 있으시다고 사람 볼 줄 아신다고 꼭 그렇게 될 것이라고 말씀을 하셨었다.

그 말씀만으로도 벌써 내가 뭔가 된 것처럼 너무도 기분이 좋아졌다. 그동안 아무것도 아니었던 내가 갑자기 무엇이라도 된 것처럼 마냥 기분이 좋아졌다. 무엇이든 시작할 수 있을 것만 같은 기분이었다.

아무것도 일어나지 않을 것만 같았고 아무것도 일어나지 않았던 나의 삶은 위대한 문 작가님을 만난 2020년 9월부터 조금씩 꿈틀대기 시작했고, 그렇게 나의 운명은 달라지기 위한 준비를 시작했다.

*

2

책을 읽고 세상을 보다

책을 많이 읽으면 좋다는 것을 모르는 사람은 없을 것이다. 하지만, 우리는 과연 평소에 얼마만큼의 책을 읽고 살아갈까. 1년에 책 한 권은 읽을까? 책 읽기를 좋아하여 꾸준히 읽는 사람이 아니고서는 솔직히 1년에 한 권의 책을 읽기도 쉽지 않을 것이다.

이렇게 책은 꾸준히 읽거나 아니면 전혀 읽지 않거나 둘 중에 하나인 것 같다. 그처럼 독서라는 것은 습관을 어떻게 들이느냐가 굉장히 중요한 것 같다. 나 역시 40여 년을 독서와는 담을 쌓고 살아온 사람이었다. 신기하게도 책을 사 모으는 것은 굉장히 좋아했었다. 평소 유행하는 베

스트셀러라든지 유명한 책들은 곧잘 사서 모으곤 했다. 아마 그건 누군가와 대화를 하면서 요즘 나도 이런 책을 읽고 있다며 자랑하고 싶어서는 아니었을까. 그래야 흔히 말하는 자기 계발이라는 것을 하고 있는 사람처럼 보일 것이며 나도 무언가 열심히 살아가는 사람처럼 보일 테니 말이다.

그래서 정작 내가 보고 싶은 책이 아닌 베스트셀러라고 하는 목록 안에서 에세이 항목이나 자기 계발 항목에서 순위에 있는 책들이나 최근 이슈가 되고 있는 책들을 사서 모은 것 같다. 하지만 그런 책들은 어김없이 책장으로 직행해서 꽂혀 있기 바빴고 제대로 읽히는 책들은 없었다. 그렇게 나의 책장엔 읽지 않은 새 책들로 가득했고, 어딘가 모르게 마음은 늘 공허하기만 했다.

인다 프로그램은 6개월 동안 진행되는 프로그램으로 총 4개의 프로그램으로 진행이 되는데, 그중에서 '읽기'가 있었다. 나의 마음을 읽는 부분도 있었지만, 매달 정해진 도서를 한 권씩 읽어나가는 부분이 있었다. 처음엔 '한 달에 한 권쯤이야.'라는 생각으로 아주 우습게 생각했었다. 하지만 결코 한 달에 한 권이 아니었다. 평소 내가 읽던 부류의 책이 아니었으며 평소 하지 않았던 필사와 단상을 쓰는 부분이 있었다.

그래, 필사까지는 할 수 있었다. 내가 책을 읽고 마음에 드는 부분을 적으면 되니 필사도 할 수 있다고 생각했다. 하지만 단상을 쓰려니 당황스러웠다. 그리고 생각했다. 책을 내가 읽었고, 그 책에서 마음에 드는 부분을 내가 골라서 필사를 했는데, 그 부분이 왜 마음에 들었는지, 무슨 생각을 했는지 내가 왜 적지 못하고 있는 걸까. 그런 생각이 문득 들었다. 알 수가 없었다. 그리고 그때부터 '독서법, 리뷰 쓰는 법, 서평 쓰는 법, 독서노트 작성법' 등과 관련된 자료를 찾기 시작했다.

그랬다. 나는 그동안 독서를 한 것이 아니었다. 책에 있는 글자만 읽은 것이었다. 그저 유명한 책에 적혀 있는 글자만 읽어나간 것이었고, 그 글자들이 의미하는 뜻만 머릿속에 넣으려 한 것이었다. 그러니 그것들이 전혀 내 것이 된 적이 한 번도 없는 것이었다. 그러니 아무리 책을 사고 책장에 책을 늘려도 책에 대한 흥미도 독서에 대한 재미도 생길 리가 없지 않겠는가.

하지만 그전에는 책을 읽으면서도 필사를 해보아야겠다거나 단상을 적어보아야겠다는 생각을 해본 적이 없었다. 그저 책을 읽어야겠다는 생각만 했었다. 그저 유명한, 남들이 읽는다고 하는 책만 무조건 읽어야겠다는 생각만 있었다. 나는 자존감도 많이 낮은 사람이었고, 자신감도 없는 사람이었다. 그것들이 책을 읽는다고 해서 반짝하고 나타나는 것들이 아님을 알면서도 항상 자기 계발 책을 사서 모았고, 그 책들 속에서 줄을 긋고 글자들을 머릿속에 넣으면서 자존감이 올라가기를 바라고, 자신감이 생겨나길 바라 왔었다.

하지만 지금까지 읽어왔고 열심히 줄을 그어왔던 그 책들 중 내 마음속이나 머릿속에 남아 있는 것은 아무것도 없는 것 같다. 그 이유는 아마 실행이 빠져 있어서가 아닐까? 그리고 나의 생각이 빠져 있어서가 아닐까?

그 책들을 읽으면서 그 대목들에 줄을 그으면서 내 생각이 어떠한지 그 내용들에 대해 내가 어떠한 실행을 할 것인지, 내 생활에 어떻게 접목

할지를 생각해본 적은 단 한 번도 없었다. 그랬기에 그렇게 책을 사 모으고 줄을 그었음에도 남아 있는 것이 없었다.

하지만 인다를 하면서는 조금씩 달라지고 있었다. 여전히 인다를 하면서도 책을 읽는 것은 버거웠다. 늘 그랬듯이 나는 책에 줄을 긋고 글자만 익히려 하고 있었다. 그 책에서 작가가 하고자 하는 내용이 무엇인지, 독자들이 어떠한 내용을 알아가길 원하는지, 작가가 전하고자 하는 주제가 무엇인지를 파악하기보다는 그 단락에서 어떤 글자가 중요한지 줄을 긋기 급급했고, 어떤 내용이 핵심인지 찾아내기에 바빴다. 그러다 다시 정신을 차리고 필사를 하고 마음을 가다듬고 그 문장을 왜 선택했는지 나의 단상을 적어나갔다.

나에게 비슷한 경험이 있었는지, 내가 보고 들었던 이야기가 있었는지, 그 부분을 읽으며 생각난 모든 이야기들을 적어나가기 시작했다. 그러던 어느 날 책을 읽고 필사를 하고 단상을 적는 주제가 나왔던 어느 날 최고 11페이지를 적은 날이 있었다. 문 작가님께서 손목 괜찮냐면서 걱정의 메시지를 보내주셨던 날이 있었다. 문 작가님께서 손목 걱정을 해주셨지만, 나는 열심히 잘했다는 칭찬으로 들렸다. 아니, 그렇게 듣고 싶었는지 모르겠다.

나 스스로를 그렇게 칭찬해주고 싶었다. 오로지 글자만 베껴 적은 게 아니라 그 글자들에서 내 생각을 넣고 나의 이야기를 적어 그만큼을 적었으니 말이다.

그리고 나서 책을 읽는다는 것, 독서에 대한 생각이 조금씩 바뀌기 시작했다. 그전에는 독서에 대한 부담감이 솔직히 많았던 것이 사실이었다. 나 역시 우리 아이에게 독서의 중요성에 대해 강조를 많이 한다. 그건 내가 독서를 많이 못 했기에 우리 아이만큼은 다독을 했으면 하는 바람이 있어서이기도 할 것이다. 그래서 아이에게 늘 그렇게 말을 한다. "공부를 잘하지 못해도 괜찮아. 공부는 좀 못 할 수도 있어. 하지만, 항상 책과 함께였으면 좋겠어. 언제나 책을 읽는 사람이었으면 좋겠어."라고 말이다.

아이는 부모의 등을 보고 자란다고 했다. 그래서 아이가 책을 읽는 사람이 되길 원한다면 나 역시 책을 읽는 사람이 되어야 한다고 생각했다. 그래서 휴대폰보다는 책을 한 번 더 펼쳐보려 하고, TV보다는 전자책을 보려고 노력했다.

나 역시 책을 별로 좋아하는 사람이 아니었다 보니 책을 꾸준히 읽는다는 것이 참 많이 어려웠다. 하지만 인다를 하기 위해서는 매일 한 페이지씩이라도 읽어나가야 했다. 그리고 아이에게 당당하게 책 읽으라고 말하기 위해서는 내가 먼저 책 읽는 엄마가 되어야겠다는 생각을 했다.

책에 흥미가 없던 아이가 어느 날 학교 친구에게서 책을 빌려왔다고 했다. TV에 나오는 유명한 캐릭터로 구성된 만화 사자성어 책이었다. 만화로 구성이 되어 있고 익숙히 알고 있는 캐릭터이다 보니 아이가 너무 재미있어하고 흥미를 보였었다. 더군다나 사자성어와 속담으로 이루어져 있다 보니 학습에도 도움이 되어 보였다. 그래서 아이에게 책을 선물하기로 했다.

책이 도착한 후 장난감이 택배로 왔을 때보다 더 즐거워하는 모습을 본 후 너무 뿌듯함을 느꼈다. 그리고 아이에게 책이 보고 싶을 때 언제든 사주겠다는 말과 함께 아빠 집에 가지고 가라며 챙겨주었다. 그리고 최근에는 설 세뱃돈 대신 외숙모에게 책을 선물 받았다.

얼마나 놀라운 변화인가. 나 역시 인다를 하면서 그동안 보지 않았던 책을 읽고 필사를 하고 나의 생각을 적어나가며 실행을 하는 동안 아이도 나와 함께 조금씩 변화하고 있었다. 이보다 더 좋을 수가 있을까.

그동안 책을 읽으면서 굉장히 큰 드라마틱한 변화를 바랐던 것 같다. 내 삶의 어느 부분이 갑자기 반짝하고 달라지는 모습을 꿈꾼 것 같다. 갑자기 속독을 할 수 있게 된다거나 멋지게 리뷰를 쓸 수 있게 된다거나, 서평단에 뽑혀 많은 이들이 볼 수 있게 서평을 써나간다거나 그런 드라마틱한 변화가 갑자기 생길 거라고 기대를 하고 있었던 것 같다.

하지만 책을 많이 읽는다고 해서, 그런 변화들이 하루아침에 일어나진 않았다. 아니, 어쩌면 평생 일어나지 않을지도 모른다. 책을 읽는 당사자가 어떠한 노력도 실행도 하지 않는다면 말이다. 본인이 행동으로 옮기고 실행을 해야만 그 결과가 나타날 것이다. 그 또한 많은 시간이 소요될 것이다.

우리는 그동안 살아오며 책이라는 것을 참 많이도 멀리했으며, 가까이서 읽어왔다고 하더라도 주체적으로 책을 읽고, 그것이 나의 생각이 되고, 나의 것이 되도록 나의 삶이 되도록 독서를 제대로 했다고 하는 사람들은 아주 극소수일 테니 말이다.

인다가 나에게 알려주었다. 책을 아주 천천히 조금씩 읽어나가더라도 주체적으로 나답게 읽어나가도 된다고 괜찮다고 말이다. 그것들을 실행하고, 행동하며 내 삶이 될 수 있도록, 나의 것이 될 수 있도록 나아가면 된다고 말이다.

그래도 나는 여전히 책이 어렵고, 실천이 어렵지만 하루에 한 페이지가 되더라도, 하루에 단 5분이 되더라도 책을 펼쳐 든다. 때론 전자책이 되기도 하고, 종이책이 되기도 한다. 내가 좋아하는 이쁜 색연필을 들고 줄을 긋고 메모도 하면서, 때론 낙서하기도 하면서 말이다. 그렇게 나는 오늘도 나답게 주체적으로 나만의 책을 만들어가며 나의 세상을 읽어나 간다.

*

3

두 발로 배우는 삶

　당연하다고 여겼던 많은 것들이 당연하지 않게 됨으로써 그 소소한 모든 것들의 소중함을 더 간절히 여기게 되는 요즘이다. 나에게는 그 당연함조차 아주 오래전부터 무뎌져 나의 무의식 속에서 마치 나에게 없던 존재처럼 인식되어 나의 모든 삶에 배제되어왔다.

　내가 허리디스크가 처음 발병했던 것이 22살 대학교 2학년 시절 여름방학 때였다. 방학을 맞아 집에 내려와 있었고, 잠을 자고 일어나려고 했는데 갑자기 일어날 수가 없었다. 전날 무리를 했다거나 특별한 일이 있었던 것도 아니었다. 그저 아무 일 없이 그냥 갑자기 일어날 수가 없었다. 그렇게 하루를 꼬박 눕지도 앉지도 못한 채 하루를 보내고 다음 날 병원을 찾았고, 허리디스크 증상이라고만 듣게 되었다. 그렇게 물리치료 와 통증치료를 1년을 넘게 받게 되었다. 그리고 그다음 해에 나는 수술대 에 오르게 되었다.

겨우 23세이었다. 병원에서는 이렇게 통증이 있을 때까지 어떻게 참 았냐는 말을 했다. 보통 이 정도라면 걸을 수 없을 정도의 통증이 있었을 것이라고 했다. 그래서 당장 수술이 필요하다고 했다. 그 말에 그저 수술 을 바로 해야 하는구나 싶었다. 지금은 의술도 많이 발달하였고, 비수술 요법이라든지, 시술, 그리고 여러 가지 재활치료법들이 있지만 그때는 별다른 추가요법들이 없었다.

내가 알고 있는 정보에서는 수술이 아니면 그저 물리치료, 추나, 도수 치료 정도였다. 그래서 수술을 하게 되었고 마치 거짓말처럼 왜 미련하 게 1년이 넘는 시간 동안 그 통증을 참고 있었던 걸까 할 정도로 씻은 듯 이 통증이 사라졌었다. 그래서 재활치료를 해야 한다는 인지도 하지 못 한 채 사회생활에 뛰어들었다. 대학을 졸업하였고, 사회생활을 시작했 고, 콜센터에서 하루 종일 화장실조차 한 번 마음 놓고 가기 힘들 정도로 근무하여도 허리 통증이 재발할 정도는 아니었다. 그러다 임신을 하면서 허리 통증이 다시 재발했다. 양수과다증까지 오면서 임신을 하고 있는 내내 허리에 부담이 가게 되었고, 진통을 겪으면서 허리에 무리가 많이 갔었다. 그리고 결정적이었던 건 몸조리를 못 한 채 아이 병간호를 했던 것이었다. 그리고 산후풍까지 겹쳤었다. 그렇게 내 몸을 돌볼 겨를도 없 이 허리는 계속 나빠졌고, 나는 결국 허리가 망가져 꼬꾸라져 쓰러지기 전날까지도 아이를 업고 생활을 했었다.

37세 가을 나는 두 번째 수술대에 올랐다. 그리고도 2년 후 다시 또 재발이 왔다. 이미 두 번째 수술을 할 때에 이미 내 허리 상태는 마지막 한계에 와 있던 상태였다. 하지만 나이를 최대한 고려해서 한 수술이었고 2년 후 재발로 인해 나의 모든 삶은 STOP이 되어버렸다. 이혼하면서 허리 수술을 다시 하게 되었고, 다시 시작한 직장 생활은 2년 후 허리 디스크 재발로 이제는 더 이상 할 수 없게 되었다. 거기에 갑상샘 기능 저하까지 겹치면서 나는 삶의 의욕을 잃어버리게 되었다.

허리디스크로 많이 걸어야 한 번에 10분 이상 걸을 수가 없었다. 조금만 걸어도 좌골신경과 고관절 통증으로 걸을 수가 없었다. 그리고 갑상샘 기능 저하로 조금만 움직이고 나면 무조건 몇 시간은 누워서 쉬어주어야 했다. 그러다 보니 자연스레 나가지 않게 되고 하루 종일 누워서 지내는 시간들이 더 늘어나게 되었다. 그저 눈만 떴다 감았다 할 뿐 송장과도 같은 삶이었다. 그러다 인다를 시작하게 되었고, 인다 신청 후 처음 문 작가님과 인터뷰 통화를 하면서 문 작가님께서 하루에 얼마나 걸을 수 있겠냐고 질문을 하셨었다. 그래서 지금 허리디스크로 많이 좋지 않다고 말씀을 드렸다. 그리고 한 번에 10분 이상 걷기 힘들다고, 그래도 3,000보 정도는 걸어보겠다고 말씀을 드렸다. 그 당시 나의 걸음 속도로 3,000보 정도 걷는다는 건 평균 30분 정도 걷는 정도였다. 작가님께 그렇게 말씀드리고도 자신이 없었다.

30분을 매일 걸을 수 있을까 하는 것보다 사실 매일 걸으러 나갈 수 있을까 하는 게 의문이었다. 매일 누워만 지내고 나가지 않던 일상이었다.

그리고 코로나19로 인해 더더욱 나가는 것이 두려운 일상이었다. 갑상샘 기능 저하도 자가면역질환의 일종이기도 했고, 기존에 가지고 있는 질환들이 있었기에 아무리 산책이라고 하지만 코로나19 상황에 밖에 나간다는 것 자체가 두려웠다. 사실 이 모든 것들은 삶에 대한 의욕이 없어지면서 내 생활에 대해 합리화하기 위한 핑계에 불과했다. 여전히 그렇게 핑계거리를 찾고 있는 나 자신부터 달라져야 했다. 5분이 되건 10분이 되건 일단 문을 열고 나서야 했다.

인다를 시작했던 것이 9월이었다. 바깥 풍경이 이러했던가? 가을이었구나, 날이 이렇게 좋았구나, 어느덧 산책하기 정말 좋은 날씨가 되었네. 나의 입에서 이런 말들이 하나씩 툭툭 튀어나오기 시작했다. 이미 다 알고, 느끼며 살아가던 일상이었다. 하지만 모두 잊고 있던 일상이었다. 거리의 풍경들이 모두 알고 있던 풍경이었지만 한동안 모두 잊고 지내던 풍경이었다. 다시금 그 풍경들이 너무 소중하고 반갑게 다가왔다.

한참을 들여다보고 사진을 찍으며 걸었다. 굳이 운동을 해야겠다는 생각보다, 걸어야겠다는 생각보다 주변의 풍경들이 일상의 변화들을 지켜보는 것이 너무 좋았다. 하루하루 시간의 흐름에 따라 색색깔 달라지는 은행잎들이 너무 고왔고, 물들어가는 단풍이 예뻤다. 가을에서 겨울로 넘어가는 공기가 느껴졌고, 하나둘 떨어지는 나뭇잎이 보이기 시작했다. 그렇게 가을에서 겨울로 넘어가고, 추운 겨울을 지나 봄으로 시간이 넘어가고 있었다. 매일의 시간이라는 게 의식하지 않으면 그 흐름을 인식하기가 참 어렵다. 하지만 의식하기 시작하면서부터 그 흐름이 더욱 또렷해지기 시작했다. 어느 하루도 같은 날씨가 없었고, 어느 하루 같은 공기가 없었다. 나뭇잎 하나 같은 색깔의 날이 없었다.

봄이 오는 소리가 들렸다. 겨우내 얼어 있었던 나뭇잎 사이로 싹이 돋아나고 벚꽃 잎들이 피기 시작했다. 분홍 잎이, 하얀 잎이 너무도 탐스럽게 피기 시작했다. 밖으로 향하는 내 발걸음이 더욱 경쾌해지기 시작했다. 어느새 밖으로 나가는 것이 두렵지 않아졌다. 10분을 걷는 것이 너무도 버겁고 통증으로 힘겹기만 했던 내가 30분을 거뜬히 걷고 있었다.

처음 걷던 때가 생각난다. 나갈까 말까 30분은 넘게 고민을 한 것 같다. 아마 걷기 인증을 하지 않는다면 나가지 않았을지도 모른다. 그 인증이라는 의미는 나라는 사람에게는 무조건 해야 하는 숙제 같은 의미이다. 그래서 걷기를 위함이 아닌 숙제를 하기 위해 하루 종일 나갈까 말까 망설이다 결국 나가기로 결심하고서도 30분을 넘게 뭉그적거리다 옷을 갈아입고 운동화를 신고, 그리고 밖으로 나왔고 10분 정도를 걷고 주저앉아버렸다.

고관절이 너무도 아파왔다. 보통 사람들은 상상하기 어려울 것이다. 겨우 10분 남짓 걷고 나서 아프다고 주저앉는다니 말이다. 그것도 이제 나이가 39세이다. 겉보기에는 멀쩡해 보인다. 아니, 어쩌면 너무 건강해 보이는지도 모른다. 그런데도 다리가 아프다고 주저앉아버리니 말이다.

어쩌면 꾀병 아니냐 할 수도 있을 테고, 어리광 아니냐고 할 수도 있을 것이다. 하지만 겪어보지 않은 사람은 알지 못할 것이다. 겉으로 드러나지도 않고 어떤 단어로 정확하게 표현하기도 어렵다. 병원에서 진료를 볼 때마다 통증의 강도를 0~10까지 단계에서 선택을 하라고 하는데 그 단계조차 내가 어느 정도에 속하는지 잘 모르겠으니 말이다.

그렇게 매일 통증에 시달린다. 매일 밤 잠자리에 누울 때마다 바람이 있다면 단 하루라도 바른 자세로 누워서 통증 없이 깨지 않고 아침까지 잠들어 보는 것이다. 20년을 그런 바람으로 매일 밤 잠자리에 들었다. 눕는 순간부터 통증이 시작되고 다리까지 전해지는 통증으로 쉽사리 잠들지 못한다. 통증으로 한참을 뒤척이다 지쳐 잠이 들고 통증으로 잠이 깨곤 한다. 그래서 늘 피곤에 시달린다.

그러다 보니 나에겐 일상생활 속에서 10분 이상 걷는 것조차도 버거운 일이었다. 그렇다 보니 10분을 걷다 주저앉아 잠시 고민에 빠졌다. 집으로 돌아갈까 말까 한참 고민하다 10분을 걷기 위해 30분을 넘게 고민했던 시간들이 허무하게 느껴졌고, 옷을 갈아입고 운동화를 신고 밖으로 나왔던 내 나름대로의 수고스러움이 아깝다는 생각이 문득 들었다. 그래서 5분만 더 걸어보자는 생각이 들었다. 그리고는 5분 후 길 옆 벤치에 잠시 앉았다. 그리고 하늘을 올려다보았다.

가을 하늘이 너무도 아름다웠다. 평소 하늘의 구름 사진을 찍는 걸 너무 좋아하던 나였기에 열심히 사진을 찍기 시작했다. 그러는 동안 기분이 한결 좋아졌다. 그 순간 허리와 다리의 통증도 잠시 사라지는 것 같았다. 그리고 지금까지 걸어온 길을 다시 되짚어 집으로 돌아갔다.

이미 걸어온 거리가 있기에 다시 악착같이 돌아가야 한다는 생각이 있어서였을까, 아니면 집으로 돌아가서 쉴 수 있다는 생각이 있어서였을까. 집으로 돌아가는 길은 한결 편안했다. 그렇게 30분의 시간을 채우고 들어왔다. 그리고 그날은 완전히 지쳐 뻗어버렸다. 그렇게 1주일을 이를 악물고 30분을 걸었다. 1주일, 2주일을 그렇게 숙제를 해치우듯 걸어나갔다. 한 달이라는 시간이 흘렀다. 나 자신 스스로가 대견했다. 한 달을 그렇게 걸을 수 있을 거라는 생각을 하지 못했다.

겨우 한 달 동안 걸은 것뿐이었는데 30분을 걷는 것이 여전히 힘들기는 했지만 허리의 통증이 한결 덜하다는 것이 느껴지기 시작했다. 이게 웬일인가. 그저 걸었을 뿐인데 말이다. 그것도 1년, 2년을 걸은 것도 아니다. 한 달 동안 걸었을 뿐이다. 한참 유행하고 있는 만보 걷기도 아니고 1시간씩을 걸은 것도 아니었다. 하루에 30분씩 한 달을 걸었을 뿐이었다. 근데 허리의 통증이 조금씩 나아지기 시작했다. 이렇게 간단한 것이었던가. 사뭇 의아하기도 했고 당황스럽기도 했으며 허무하기도 했다. 이렇게 간단하면서도 기본적인 것을 나는 그동안 너무도 쉽게 간과하고 있었던 것이다.

그랬다. 나는 그 가장 기본적인 것을 늘 잊고 있었다. 그랬기에 가장 소중한 건강을 잃었던 것이다. 수술 후에도 가장 기본적인 재활과 운동을 하지 않았기에 또다시 재발이 오고 말았고, 기본적인 자세를 제대로 하지 않았기에 다시 망가지고 말았던 것이다. 그리고 인다가 나에게 알려주었다.

가장 기본적인 매일 걷기와 산책을 통해 자연의 순리와 세상의 변화를 알게 해주었다. 봄이 오면 새싹이 돋아나고, 꽃이 핀다. 따뜻한 봄바람이 불고, 모든 자연들이 새로운 시작을 한다. 그리고 여름이 되면 뜨거운 햇살이 내리쬐고 그 만물들이 영양분을 흡수하고, 무더위를 이겨내며 자신과의 싸움을 한다. 그리고 가을이 되면 각자의 결실을 맺게 된다. 알록달록 단풍잎이 물들기도 하고, 노란 은행잎들이 색을 뽐내기도 한다. 저마다의 열매를 맺어 수확물이 나오고 본인들의 역할을 마무리한다. 그리고 추운 겨울이 오면 그 추위와 싸우며 본인을 지키며 따뜻한 봄을 기다리며 추위에 지지 않기 위해 하루하루를 싸워간다.

작은 꽃들도, 하물며 잡초들마저도 그렇게 자신들의 본분에 충실하며 하루하루를, 그리고 사계절을 싸우고 지키며 살아가는데 나는 과연 어떠한 하루를, 어떠한 계절을 살아왔을까. 무척이나 부끄러웠다. 삶을 포기하려 했던 나의 모습이, 열심히 살지 않은 나의 모습이 너무도 초라하고 부끄러웠다.

매일 걸으며 길에 피어 있는 꽃들을 보며 사계절을 묵묵히 그 자리를 지키고 있는 나무들을 보며, 매일 불어오는 바람을 느끼며 나는 내 삶을 다시 되돌아보았다. 어느 하나 소중하지 않은 삶은 없다. 나 역시 소중하다. 그 삶을 좀 더 소중하고 귀하게 살아가야겠다. 인다가 나를 살려준 것처럼 그 누군가의 삶을 소중하게 돌볼 수 있게 도와줄 수 있는 그런 사람이 되어주고 싶다.

*
4

걱정 말고 사색

매일 아침 6시 정도 경이면 문 작가님의 브리핑이 도착한다. 매일의 브리핑에는 4가지의 과제가 주어진다. 읽기, 걷기, 사색, 쓰기. 이렇게 4가지의 주제로 매일 다른 내용으로 작가님의 브리핑이 도착한다. 다른 3가지의 과제는 별 어려움을 느끼지 못했다. 아니, 쉽게 이해할 수가 있었다.

그동안 책을 잘 읽지는 않았지만 그래도 읽으면 되겠지 하는 생각이 있었다. 그리고 걷기 역시 오래 걷기는 힘들겠지만 할 수 있겠다는 생각이 있었다. 쓰기 역시 쓰면 되지 하는 생각이 들었다. 하지만 마지막 '사색'의 주제는 너무도 난감했다. '사색'이라는 주제 자체가 너무 어렵다는 생각이 들었다. '사색이라는 걸 어떻게 하라는 거지.'라는 의문부터 들기 시작했다. 그동안 사색이라는 것을 해본 적도 없을 뿐더러 사색이라는 말 자체가 너무 낯설고 어렵게 다가왔기 때문이다. 그래서 사색이라는 뜻부터 찾아보아야겠다는 생각이 들었다. 그래서 사전에서 의미를 찾아보기로 했다. "사색(思索):어떤 것에 대하여 깊이 생각하고 이치를 따짐." 이라고 되어 있다. 어떤 것에 대하여 깊이 생각하고 이치를 따지는 것이라니, 뜻을 찾아보고 나니 더 의미가 난해해지기 시작했다.

우선 작가님께서 제시해주신 그날의 주제에 대해 생각해보기로 했다. 작가님께서는 산책하며 사색을 해보라고 조언을 해주셨다. 그리고 밖으로 나가 그날의 제시해주신 주제에 대해 걸으며 생각을 하기 시작했다. 처음에는 그날 제시된 주제에 대해 생각하는 것 같았지만 이 생각이 꼬리에 꼬리를 물고 어느샌가 자꾸 글쓰기 주제로 나의 생각이 빠져 들고 있었다. 무언가 이상했다. 나는 분명 사색이라고 생각하고 있었는데, 자꾸만 글쓰기 숙제를 하고 있는 것 같았다. 왜였을까. 나는 분명히 생각을 하고 있었는데, 왜 마지막엔 쓰기 과제를 어떤 방향으로 할 것이며 어떤 주제로 글을 쓸 것인지 그 생각을 하고 있었던 것일까. 그건 그동안 진정한 사색이라는 걸 하지 않아서가 아니었을까.

나는 걱정이 참 많은 사람이다. 예민함으로는 어디 내놓아도 지지 않을 만큼 예민함도 심하고 세상 고민 혼자 다 가지고 사냐는 말을 들을 만큼 걱정과 예민함으로 똘똘 뭉쳐 있는 사람이다. 그래서 항상 부정적이었고, 나 스스로도 실수를 용납하지 못했다. 어느 단 한순간도 즐길 줄 몰랐고, 취미생활조차 즐길 줄 모르는 사람이었다. 그래서 취미생활조차도 잘해야 한다는 생각에 3개월 이상 해본 취미생활이 없을 정도였다.

　콜센터에서 상담을 하며 나의 말 한마디에 고객 서비스와 금전적인 피해가 갈 수 있다는 압박으로 늘 긴장 상태로 근무하다 보니 늘 더 예민하게 생활했으며 나 자신에게조차 관대하지 못했다. 늘 실패했을 경우의 수를 먼저 생각했기에 성공했을 때조차 즐기지 못했다. 성과를 이루었을 때를 즐기지 못한 채 그저 실패하지 않았고 실수하지 않아 다행이라고만 생각하다 보니 성취감을 느껴본 적이 없었다. 그래서 이혼 후에도 더 많이 힘들었는지도 모르겠다.

　어느 날 산책하며 걷고 있던 중이었다. 날씨가 너무 좋았다. 하늘에 떠 있던 구름이 너무 이뻤다. 내가 너무 좋아하는 모양의 구름이었다. 휴대폰을 꺼내 사진을 찍고 나도 모르게 "외롭지 않아."라는 말이 툭 하고 나왔다. 그리고는 눈물이 주르륵하고 흘렀다. 흐르는 눈물을 꾹꾹 누르고 집으로 돌아와 꺽꺽 울었다.

　아이를 보내던 날 이후로 참 많이 참았었다. 모든 게 다 내 탓인 것 같아 소리 내어 울어보지도 못했다. 아니, 울면 안 될 것만 같았다. 편하게 잠을 잘 수도 없었다. 아이 버린 엄마라는 소리까지 들으며 편하게 발 뻗고 잘 수가 없었다. 나는 그런 사람이었다. 그런 말 한마디까지도 모두 가슴에 안고 사는 사람이었다. 그랬기에 소리 내어 맘대로 울 수조차 없었다.

　그랬던 내가 그날은 무슨 이유에서였는지 울음이 터졌고 한참을 그렇게 울었다. 그리고는 나에게 조용히 그 말을 해주었다. 그동안 정말 해주고 싶었고, 듣고 싶었던 그 말을, 그 누구도 해주지 않았고, 나조차도 해줄 수 없었던 그 말을 말이다. "괜찮아, 수고했어, 애썼어. 넌 최선을 다 했어."라고 말이다. 어려운 말도 아니었는데 그 말이 그렇게 나오지가 않았었다. 그 말이 나오기까지 참 오랜 시간이 걸렸다. 이혼하고 아이를 보내고 3년이라는 시간이 걸려서야 나에게 해줄 수가 있었다. 내 몸을 이끌고 살아온 나 자신에게는 40년 만에 해줄 수 있었던 말이었다. 그 말 한마디가 뭐가 그리 어려워서 그제야 해줄 수 있었던 걸까.

그건 바로 사색의 힘이 아니었을까 싶다. 거창하게 사색한다고 하기보다는 근심, 걱정으로 가득했던 내가 나의 상처를 하나하나 되짚어보기 시작했다. 내가 마음이 왜 이렇게 괴로운 것인지, 나의 슬픔은 어디에서부터 오고 있는지 되돌아보기 시작했다. 그 원인과 끝을 알 수는 없지만, 그러다 또다시 슬픔에 빠지기도 했고, 여전히 그 생각이 근심 걱정으로 빠져들기도 했다.

하지만, 너무 아파서, 너무 괴로워서 다시는 끄집어내기 싫어서 일부러 지워버리려고만 애썼던 일들을 다시금 스스로 꺼내어보기 시작했다. 그리고 그 상처들을 들여다보기 시작했다. 그리고 그 상처들에게 말을 걸었다. 참 많이 아팠겠다고, 여기까지 버티고 견뎌내느라 많이 힘들었겠다고 말이다. 아무도 알아주지 않는다고, 혼자 아등바등 살아내느라 많이 지쳤겠노라고, 많이 애썼다고 보듬어주기 시작했다.

그랬더니 나도 모르게 차츰차츰 밝아지기 시작했다. 하루 종일 휴대폰의 친구 목록을 뒤지고, 오늘은 누구에게 말을 걸어볼까 하고 생각하고 있던 내가 하루 종일 휴대폰을 보지 않는 날도 있었고 전혀 외롭다는 생각이 들지 않았다. 혼자서도 충분히 마음의 충만함을 느낄 수가 있었다.

억지로 외면하지 말았어야 했구나 하는 생각이 들었다. 그리고 다시는 꺼내보기 싫었던 전남편에 대한 기억도 꺼내보기 시작했다. 정말 죽어도 다시는 꺼내보기 싫었다. 너무 많은 상처를 주고받았고, 너무 아팠고, 너무 힘들었다. 여전히 전남편을 생각하면 공황장애가 왔고, 때론 화가 나기도, 때론 짜증이 나기도 했으니 말이다.

하지만, 그 기억과 상처들에게도 말을 걸기 시작했다. 당신도 참 많이 힘들었겠다고, 나로 인해 참 많이 외로웠겠다고 말이다. 결말은 서로가 이렇게 상처를 주고, 서로 끝을 보고 아픔을 주었지만 당신도 당신 나름의 사정이 있었을 것이고 아픔이 있었을 것이라고 이해해주지 못해 미안했다고 말이다. 우리는 서로의 다름을 알아보지 못했으며, 그걸 이해하려 하지 않았고, 서로가 그저 틀리다라고만 우기고 싸우기만 했다고 말이다. 그래서 우리는 이렇게 서로가 엇갈리고 말았다고 말이다.

그렇게 그 상처들에 조금씩 말을 걸고 나니 한결 마음이 가벼워지는 것 같았다. 그리고 나는 용기를 내기로 했다. 전남편과 아이에 대해 의논을 할 일이 생겨서 이야기를 하다가 말을 꺼냈다. 지난 과거에 서로의 감정이 어떠했든 서로 미워하거나 증오하는 마음은 버릴 수 있도록 노력하자고, 각자의 자리에서 아이의 엄마로, 아빠로 서로의 역할에 충실하자고, 그 역할에 있어 서로 도와야 할 부분은 서로 지원하고 도우며 살아가자고 말이다. 그리고 참 많이 미안했다고, 이해해주지 못했고, 서로에게 맞춰 대화하는 방법을 몰랐고, 화해하는 방법을 몰랐고, 그렇게 하려는 노력을 하지 않았다고, 함께 사는 동안 고생했다고 말이다.

그 말을 하기까지 참 오랜 시간이 걸렸다. 참 많이도 돌고 돌아왔다.

그걸 알고 있으면서도 입 밖으로 꺼내기까지도 오랜 시간이 걸렸고, 그렇게 느끼기까지도 오랜 시간이 걸렸다. 그걸 깨닫기까지도 오랜 시간이 걸렸다. 사색이라는 것을 통해 내 안에 있는 감정들을 느끼고 생각이라는 것을 하면서 내 안에 있는 걱정들을 조금씩 걷어 내고 슬픔과 아픔을 보듬으며 나의 마음도 알아낼 수 있게 된 것 같다.

사색이라 하면 조용한 숲길이나 조용한 음악이 흐르는 명상의 시간 같은 걸 떠올리게 된다. 그리고 조용히 앉아 무언가에 집중하고 해야 할 것만 같다. 나 역시 그렇게 해야 하는 건 줄 알았다. 하지만 사전에 나와 있는 것처럼 깊이 생각하고 이치를 따지면 그게 사색인 것이다.

이왕이면 조용한 숲길에서 자연을 벗 삼아 걸으면 생각도 더 원활하게 되고 집중도 더 잘 되는 건 사실인 것 같다. 하지만, 그렇다고 꼭 그런 곳을 찾아가서만 할 수 있는 것은 아니다. 매사 내가 늘 무언가를 생각하고 의식하며 살아가는 그 자체가 사색하는 것 아닐까. 우리는 너무도 생각이라는 걸 하지 않고 살아간다. 너무도 많은 미디어와 정보 속에서 그저 주어지는 대로 일방적으로 받아들이고만 있다. 그게 정확하고 진실된 정보인지도 모른 채 무방비 상태에서 흡수하고만 있다. 사색을 통해 생각을 통해 그 모든 것들을 따져 주체적으로 받아들여야 할 필요가 있다.

나 역시도 걱정과 사색의 경계를 구분한다는 것은 여전히 아직 어렵기만 하다. 하지만, 예전처럼 아무 생각 없이 매일 가만히 누워 걱정만 하고 있지는 않다. 계속해서 내가 길을 잃지 않고 내 삶을 주체적으로 살아갈 수 있는 나다운 질문을 던질 수 있는 그런 생각의 사색을 하며 인다와 함께 나는 여전히 앞으로 나아가고 있을 것이다.

*

5

글을 쓰고 삶을 찾다

   나의 생각을 말로 내뱉기보다는 글로 쓰는 것이 더 편하고 늘 더 익숙했던 것 같다. 어릴 적 갖고 싶은 게 있어도 나는 엄마에게 말로 조르거나 나의 의견을 말한 적이 없었다. 엄마에게 편지를 써서 내가 그걸 왜 갖고 싶은지 왜 필요한지를 구구절절 적어서 보냈었다. 그리고 학창 시절 공부를 잘하지는 못했지만, 노트 정리와 필기는 잘하는 편이었다. 그래서 필기한 책이나 노트를 빌려달라는 친구들이 많았었다.

   그랬던 걸 떠올려보면 난 늘 무언가를 항상 적고 있었다. 대표적인 게 항상 친구들에게 편지를 썼었고, 교환 노트도 많이 적었다. 대학 시절에는 음악방송을 하면서 채팅도 많이 했었다. 회사생활을 하면서는 동기들 중에서 서기는 항상 내가 독차지를 했었다. 회의하거나 담당 강사님이 전달사항을 말씀하실 때 그냥 나는 메모를 했을 뿐인데 그 메모를 하는 사람은 보통 나밖에 없었거나 중요사항을 기재한 사람은 나밖에 없는 편이었다. 그렇게 중요한 포인트를 잘 찾아서 적는 편이었다. 그렇다 보니 항상 서기도 내가 맡게 되었다.

대학교에서 컴퓨터 전공을 해서 콜센터에서 근무를 하면서 상담 중에도 팀장님들이 설문조사를 하거나 타 부서에서 업무협조 메모가 오면 동시에 작업이 가능했었다. 그렇다 보니 그런 소소하게 메모 작성이나 글 작성하는 업무도 많이 맡아서 했었다. 그때부터였던 것 같다. 나에게 글 쓰는 재주가 있긴 한 걸까 하고 내심 생각했던 게 말이다.

글 쓰는 재주가 있다고 생각했다기보다 무언가 작문을 하면 그 주제에 맞게 글이 술술 써지는 기분이었다. 그리고 초등학교 때 방학숙제로 쓰기 시작한 일기를 꾸준하게 써왔었다. 그때 역시 숙제이기 때문에 숙제는 무조건 해야 한다는 생각에 쓰기 시작한 게 성인이 되면서도 매년 다이어리를 작성했다. 어릴 적 일기를 쓰던 것처럼 자세하게 쓰지는 못했지만 그날그날의 나의 감정에 대해 적고, 중요한 날에는 조금 길게 작성하고 매일 다이어리 작성을 하며 꾸준하게 무언가를 늘 적어나갔다.

그리고 글쓰기 모임을 하고 싶다는 생각이 들어 열심히 찾던 어느 날 문 작가님의 인다 프로그램을 접했다. 하지만 그때는 회사에 근무 중이라 프로그램을 할 수가 없었고, 퇴사 후 다시 인다 프로그램을 접한 후 고심 끝에 인다 프로그램을 신청하게 되었다. 신청 사유를 자세하게 적어달라는 말에 구구절절 정말 자세하게 적었다.

그 수많은 단어와 문장들의 뜻은 딱 한마디로 결론지을 수 있었다. "살고 싶어서……"였다. 내가 글을 쓰고 싶었던 것도 그 하나의 이유였다. 그저 살고 싶었다. 모든 것을 다 놓고 싶었지만, 그럴 용기도 없었으며, 그럴 수도 없었기에 어떻게든 살고 싶었다. 하지만 살 의욕도 살 용기도 없었다. 그저 오늘 당장 죽어도 아쉬울 것 없는 삶이었고 그저 그런 하루들의 연속이었다. 그랬기에 더더욱 살고 싶었다.

인다가 그런 나를 살려주길 바랐다. 그런 간절함으로 신청했었다. 그래서 가장 마지막에서 "살고 싶어서요."라고 적었었다. 그 마음을 문 작가님이 알아봐주신 걸까. 신청을 받아주셨고 나는 인다를 시작했다.

인다를 시작하고 매일 주어지는 쓰기 주제에 정성을 다했다. 지금 내가 처해 있는 상황도 나의 감정도 숨김없이 적어나갔다. 때론 숨기고 싶었던 상황들도 한 치의 거짓 없이 모두 드러내고 적어나갔다. 우리 아이의 이야기도, 슬픈 나의 과거 이야기도, 아픈 상처도, 이혼 이야기도 모두 말이다. 그래야 정말 내가 살 수 있을 것 같았으니 말이다.

그렇게 하루하루 적어나가다 보니 2주 정도 지났을까 작가님께서 전화를 하셨다. 작가님께서 내게 하신 말씀은 "글쓰기 DNA가 있으세요. 알고 계셨어요? 글 진짜 잘 쓰세요."라는 말씀이셨다. 당황스러웠고, 의아했고, 놀라웠고, 너무 기분 좋았다. 그런 이야기는 처음 들어보았고, 그런 칭찬 역시 처음이었다. 콜센터 출신이라 그런지 말 참 잘한다는 이야기는 종종 들어왔지만 그 말을 잘한다는 게 말주변이 좋다는 이야기였지, 글을 잘 쓰는 것과는 다르지 않은가.

글을 잘 쓴다는 칭찬을 들으니 너무 어색했지만 몹시 기분이 좋았다. 그런 칭찬을 받는 게 처음이었기에 몸 둘 바를 몰랐다. 그리고 더 열심히 하고 싶다는 생각이 들기 시작했다. 매일 글 쓰는 것에 더 집중하기 시작했고, 더 솔직하게 나의 이야기를 적어나가기 시작했다. 그저 작가님의 칭찬에 기분이 좋았고, 나의 이야기를 다른 사람이 본다는 의식을 하지 않으려 노력했다.

다른 사람의 글을 읽고 쓰게 되면 그 사람들의 글을 따라가게 될까 봐 항상 먼저 글을 쓰고 먼저 올리려 노력했다. 그러다 보니 자연스레 나의 하루 일과가 인다를 중심으로 돌아가기 시작했다. 하루 중 인다 과제를 하는 시간이 너무도 즐겁고 행복했다. 글을 쓰는 시간이 너무 즐겁고 행복하게 다가왔다.

나의 아픔을 쓰는 시간들이 너무 괴롭기도 했지만, 그 아픔을 지나고 나면 오히려 조금씩 그 상처가 치유되고 있음을 조금씩 느낄 수가 있었다. 그래서 상처를 치유하기 위해 글을 쓴다는 말을 조금씩 이해를 할 수 있게 되었다. 내가 그 시간들을 걷고 있었으니 말이다. 상처받은 나의 모든 시간들에 글쓰기가 있었다는 것이 문득 떠올랐다.

임신하고 한참 기쁨의 태교일기를 써야 할 때에도 나는 뱃속의 아기를 걱정하는 일기로 가득했다. 많이 슬펐고 아팠지만 그래도 그 이야기를 남겨야 한다고 생각했다. 하지만, 그 이후로는 그 일기를 한 번도 열어보지 못했다. 그리고 아이가 바이러스 치료를 위해 한 달간 병원에 입원을 했을 때도 나는 병원에서 잠든 아이를 보며 매일 밤 일기를 적었다. 그 적막한 병실에서 지친 나를 달랠 수 있는 방법은 그것밖에 없다고 생각했던 것 같다. 이혼하고 전남편이 아이를 데려가던 그날에도 혼자 펑펑 울며 아이에게 일기를 쓰기 시작했고. 그 일기는 1년이 조금 넘는 시간 동안 매일 작성이 되었다. 하지만, 그 일기 역시 단 한 번도 다시 읽어보지 못했다. 단 한 장도 다 읽어보지 못할까 봐 차마 열어보지 못했다. 그 일기장은 우리 아이에게 전달되지 않기를 바라는 마음으로 그저 내가 간직하고만 있다.

하지만, 언제고 아이가 커서 혹여나 나를 원망하게 되는 날이 오게 된다면 그 일기장을 그 아이에게 전달하고 싶다. 그 아이 역시 성장하는 시간 동안 참 많이 아프고 힘든 시간들이 있었겠지만, 그 시간을 함께 지켜보며 아파했던 엄마가 있었다고 엄마 역시 단 하루도 아프지 않은 날은 없었다고 말이다. 그런 핑계라도 되었으면 하고 간직하고 있는 일기장이다. 그리고 그렇게 매일 일기라도 쓰지 않으면 정말 내가 살 수 없을 것 같았다.

인다를 하며 매일 글을 쓰며 느꼈다. 내가 글 쓰는 것을 참 좋아하는 사람이라는 것을 말이다. 사람들을 만나 이야기를 하고 함께하는 걸 좋아한다고 생각했다. 그저 이야기하는 걸 좋아하는 것으로 생각했는데, 내 안에 있는 무언가를 끄집어내고 이야기를 풀어내는 것을 좋아하는 것 같다. 사람들과의 이야기와 나의 이야기를 글로 쓰고, 고민을 나누고, 마음을 소통하고 나아가 삶을 함께하는 그 과정들을 나는 참 좋아하는 것 같다. 그 모든 것들이 글의 모든 과정이 아닌가 하는 생각을 한다.

인다가 아니었다면 내가 이렇게 글 쓰는 모든 것들을 좋아하게 되었을까. 그저 내 삶을 비판하며 팔자 탓이나 하면서 일기장에 모든 것들을 비관하는 일기만 적고 있지 않았을까. 하루하루를 죽여가며 몸도 마음도 모두 망가뜨려가며 말이다.

인다를 시작하고 몇 달 되지 않아 주변 지인들로부터 얼굴이 많이 밝아지고 행복해 보인다는 말을 많이 들었다. 목소리도 많이 밝아졌다며 좋은 일 있냐는 말을 듣기 시작했다. 그리고 인다 과정에 대한 이야기를 해주었다. 하나같이 모두 다 나와 잘 어울린다는 이야기를 해주었다. 학창 시절부터 그렇게 편지 많이 쓰고 늘 뭔가 적더니 너무 잘 어울린다는 이야기를 해주었다.

그랬었구나. 나는 그런 사람이었구나. 나만 모르고 있었나 보다. 항상 내가 무언가를 끄적이고 쓰고 있었고, 편지를 쓰더라도 상대가 느끼기에 글을 잘 쓴다고 느낄 만큼의 진실성이 있었나 보다. 그 재능을 지금껏 나만 모르고 살아왔다.

그래서 인다를 하면서 꿈이 생기기 시작했다. 얼마 만에 생긴 꿈인가. 15년 만에 꿈이라는 게 생겼다. 가장 처음 생겼던 꿈은 콜센터에 처음 입사해 CS 강사가 되고 싶다던 꿈이었고 그 이후에 처음으로 꿈이자 목표 같은 게 생겼다. 평생 글을 쓰는 사람으로 살고 싶다는 꿈이 생겼다.

나의 이야기, 혹은 너의 이야기를 평생 글로 쓰는 사람이 되고 싶어졌다. 우리의 사는 이야기를 마음을 나누는 이야기를 글로 쓰고 싶어졌다. 나 말고는 다 대단해 보이고 특별해 보이지만 사람 사는 거 다 똑같다는 말을 들었다. 하지만 비슷해 보이지만 속을 들여다보면 다 각자 나름의 사연이 있고 아픔이 있다. 겉으로 웃고는 있지만 깊숙한 어딘가에는 다 저마다의 슬픔을 묻어두고 살아간다. 그런 마음속의 이야기들을 소통하

며 어디선가 아파하고 있을 그 누군가에게 위로가 될 수 있는 글을 쓰고
싶다.

내가 많은 세월을 살아온 건 아니지만, 내 나이 또래와 비교해, 겪지
않았으면 좋았겠지만, 그래도 나름대로 인생의 굴곡은 많이 겪으며 살아
왔다고 생각한다. 나보다 더 거친 삶을 살아온 사람도 많을 것이다. 하지
만 더 평범하고 무던하게 살아온 삶도 더 많은 것이다. 또한 비슷한 삶을
살아가며 힘겨워하는 사람들도 어딘가 분명 있을 것이다.

표현하지 못한 채 숨죽여 있는 그 어느 누군가 한 사람이라도 나의 글
을 읽고 진심으로 위로를 받았으면 좋겠다. 인다가 나에게 용기를 주었
고 나를 응원해주었다. 나답게 살아갈 수 있도록 해주었고, 나의 삶을 찾
아갈 수 있는 용기를 주었다. 나에게 힘을 주었고, 내 삶을 찾아갈 수 있
게 응원해주었다. 그랬기에 그 누군가에게도 그 힘과 응원을 보내주고
싶다. 위로를 보내주고 싶다. 단 한 사람에게라도 힘이 될 수 있다면 말
이다.

우리의 마음에도 충전이 필요하다.

수고했어. 괜찮아. 애썼어.

넌 할 수 있는 모든 것을 했어.

최선을 다 했어. 그러니 이젠 그만 놓아도 돼.

제 5장

빛나라
내 청춘

'현재'는 선물입니다

'언젠가 성공하고 난 후에~', '언젠가 행복해지면~' 우리는 그 '언젠가'라는 알 수 없는 미래의 행복을 위해 지금 이 순간의 행복을 놓친 채 알 수 없는 미래에 행복을 저당 잡힌 채 막연하게 행복해지는 것을 미룬 채 살아간다.

막연한 미래의 행복을 위해 지금 이 순간의 행복을 포기한 채 그저 언젠가라는 말로 모든 것을 미루고 포기하고 희생하며 살아가고 있다. 나 역시 그랬다. 조금만 더 참고 버티면 나아지겠지, 조금만 더 아끼고, 버티면 나아지겠지 하는 생각으로 살아왔다. 하지만, 그 '조금만 더'라는 기간은 점점 더 길어져만 갔고 정해지지 않은 그 '조금만 더'라는 기간은 사람을 조금씩 더 옥죄어왔고 더 피 말리게 했다.

아이의 건강 역시도 그랬다. 조금만 더 크면 건강해지겠지, 조금만 더 치료하면 나아지겠지, 조금만 더 버티면 괜찮아지겠지 했지만, 그 '조금만 더'라는 기간은 정해지지 않았으며, 그 '조금만 더'라는 기간은 1년이 지나고 2년이 지나도 여전히 제자리걸음 같았다. 그 제자리가 단단해져서 굳건해지긴 했지만 완전히 나아지는 건 아니었다. 그래서 결국 나는 그 '조금만 더'라는 것을 놓아버리기로 했다.

그 결과로 나는 이혼이라는 것을 선택하게 되었고, 이혼이라는 것은 나에게 또 다른 내 삶을 위한 선택이 아닌 모든 것을 포기하고 놓아버리는 게 되어버렸었다. 이혼이 모든 것의 끝은 아니라고 했지만, 나 역시 그러했지만, 이혼과 동시에 전남편에게 보내버린 아이는 내 삶의 종착지 같았다.

모든 게 끝인 것만 같았다. 더군다나 두 번째 허리디스크 수술까지 강행하고 나니 더 이상 내 삶은 없는 것 같았다. 나이 37세에 내 삶은 모든 것이 끝이 나버린 것만 같았다. 그렇게 2년이라는 시간을 아무것도 하지 않았다. 사람들도 만나지 않았고, 주변 지인들의 연락도 다 끊어버린 채 집에만 처박혀 있었다. 그리고 만나게 된 인다가 나를 세상 밖으로 다시 끄집어내주기 시작했다.

그저 하나의 프로그램에 불과했다. 6개월이라는 긴 호흡이 필요한 프로그램이었기에 솔직히 자신은 없었다. 나 자신 스스로도 6개월이라는 시간을 할 수 있을까 하고 굉장히 의문스러웠다. 끈기라고는 1도 없는 사람이었기에 6개월이라는 시간을 한다는 건 솔직히 자신이 없었다. 더군다나 허리 디스크 수술을 하고 재발이 와서 쉬고 있던 중이었기에 금전적인 부분도 무시할 수 없었다.

생활비도 빠듯한데 그저 온라인 프로그램에 6개월이나 돈을 쓴다는 것은 평소의 내 성격으로는 절대 상상할 수 없는 일이었다. 하지만, 그때는 왜 그랬을까. 무조건 해야겠다는 무언가의 이끌림에 신청을 했다. 아마 그런 게 인연이라는 게 아니었을까.

나는 영어 단어 중 'Present'를 무척 좋아한다. '선물'이라는 뜻도 있지만 '현재'라는 뜻도 가지고 있다. 그 내용과 연관된 명언 중, 전 코카콜라 CEO인 브라이언 다이슨이 "어제는 역사이고, 내일은 수수께끼이며, 오늘은 선물이다. 그렇기에 우리는 present(현재)를 present(선물)이라 부른다."라고 한 말이 있다.

난 굉장히 비관적인 사람이었고 걱정도 많은 사람이었다. 앞이나 미래에 대한 희망을 가지고 살기보다는 지나간 과거를 후회하고, 뒤를 자꾸만 돌아보며 한탄하며 살아가던 사람이었다. 아직 오지 않은 막막한 미래에 대한 공포에 휩싸여 걱정으로 시간을 허비하던 사람이었다. 하지만 인다를 만나 읽고, 걷고, 사색하고 글을 쓰며 지금, 현재에 집중하기 시작했다.

언제 올지 알 수도 없는, 혹은 오지 않을지도 모르는 막연한 미래에 대한 희망이나 행복을 위해 지금을 낭비하고 희생하지 말아야겠다는 생각이 들었다. 그리고 지금 있는 이곳에서 좀 더 현실에 충실하다 보면 그 오늘들이 모여 내일의 내가, 그리고 미래의 내가 행복해지지 않을까 하는 생각이 들었다. 그래서 당장 그렇게 실천을 하고 변화하긴 힘들었지만, 지금 이 순간에 조금씩 집중하고 현재에 충실해나가기 위해 오늘을 살기 위한 노력을 하기 시작했다.

우리는 수많은 '나중'을 위해 현재를 잃어버리고 살아간다. 나중에 더 행복하기 위해 지금을 희생하고 포기하고 고통을 참으며 괜찮은 척, 아프지 않은 척, 슬프지 않은 척, 상처받지 않은 척 가면 뒤에 나의 본모습을 숨기고 감춘 채 때론 본인의 본모습이 어떠했는지조차 잊어버린 채 살아간다. 나 역시 그렇게 살아왔고 어쩌면 지금도 그렇게 살아가고 있는지도 모르겠다.

내 삶을 인다를 시작하기 전과 인다를 시작한 후로 나뉜다고 해도 과언이 아닐 것이다. 그만큼 인다가 내 삶에 들어온 후 많은 것들을 바꿔놓았다. 이전에는 늘 부정적이고 비관적이었으며 늘 힘들다는 말을 입에 달고 살았다. 습관처럼 팔자 탓을 하며 그 말에라도 핑계 삼아 기대며 도망치듯 살아가고 싶었는지도 모르겠다.

하지만 인다 이후에는 그래도 나 자신 스스로를 위로할 줄 알게 되었고, 많이 힘들었지만 그래도 잘 견뎌냈다고, 잘 버텼다고 스스로를 토닥일 수 있는 힘이 생겼고, 수고했다고 말할 수 있는 용기가 생겼다. 내가 아닌 그 누군가가 아파하고 있다면 손 내밀어 줄 용기도 생겼으며 아파하는 그 사람의 이야기를 들어주고 안아줄 수 있는 마음을 가지게 되었다.

글을 쓰며 내 안의 상처를 바라볼 수 있는 용기가 생겼고, 그 글들을 통해 이제는 무조건 도망치기보다는 힘이 들면 좀 쉬어가면서 때론 돌아서

갈 줄도 아는 방법을 찾아가고 있다. 무조건 직진만이 길은 아니라는 것도 배워가고 있는 중이다. 사람이기에 실수할 수도 있다. 좀 못 할 수도 있으며 좀 늦을 수도 있다.

다 괜찮다. 이 모든 것들이 내 삶이고 나 자신이다. 그것들을 받아들일 수 있는 마음을 가질 수 있을 것이라는 믿음도 키워가고 있다.

인다를 하고 표면적으로 달라진 게 있다면 병원을 가는 횟수가 눈에 띄게 줄어들었다는 것이다. 그동안 허리디스크로 참 많이도 고생했었다. 한 번에 수십 바늘씩 찔러대는 통증 주사도 주기적으로 맞으러 다녀야 할 정도로 허리 통증이 심했었다. 하지만 매일 30분씩 걷는 것만으로도 그 횟수가 많이 줄어들었다. 안타깝게도 매일 먹고 있는 약의 용량이 줄어들지는 못했지만, 그래도 조금씩 횟수는 줄어들고 있다.

이 얼마나 놀라운 발전인가. 병원에서는 3차 수술로 인공디스크를 넣어야 한다고 이제 더 이상 방법이 없다고 했었는데, 약 먹는 횟수도 줄어들고, 치료 횟수도 줄어들었으니 말이다. 그것도 단순히 걷기만으로 말이다. 그리고 그동안 그렇게도 힘들게 따라다니던 신경정신과 약을 거의 복용하지 않게 되었다. 참 많이도 힘든 시간이었고 길고도 긴 싸움이었다. 여전히 완전히 끊지는 못했다.

우울증과 공황장애라는 게 내가 끊어버리고 싶다고 당장 끊어버리면 후유증이 남을 수 있고 어느 날 갑자기 나도 모르게 덜컥 올 수 있다고 한다. 그래서 점진적으로 약을 줄여야 한다기에 완전히 끊지는 못했다. 특히나 공황장애와 불안장애 증상은 내가 내 마음대로 컨트롤할 수 있는 증상이 아니다. 내가 예기치 못하는 불시의 상황이 발생할 때에 오는 증상이기 때문이다. 그래도 참 다행이게도 공황장애 약은 비상시에만 먹을 수 있도록 변경이 되었고, 우울증 약은 하루에 한 번, 한 알만 먹는 걸로 많이 줄어들었다.

한참 증상이 심할 때에는 한 번에 5~6개씩 약을 복용했었다. 그것도 하루에 두 번씩 말이다. 그러니 얼마나 큰 변화인가 말이다. 그리고 수시로 증상이 나타나면 비상약을 먹을 정도였으니 정말 내 정신이 아닌 상태로 하루하루를 보냈다고 해도 과언이 아닐 것이다. 나에게 인다와 문 작가님은 그런 존재이기에 나는 항상 문 작가님과 인다에게 생명의 은인이라고 표현을 한다. 그리고 항상 무표정하고 그늘이 가득했던 내가 웃고 있고, 즐거워 보인다는 말을 듣는다. 외롭지가 않다. 아무도 만나지 않아도, 무언가를 하고 있지 않아도 마음에 따뜻함이 느껴진다. 이 얼마나 행복한 일이란 말인가.

문 작가님이 나에게 '환골탈태(換骨奪胎)'라는 표현을 하셨다. 사람이 보다 나은 방향으로 변하여 전혀 딴사람처럼 된다는 뜻을 가진 사자성어이다. 정말 나에게 딱 맞는 표현이 아니겠는가. 인다를 만나 나는 전혀 다른 사람이 되었다. 그저 다른 사람이 되어 행복하다는 것보다 내 삶의 주체자가 되어 지금, 이 순간, 현재에 충실하게 살아갈 수 있는 삶을 바라볼 수 있게 되어 행복하다. 인다를 만나지 않았다면 여전히 과거를 돌아보며 후회와 함께 지난 시간들을 비관하며 살아가고 있을 것이다.

그래서 나는 문 작가님과 인다를 통해 느끼고 배운 이 삶과 행복을 함께 나누며 살아가고 싶다. "현재는 Present! 선물입니다. 현재를 살아가세요~!"

*

2

너무도 듣고 싶었던 그 말

　어려운 말도 아니었는데, 힘든 말도 아니었는데, 나는 왜 그 말을 해주지 못했을까. 왜 그 말이 듣고 싶었다고, 그 한마디면 된다는 그 말조차 하지 못했을까. 나 자신 스스로가 그 말을 들을 만큼의 자신이 없었던 걸까. 그만큼의 자격이 없다고 생각한 걸까. 충분히 자격이 있었을 텐데. 왜 그 한마디를 듣지 못한 채 한으로 남겨둔 채 두고두고 아파했을까.

　그리 어려운 말도 아니었다. 너무도 쉽게 할 수 있는 말이었고, 누구나 할 수 있는 말이었다. 하지만, 정작 나 자신조차 그 말을 하지 못하고 살았다. 그 이유는 여전히 아직도 나는 풀지 못했다. 왜 그동안 그 말을 하지 못했는지 말이다. 전남편과 결혼생활을 하면서도 그 말을 왜 한 번도 해주지 못했냐고 물어보지 못했다. 그리고 그 말을 해달라고 해본 적도 없었다.

어쩌면 그 말을 해도 해주지 않을 거라는 생각이 더 강했는지도 모르겠다. 그래서 핀잔을 듣기 싫었는지도 모르겠으며, 더 상처받기 싫어 오히려 꽁꽁 묻어두었는지도 모르겠다. 그렇다면 나 자신은 왜 해주지 못했을까.

"수고했어. 괜찮아. 애썼어. 넌 할 수 있는 모든 것을 했어. 최선을 다했어. 그러니 이젠 그만 놓아도 돼." 이 말이 뭐가 그리 어려운 말이기에 나는 이 말을 하는 것이 살면서 그렇게 어려웠을까. 너무나 듣고 싶었던 말이었던 것 같다. 하지만 단 한 번도 듣지 못했었다. 결혼 생활 내내, 그리고 힘겹게 아이를 혼자 병간호를 하는 동안에도, 이혼한 후에도 말이다.

이혼한 후에 울산에 간 적이 있었다. 우리 아이가 18개월 때부터 아이를 업고 다녔던 인성센터 선생님을 뵈었다. 친정오빠 집에 갔던 어느 날 이혼 소식을 접하시고는 맛있는 밥 한 끼 사주고 싶었다며 나오라고 하셨다. 선생님을 뵙고 그간의 일들을 간단히 말씀드리고 밥을 먹는데 선생님께서 툭하고 저 말을 해주셨다. 너무도 담담하게 꺼내신 말씀이셨다. 어떠한 리액션이 들어간 것도 아니었고, 애처로운 목소리도 아니셨다. 너무도 담백하고 담담한 목소리로 건넨 말씀이셨다. 어쩌면 오히려 그래서 더 가슴에 꽂혔는지도 모르겠다.

저 말을 듣는 순간 울컥하고 무언가 올라왔다. 그 자리에서 소리도 내지 못한 채 나는 눈물을 뚝뚝 흘리고 말았다. 그동안 내가 어떤 모습으로 살아왔는지 내가 어떻게 버텨왔는지 지켜보셨기에 그리고 이혼을 결정하기 전 선생님을 뵈었기에 나의 마음을 읽으셨던 모양이다. 저 말을 꼭 해주고 싶었다고 하셨다. 그제야 나는 깨달았다. 내가 그동안 듣고 싶었던 말은 수많은 그 어떤 말 중에서도 저 말이었다는 것을 말이다.

이젠 그만 애쓰고 놓아도 된다는 그 말씀이 마지막으로 가슴에 비수처럼 꽂혔다. 내가 할 수 있는 모든 것을 했기에 놓아도 된다는 그 말이 너무도 감사했다. 내가 포기하는 게 아니라 내가 할 수 있는 모든 것을 했기에 더 이상 할 수 있는 게 없다고 하셨다. 그러니 더 이상 애쓰지 않아도 된다고 하셨다. 더 이상 나 혼자서 아파하지 않아도 된다고 말씀해주셨다. 혼자 애쓰지 않아도 된다고 수고했다는 말이 듣고 싶었나 보다.

결혼생활 내내 혼자서 아등바등거리며 이리저리 뛰어다니며 살았다. 혼자 안절부절못하며 하루도 마음 편히 살아본 적 없었다. 그 마음을 이제는 내려놓아도 된다고 하니 정말 안도의 한숨이 쉬어지는 것 같았다. 그렇다고 한순간에 툭 하고 내려지는 것은 아니었다. 정말 그렇게 해도 되는 건지 싶었다. 그렇게 하루아침에 내려지는 것도 아니었다.

선생님의 위로를 받고 집으로 돌아온 후 나 자신을 다시 돌아보았다. 나는 왜 그동안 나에게 단 한 번도 수고했다는 말을 해주지 못했을까. 그렇게 혼자서 애쓰고 다녔음에도 왜 수고했다는 말을 해준 적이 없었단 말인가. 단 한순간도 최선을 다하지 않은 적이 없었다고 생각했는데 말이다. 단 하루도 마음 편히 살아본 날도 없었는데 말이다.

매 순간 아이를 위해 노력했고, 아이가 건강해지길 기도하며 살았다.

어느 한순간도 소홀히 하려 한 적이 없었다. 혹여 나로 인해 아이에게 무슨 일이 생길까 전전긍긍하며 하나라도 더 신경 쓰려 하며 살았다. 하지만, 그 어딘가에는 늘 이 힘든 상황을 도망치고 싶은 마음이 있었던 것 같다. 언제나 힘든 상황이 생기면 도망치고 싶어 하는 나였기에 어디론가 숨어버리고 싶고 사라져버리고 싶었고, 삶의 끝으로 도망치고 싶기도 했었다. 그러한 마음들이 있었기에 최선을 다하지 못했다는 마음이 들었는지도 모르겠다. 그래서 막상 그 마지막 순간에도 수고했다는 말을 하지 못한 것 같다. 나 자신 스스로가 최선을 다했다고 당당할 수가 없어서 말이다.

하지만 선생님을 뵙고 나서 나 자신에게 이야기해주었다. 그래도 끝까지 포기하지 않아줘서 고마웠다고, 삶을 포기하지 않고 이렇게 견뎌내줘서 고맙다고, 잘 버텨내주어서 고맙다고 말이다. 그동안 참 많이 지치고 힘들었을 텐데, 수고했다고, 그 누가 알아주지 않아도 내가 알고 있다고 매 순간 최선을 다했고, 내가 할 수 있는 모든 것을 다해 노력해왔다고, 그 이상 더 잘할 수 없을 만큼 노력해왔다고, 또다시 시간을 거슬러 그 상황이 된다고 해도 다시 그 삶을 선택할 만큼 아이를 사랑했고, 애썼고, 노력했다고, 그럼 됐다고, 그 누군가가 아닌, 내가 알고 있고, 노력했으니 그거면 됐다고 이제 그만 아파하자고 따뜻하게 이야기해주었다. 그랬더니 한결 마음이 편안해지는 것 같았다.

그리 큰 위로를 바란 게 아니었던 것이었다. 거창한 걸 바라는 게 아니었다. 따뜻한 말 한마디면 되는 것이었다. 너의 마음 알고 있다는 위로의 한마디가 필요했던 것이었다. 잘하고 있다는 응원의 한마디면 되는 것이었다. 하지만 우리는 모두들 다른 이들에게는 이런 응원의 말들과 위로의 말들은 습관처럼 잘하며 살아간다. 하지만 정작 자기 바로 옆에 있는 사람들에게 가장 못 하고 살아간다. 옆에 있어줘서 고맙다는 말, 혹은 수고했다는 말을 가장 많이 해주어야 할 사람들에게 정작 가장 못 하고 살아간다. 당연히 마음을 알아줄 것이라는 생각과 말하지 않아도 가장 가까운 사람이니 당연히 알 거라는 말로 표현하지 않고 살아간다.

하지만 말하지 않아도 알고 있는 말과 마음은 없다. 설령 알고 있다고 한들 표현하지 않는 말과 마음은 정확하게 전달되지 않는다. 표현하는데 돈이 드는 것도 아니고, 소멸되고 없어지는 것도 아니다. 오히려 표현할수록 더 빛이 나고 행복해지는 말들이다.

가까이 있기에 그 소중함을 모르고 잊고 살아가듯, 우리는 가까이 있기에 그 소중한 이들에게 표현하고 살아가야 한다. 사라지고 나면 더 슬프고 더 안타까운 이들이 가까운 이들이니 말이다.

또한 나 자신에게도 표현하고 살아야 한다. 나 역시 나 자신의 감정을 모르고 살아왔다. 내가 어떤 마음인지 어떤 상태인지 모르고 살아왔다. 그랬기에 우울증이 얼마나 심각한 상태가 되고 있었는지, 공황장애와 불안장애가 어디까지 와 있었는지 모르고 살아왔다. 결국 차도 타지 못할 정도로 공황장애와 불안장애가 심각한 상태까지 와버렸고, 며칠 씩 밤을 꼬박 지새울 정도로 우울증과 불면증이 심각한 상태까지 와 있었다.

하지만, 보통의 우리들은 본인의 감정을 대부분 모르고 살아간다. 평소 그저 기분이 좀 안 좋다고만 생각하고 살아가며 우울증이라고 까지 생각하지는 않으니 말이다. 그러나 인간은 감정의 동물이기에 누구나 상처받고 아픔을 가지고 살아간다. 단지 인지하지 못하고 살아갈 뿐이다. 자신의 감정을 얼마나 잘 들여다보고 자신을 다독이고, 스트레스를 해결하며 살아가느냐의 차이일 것이다. 내가 나 자신에게 수고했다는 말 한마디를 해줌으로써 그동안 꽉 막혀 있던 무언가가 쑥~ 하고 내려간 듯한 느낌을 받았듯이 우리들은 나 자신 스스로에게도 위로와 용기를 주며 살아가야 한다. 평생 나 자신을 이끌고 살아가야 하니 말이다. 평생을 다른 이들을 의식하고, 다른 이들을 위해 살아가다 보니 정작 자신을 바라볼 겨를이 없다. 무엇을 원하는지, 무엇을 좋아하는지, 무엇을 위해 살아가고 있는지 말이다.

나는 인다를 하면서 어느 순간부터 쓰기 과제를 한 후 제일 마지막 줄에 "나는 나를 응원한다."라는 문구를 나도 모르게 적기 시작했다. 자존감이라고는 찾아보려야 찾을 수도 없던 내가, 자신감도 없던 내가 그런 응원을 하기 시작했다. 내 마음을 들여다보고 나를 찾아가며 내가 스스로 나에게 그런 응원을 하고 있었다. 그리고 수고했다는 말과 함께 스스로 어깨도 토닥여주기도 한다.

그 누군가에게 바라기 이전에 내가 스스로 나 자신에게 먼저 해주고 있었다. 그리고 매일 나 자신에게 용기를 준다. 지난 40여 년 동안 이 몸을 이끌고 살아오느라 너무 고생했다고, 아픈 몸 지탱하느라 너무 애썼다고, 그 모든 모진 풍파 견뎌내느라 수고했다고 말이다. 앞으로도 잘 부탁한다고. 여전히 나는 나를 응원한다고 말이다. 어디선가 아파하고 있을, 모든 오늘의 나를 응원한다.

*

3

엄마의 꿈

"국문과를 가는 게 어때?", "싫은데요.", "왜 싫은데?", "그냥 싫어요. 전 컴퓨터과 갈 거예요. 제가 무슨 국문과를 가요." 대학입시 때 엄마와 내가 나누었던 아주 짧은 대화였다. 엄마는 그때부터 내가 국문과를 가서 작가가 되기를 바라셨다. 나는 그때도 지금도 작가라는 단어와 타이틀이 너무도 낯설다. 하지만, 엄마는 그보다 아주 오래전부터 내가 작가가 되기를 바라셨고, 작가의 재능이 있다는 것을 알아보셨다고 한다.

엄마가 알아보셨던 나의 작가의 재능은 하루도 빠트리지 않고 적었던 나의 일기에서 발견했다고 하셨다. 아무리 숙제로 써야만 했던 형식적인 글이었지만 하루도 빠트리지 않고 적는다는 건 그리 쉬운 일이 아니었기에 매일 적어나가는 나의 모습을 눈여겨보셨다고 한다. 내성적인 성격에 하고 싶었던 수많은 말들을 다 내뱉지 못한 채 늘 글로 적고 편지로 엄마에게 전하는 나의 모습이 많이 애처롭기도 했지만 그 편지를 통해 나의 글재주를 보셨고 글솜씨를 보셨다고 한다. 그래서 내심 작가가 되기를 바랐다고 하신다.

더군다나 대학수능시험을 준비할 때에도 유독 언어영역 문제집을 많이 사달라고 했었다. 다른 친구들은 그 길고 긴 지문을 읽어나가는 걸 힘겨워했지만 나는 언어영역이 제일 재미있고 제일 쉬웠었다. 그리고 실제로 결과도 언어영역이 제일 좋았다. 내 기억으로는 언어영역은 2문제 정도밖에 틀리지 않았던 걸로 기억되니 말이다.

하지만, 나는 작가라는 직업이 많이도 낯설었다. 작가는 책을 굉장히 많이 읽어야 하고 하루 종일 작은 골방에 앉아 원고지에 끝없이 글을 쓰고 가난에 굶주린 채 살아가는 사람이라고 생각했다. 그리고 지금도 솔직히 책 읽는 것이 익숙하지 않지만 그 당시에는 책 읽는 것이 너무 싫었다.

내가 고3이던 그 시절 한참 컴퓨터와 인터넷의 붐이 일어나던 시절이었다. 인터넷 통신이 깔리기 시작했고, 컴퓨터가 보급되기 시작했다. PC방의 열풍이 일어나기 시작했다. 그리고 인터넷 주소를 통한 새로운 세상이 열리기 시작했다. 나는 그 낯설고도 신기한 세상이 궁금하기도 했고, 그저 집에서 벗어나고 싶었다. 그래서 무턱대고 서울로 떠났다.

그곳에서 웹디자인 학원을 접하게 되었다. 포토샵과 일러스트레이트를 접하면서 대학을 그쪽 관련으로 가야겠다는 생각을 했다. 밀레니엄 시대인 2000년, 급속도로 발전하기 시작한 IT시대와 함께 나는 엄마가 바라시던 국문과가 아닌 웹디자인과에 입학했다. 그 시대는 싸이월드가 한참 유행이었고, 인터넷이 막 활성화되기 시작한 시대였다. 거리에는 눈을 돌리면 PC방이 즐비했고, 메신저를 통해 휴대폰이 아닌 컴퓨터를 통해 서로가 대화를 더 많이 나누었다. 다양한 개인 홈페이지도 생겨나기 시작했다. 클릭만으로 언제든 새로운 세상이 펼쳐지는 정보의 시대가 시작되고 있었다.

그렇게 나의 재능을 알아보고 권유하셨던 엄마의 의견을 무시하고 컴퓨터 관련 학과에 갔던 나는 결국 졸업하고서 전공을 살리지 못했다. 대학 생활 중 허리디스크 발병으로 대학교 졸업과 함께 대구로 내려오게 되었고 졸업 후 허리디스크 수술을 한 후 콜센터에 취업을 하게 되면서 전공을 살리지도 못했다.

하지만, 그 전공이 완전히 도움이 안 되었던 것은 아니다. 콜센터에서 근무를 하면서 다른 사람들보다 빠르게 전산에 적응할 수 있었고, 잘 다루었으니 말이다. 그리고 같이 교육을 받아도 항상 내가 동기들에게 전산을 가르쳐주고 있었다. 그런 것들을 보면 전공을 전혀 살리지 못한 것은 아닌 것 같다.

그럼에도 엄마는 늘 무언가 아쉬우셨는지 한 번씩 나에게 "작가가 되었으면 좋았을 텐데."라는 말씀을 종종 하셨었다. 편지를 보면 글을 논리적으로 잘 적었고, 본인이 하고 싶은 말을 조리 있게 잘했다고 말이다. 그럴 때마다 나는 그저 흘러가는 농담으로 엄마에게 그런 말을 했었다.

"내가 작가는 못 되더라도 엄마를 위해 소장용으로라도 엄마를 위한 책 하나쯤은 꼭 써 줄게."라는 말을 했었다.

　내가 그런 농담을 할 만큼 엄마는 내가 콜센터 상담을 하면서 힘들어 하고 지칠 때마다 작가의 길을 가보지 못했던 것에 대한 미련을 두고두 고 말씀하셨다. 직접 경험해보시진 않았지만 뉴스나 시사 프로그램에서 상담원들의 고충이나 감정노동자들이 안타깝게 스스로 생을 마감한 이 야기를 접하실 때마다 나에게 전화를 하시고는 그런 말을 늘 하셨었다. 그럴 때면 나는 늘 그런 말을 했었다. 작가는 뼈를 갈아 글을 쓴다고 하 더라고, 그건 더 힘든 일일 수도 있다고 말이다. 나는 알지 못하는 어떤 부분을 엄마는 보셨던 걸까.

　인다를 시작하고 2주 정도 지났을까. 작가님께서 나에게 글 쓰는 DNA 가 있다고 재능이 있다는 말씀을 해주셨을 때 나는 참 의아했다. 엄마도, 작가님도 보셨는데 나는 왜 보지 못했을까. 그분들이 보신 것은 과연 어 떤 것일까. 궁금해하기 시작했다.

　그래서 인다를 6개월 모두 끝마친 후에 전문가 과정을 신청하게 되었 다. 전문가 과정도 동일하게 6개월이 진행된다. 그 과정에서는 내가 인 다를 하면서 느끼고 변화된 모습에 대해 공저를 쓰는 과정이었다. 그때 역시도 나는 내가 글을 쓰고 있다는 것이 실감이 잘 나지 않았다. 여전히 인다 과제를 하고 있는 것 같았고, 그저 매일 같이 쓰고 있던 그 일들을 반복하고 있는 것 같았다.

　그리고 드디어 6개월의 시간이 채워지고 인다 6개월과 전문가 6개월 의 노력의 시간의 결과물인 나의 1년의 결실인 공저가 나왔다. 2021년 12

월 25일 나의 첫 책인 공저가 세상에 나왔다.

그때의 기분은 뭐라 말로 표현할 수가 없었다. 책 표지에 선명하게 적혀 있는 내 이름이 너무도 낯설고 이상했다. 내 손에 들려진 이 책이 정말 내 책이 맞는지 한참을 들여다보았다. 책 표지를 넘기는 것조차 조심스러웠다. 표지를 넘기고 문 작가님이 적어주신 프롤로그를 보았다. 1년간의 우리의 노력을 지켜보시고 소중하게 적어주신 말씀을 읽으며 울컥하는 기분이 들었다.

그리고 제일 앞에 실린 나의 이야기를 보았다. 첫 장, 첫 줄, 첫 글자를 보았다. 내가 쓴 글이 맞았다. 그제야 정말 실감이 났다. 그리고는 책을 덮었다. 차마 읽을 용기가 나지 않았다. 책을 받아들 때까지만 해도 느껴지지 않았던 작가라는 책임감의 무게가 갑자기 나의 온몸으로 느껴지는 것 같았다. 그리고 그 책을 펼치는 데에는 며칠이 걸렸다.

그 누구보다 책을 기다리고 있을 엄마에게 책을 보내드렸다. 책을 받으시고는 바로 읽어보셨다고 한다. 그리고는 전화를 하셔서 수고했다고, 고생했다는 말을 해주셨다. 그리고는 우셨다. 내가 지나온 그 시간을 가장 가까운 곳에서 함께 아파하며 지켜봐오신 분이기에 그 시간이 모두 다시 떠오른다고 하셨다.

스무 살이 되던 해 집에서 나와 서울로 간 이후부터 엄마와 단 하루도 빠짐없이 통화를 했다. 정해진 시간대, 비슷한 시간대에 전화를 하지 않으면 무슨 일이라도 일어난 것처럼 물으시는 분이었다. 하지만, 나의 첫 책을 읽으시고는 오히려 더 많이 힘들어하신 엄마였다. 한동안 먼저 전화를 하지 않으셨다.

나에게 작가라는 직업은 어쩌면 엄마의 꿈이었는지도 모르겠다. 딸이 꼭 이루었으면 하는 엄마의 바람이었는지도 모르겠다. 겪지 않고 살았으면 좋았을 굴곡들을 거치며 변변하게 도움을 주지 못해 늘 미안하다고만 하시는 분이다. 그렇기에 더더욱 글로 내 아픔을 토해내고 삶의 끈을 놓지 않기를 바라시는지도 모르겠다.

이번에 공저가 나온 후 엄마가 종종 그런 말을 하셨었다. 이렇게 돌고 돌아 결국 올 자리를 엄마 말 듣고 진작에 스무 살 때 왔으면 얼마나 좋았겠냐고 말이다. 그러면 내 인생이, 내 삶이 조금은 덜 고달프고 순탄했을지도 모르지 않냐고 말이다. 왜 꼭 엄마 말을 그렇게 듣지 않고 우겨서 힘겹게 돌아 이제야 왔냐고 말이다.

그럴 때면 나는 항상 그렇게 대답한다. 오히려 일찍 시작했다면 지금쯤 이미 너무 지쳐서 포기해버렸을지도 모른다고 말이다. 젊을 때 아무것도 모른 채 열정만으로 덤볐다가 벌써 포기해버리고 지금은 다른 것을 하고 있을지도 모른다고 말이다. 고속도로로 가든, 비포장길로 가든 어떻게든 가면 되는 것 아니냐고, 돌고 돌아도 나는 지금 그 길을 가고 있으니 걱정하지 마시라고 말이다.

공저를 쓰던 어느 날 아이에게 나의 꿈에 대해 말해준 적이 있었다. 아이의 꿈을 물어보았는데 여전히 "몰라."라는 말로 넘겨버리려 하길래 나의 꿈에 대해 말해준 적이 있었다.

"아들, 여기 봐봐, 여기 책이 있지? 책에는 글자가 있지. 엄마는 이렇게 글을 써서 책을 만드는 사람이 되고 싶어."라는 말을 했다. 그때 아이는 아무런 반응도 대꾸도 하지 않고 넘어갔다. 그리고 공저가 나오고 책이 도착했던 날 아이가 함께 있었다. 그리고 책 표지에 적힌 나의 이름을 보여주었다.

"여기 봐봐. 엄마 이름 적혀 있지? 엄마가 쓴 글이 여기 책에 들어가 있는 거야. 이렇게 책에 들어가는 글을 쓰는 사람을 작가라고 하는 거야. 엄마는 이제 작가가 된 거야. 그리고 도서관에 가도 엄마 책이 이제 꽂혀 있을 거야. 엄마는 이제 도서관에 가면 책이 있는 작가가 된 거야."라고 설명을 해주었다. 아이는 갑자기 눈이 초롱초롱해지더니 책을 한참을 이리저리 보고는 나를 꼭 안아주었다. 그리고는 "엄마는 이제 작가야?"라며 되물었다. 아이가 작가라는 직업에 대해 어디까지 이해했는지는 잘 모르겠다. 하지만, 더 이상 엄마가 아파서 누워 있기만 하는 사람이 아니란 걸, 집에서 그저 그렇게 놀고만 있는 사람이 아니란 걸, 엄마도 꿈이 있는 사람이란 걸 아이가 알게 되었으리라 생각한다.

내가 작가가 되기를 내가 쓴 글이 세상에 나오기를 누구보다 바라셨던 엄마가 최근 큰 사고를 당하셔서 병원에 계신다. 내가 딸인지 이름이 무엇인지 전혀 기억하지 못하시고 알아보지 못하신다.

이 책이 나오게 되면 엄마에게는 읽지 마시라고 말했던 적이 있다. 분명 공저를 읽으셨을 때보다 더 많은 아픔과 슬픔을 느끼게 되실 테고, 내가 말하지 않고 내색하지 않고 숨겨왔던 수많은 사건과 이야기들을 알게 되실 테니 말이다. 하지만, 지금은 이 글을 안 읽는 게 아니라 못 읽으시는 상황이 되어버렸다.

누구보다 딸이 작가가 되어 자유롭게 글을 쓰고 자신의 삶을 살기를 바라셨던 엄마는 딸이 작가가 된 것도, 이 책이 세상에 나오는 것도 알지 못하신다. 그럼에도 나는 엄마에게 매일 이야기를 한다. "엄마, 딸이 엄마가 바라던 대로 작가가 되어가고 있어. 빨리 일어나서 딸이 쓴 책 읽어야지. 수고했다고 이야기해줘야지."라고 말이다.

엄마의 꿈이었고, 지금은 나의 꿈이 되어버린 작가라는 길을 걷기를, 그렇게 나는 엄마의 사고 이후 더 간절히 원하고 바라게 되었다.

*

4

이혼은 죄가 아니야, 또 다른 선택일 뿐

"아이가 아직 많이 어린데 왜 엄마가 양육하지 않으시는 거죠?", "왜 엄마가 안 키워요?" 항상 꼬리표처럼 따라다니는 질문이었다. 마치 내가 죄인이라도 되는 마냥 나를 괴롭힌 질문이기도 했다.

아이가 다섯 살 되던 해에 별거를 시작했다. 그리고 그해 10월에 허리 디스크로 쓰러져 병원에 입원했고 전남편이 아이를 데리고 갔다. 이혼 접수를 했고 그다음 해 1월에 이혼 확정이 되었다. 이혼 접수를 하러 가정법원에 갔을 때 몇 가지 질문을 위해 면담을 진행하는 시간이 있었다.

가장 첫 질문이 바로 위에 있는 저 첫마디였다. 왜 엄마가 아이를 키우지 않느냐는 질문 말이다. 그때 면담을 진행하시는 분이 여성분이셨는데, 해당 질문을 비롯해 대부분의 질문들이 엄마가 아닌 아빠가 왜 양육을 하느냐는 것에 집중이 되어 있었다. 두 번째 허리디스크 수술을 앞두고 있다는 말과 아이의 발달 지연 등의 이유 등으로 내가 혼자서 경제적인 활동을 병행하면서 아이의 양육을 같이하기가 힘이 들기 때문에 아이 아빠가 양육을 하기로 했다고 대답했었다.

그날도 집에 돌아와 참 많이 울었던 기억이 난다. 아이가 많이 어리기도 했고, 어느 엄마나 그러하듯, 나 역시 아이가 참 많이 특별했다. 내 목숨마저 포기하고서까지 지켜낸 아이였다. 그 시간까지 오기까지 겪은 우여곡절도 많았으며 너무도 힘든 시간이 많았다. 그 시간까지 아이 아빠가 양육에 있어 직접 참여한 시간이 거의 없었다. 목욕을 시켜본 적도 거의 없었고, 손을 잡고 어린이집에 한 번 데려다준 적도 없었다. 그랬기에 아이를 제대로 케어할 수 있을지 걱정이 앞섰다.

하지만 나에겐 선택의 여지가 없었다. 아이를 아빠에게 보내는 선택밖에는 말이다. 변명이고, 합리화이고, 핑계였을 수 있다. 그래도 나에겐 평생 가장 힘든 선택이었다. 아이가 내 배 속에서 아프다는 걸 알았을 때 어쩌면 떠나보내야 할지도 모른다는 선택을 해야 할지도 모른다고 했을 때보다 더 아프고 힘든 선택이었다. 앞으로 살아가면서 이보다 더 아픈 선택이 있을까 싶을 정도로 내 삶에 있어 가장 힘들고 아픈 선택이었다.

이혼 신청을 하러 가기 전, 그러니까 내가 허리디스크 통증으로 쓰러지기 전 변호사를 만나 상담을 받은 적이 있다. 모아둔 재산은 없었기에 내가 하고 싶었던 상담은 단 하나밖에 없었다. 오로지 아이의 양육비에 대한 상담이었다. 그 변호사님의 조언이 아직도 기억이 난다. "전문 변호사의 입장에서도, 만약 내 가족으로서, 내 동생이 만약에 이혼을 한다고 가정하면 이 아이가 내 조카가 될 텐데 그래도 나는 아이를 아빠에게 보내라고 하겠습니다. 지금은 아이가 어리기 때문에 엄마의 보살핌이 더 도움이 되는 건 맞습니다만, 남자아이기 때문에 사춘기가 오면 성별이 다른 엄마가 케어하기에는 한계가 많습니다. 특히 요즘 아이들은 사춘기를 부모가 케어하기는 더욱 힘이 든다고 하는데 엄마 혼자서 관리하기도 힘이 들 것이고 분명 남자인 아빠의 역할이 더 나은 부분이 있을 겁니다. 면접교섭권이 있으니 아이와 꾸준히 유대관계를 유지하시고, 아이는 아빠에게 보내시는 게 맞는 것 같습니다."라는 말씀을 하셨다. 그 변호사님이 선견지명이 있으셨던 걸까. 그때는 분명 신랑과 나 사이에 아이를 누가 키우겠다는 그 어떤 얘기가 나온 적이 단 한 번도 없었다. 당연히 내가 키우고 있었고, 단 한 번도 아이 아빠가 키울 거라는 생각은 서로가 단 한순간도 해본 적이 없으니 말이다.

그 이야기를 이미 들었던 나였기에 오히려 전남편의 그 말에 내가 선택을 할 수 있었는지도 모르겠다. 하지만, 그 선택으로 나는 아이를 보낸 그 순간부터 아이를 버린 비정한 엄마가 되었고, '엄마가 왜 아이를 양육하지 않을까, 모성애가 부족한가 보다, 엄마 자격이 없네.'라고 하는 눈초리를 늘 받게 되는 사람이 되어버렸다.

어느 순간부터였을까. 처음 만나게 되는 사람들이 결혼했냐는 질문을 하게 되면 자연스럽게 안 했다고 거짓말을 하는 나를 발견하게 되었다. 처음에는 결혼했다고 말했었다. 그렇게 대답하게 되면 자연스럽게 이어지는 레퍼토리들이 있다. 아이는 있느냐, 몇 살이냐, 어느 어린이집에 다니느냐, 신랑은 무슨 일을 하느냐, 직장은 어디에 다니느냐 등등 말이다. 대충 대답하거나 얼버무려도 된다. 하지만, 비슷한 동네에 사는 사람들 같은 경우에 한 다리 건너면 다 아는 사람들이다. 이미 내가 말하기도 전에 내가 이혼한 사실을 알고 있는 사람들도 있다. 그래서 여럿이 모이는 경우에는 결혼했었지만 이혼했다고 소개하는 경우가 늘어나기 시작했다. 그리고는 이제 이어지는 질문들이 있다.

이혼한 지는 얼마나 되었냐, 왜 이혼했냐, 위자료는 얼마나 받았느냐, 아이는 누가 키우느냐는 질문들이다. 그리고 아이는 내가 키우고 있지 않다고 하면 다들 토끼 눈을 하고는 놀라며 왜 아이를 직접 키우지 않느냐며 물어본다. 그러면 나는 마치 무슨 죄라도 지은 것처럼 해명하듯, 허리디스크 수술을 하였고, 이러저러한 사정이 있었다고 구구절절 상황 설명을 하고 있었다. 그렇게 몇 번을 반복하고 나니 내가 도대체 왜 이러고 있나 싶은 생각이 들었다.

내가 왜 이렇게 변명하고 있고, 내가 왜 이렇게 주눅 들어 있나 싶은 생각이 들었다. 그리고 그 사람들은 왜 나를 그렇게 이상한 눈으로 보고 있을까 하는 생각이 들었다. 그 이후로 아이를 키우는 엄마들과 점점 만남을 멀리하게 되었다. 굳이 의도한 것은 아니었으나 아이를 양육하지 않게 되고 나도 모르게 자꾸 변명 아닌 변명을 하게 되다 보니 자연스레 만남이 없어지기 시작했다. 그리고 아이가 없다 보니 만남이 이어질 기회 자체가 없어졌다. 그래서 더더욱 나는 나를 집안으로 가두기 시작했다.

허리디스크 수술을 하고, 갑상샘 기능 저하증이 찾아오고 8개월 만에

19kg의 몸무게가 증가했다. 나는 나 자신을 더욱더 꽁꽁 가두기 시작했고 집 밖으로 나가지 않으려 했다. 집 안은 언제나 암막 커튼으로 가려져 있었고 항상 어두컴컴한 밤이 되어서야 일어나 활동하기 시작했다. 사람들을 만나지 않았고, 주위 모든 사람과 연락을 끊고 만남을 끊고 인연을 끊어버렸다. 내 삶조차 끊어버리려 했었다. 그런 나를 다시 살린 것이 앞 장에서 이야기한 '인문학 다이어트'였다.

인다를 통해 책을 읽고, 밖으로 나가 산책을 하고, 내 삶이, 내 마음이 왜 이렇게 바닥으로 떨어져버렸는지 사색을 하고, 나 자신을 찾기 위해 글을 쓰기 시작했다. 나를 찾아가기 위한 글을 한 자 한 자 써 내려가면서 참 많이 울었다. 밤마다 소리 없이 구석에 쪼그리고 앉아 하염없이 많이 울었다. 그렇게 나의 상처를 조금씩 조금씩 돌아보고 더듬어보다 하나씩 돌보기 시작했다.

괜찮다고, 다 괜찮다고 아프면 아파해도 된다고, 울고 싶으면 울어도 된다고, 힘들면 주저앉아 쉬어가도 된다고 말이다. 그리고 나 자신이 나에게 이 말을 해주는 것 같았다. "이혼은 죄가 아니야. 진정으로 행복해지기 위해 너의 삶의 또 다른 선택을 했을 뿐이야. 괜찮아."라고 말이다.

삶에는 많은 길이 있다. 오로지 결혼만이 행복한 길은 아니다. 물론 결혼을 선택했을 때 그 길로 꾸준히 향하여 행복하게 살았다면 좋았을 것이다. 그 길에서 찾을 수 있는 그곳에서의 행복이 분명 있었을 것이다. 하지만 서로가 그 길에서 행복하지 않았다. 늘 불행한 얼굴로 싸우고 힘들어하는 모습을 아이에게 보이며 다 같이 불행해질 수는 없었다.

다 같이 행복할 수 없었기에 각자가 행복할 수 있는 또 다른 길을 선택한 것일 뿐이다. 그 마음이 들어온 후로는 더 이상 어디에서도 이혼이라는 사실을 숨기지 않게 되었다. 나를 소개하게 될 때 당당하게 이야기를 한다. 이혼하였고, 아이를 양육하지 않고 있다고 말이다. 오히려 내가 쭈뼛거리지 않고 당당하게 이야기를 하고 나니 상대방도 오히려 더 궁금해하지 않고 자연스럽게 넘어가는 경우가 많았었다. 그렇지 않은 경우에도 예전처럼 놀라는 눈치보다는 호기심의 눈빛으로 바라보는 시선이 많았다.

그럼 나는 당당하게 이야기를 한다. 아이를 키우는 동안 단 한순간도 소홀한 적 없었다고. 그리고 참 많이도 아팠던 아이였던 우리 아이를 최선을 다해 돌보았고 사랑했다고 말이다. 단 한순간도 마음을 놓지 않고 돌보고 키웠다고 말이다. 그 어느 순간도 후회 없이 최선을 다해 키웠다고 말이다. 그래서 내 몸이 망가지는 것도 모르고 키우다 내가 쓰러지게 되었고 그래서 수술을 하였고 이혼을 하면서 아이 아빠가 아이를 키우고 있다고 그렇게 설명한다. 그리고 지금은 비록 내가 양육하고 있지 않지만 단 한순간도 아이를 사랑하지 않은 순간은 없다고 말이다.

세상의 시선들은 요즘 이혼율이 높아졌고, 황혼 이혼도 많은 시대에 이혼이 무슨 흠이냐며 이야기를 한다. 하지만 여전히 이혼은 죄라는 시선을 보낸다. 분명 무슨 문제나 흠이 있으니 이혼을 했을 거라고 생각하거나 말하곤 한다. 그렇다. 아무 문제가 없었다면 당연히 그 두 사람이 더 잘 맞추어서 잘 살았을 것이다.

그러나 결혼은 어느 한쪽만 잘한다고 해서 그 사이가 이어지는 것은 아니다. 두 사람이 서로 잘 맞추어서 관계를 유지해야 한다. 그래서 부부가 되어야 하고, 함께 가족이 되어야 한다. 그렇지 못했기에 각자가 되어 이혼하는 것이다. 서로가 맞추어가는 방식이 달랐거나 그 방법을 몰랐을 뿐이지 무조건 문제가 있었다고 생각하지는 않는다. (분명 문제가 있는 사람이 있기는 하다. 뉴스에서 사건, 사고로 접하게 되는 사람들이 대표적일 것이다.)

그래서 이혼했다고 해서 성격에 무슨 굉장한 문제가 있을 것이라는 식의 시선을 보낸다거나 분명 어딘가에 무슨 문제가 있을 것이라는 식의 무언의 느낌을 보내지 말았으면 좋겠다. 그리고 본인 자신도 이혼이 죄인 것처럼 주눅 들어 있지 말았으면 좋겠다. 나는 우리 아이에게만큼은 이혼으로 인해 겪지 않았으면 좋았을 상황들과, 엄마의 손길로 보살펴주지 못한 채 상처를 준 것에 대해서는 내가 우리 아이에게만큼은 분명 죄를 지었다고 생각한다.

하지만 내가 이혼한 자체가 죄는 아니라고 이제는 당당하게 말할 수 있다. 건강한 사람의 기준으로 평균수명으로 보았을 때 내가 살아온 시간보다 앞으로 내가 살아갈 시간이 더 많이 남아 있다. 그 시간을 기준으로 내 지난 시간을 돌아보았을 때 내가 지금까지 가장 잘했다고 생각하는 일은 이혼이다. 0.1%의 후회도 하지 않는다. 오히려 남아 있는 내 삶에 대한 최고의 선택이었다고 생각한다.

그 선택으로 인해 앞으로 내가 나아갈 수 있는 수많은 길이 열리게 되었다. 어쩌면 주부, 아이 엄마로 국한될 수 있었던 내 삶의 길이 무수히 많은 도전을 할 수 있는 진정한 나의 다양한 길로 들어선 것이다.

*

5

괜찮아, 웃어도 돼

아이와 잠자리에 들거나, 아침에 일어날 때 항상 하는 인사가 있다. 우선 잠자리에 들기 전 하는 인사는 "잘 자, 좋은 꿈 꿔, 사랑해."라고 서로에게 인사를 해주고 서로 볼에 뽀뽀를 해준다. 그리고 아침에 아이가 일어나면 나에게 "엄마, 아침이야, 사랑해."라고 인사를 하고 나의 볼에 뽀뽀를 해준다. 언제부터 이 인사를 했는지는 기억이 잘 나진 않는다. 아이를 보내기 전이었던 것 같다.

어떻게든 잠을 이기려 애쓰고 잠을 깨우려는 아이였기에 나는 잠자리에 누워 안 해본 방법이 없었다. 그래서 내가 먼저 자는 척을 하려 저렇게 인사를 하기 시작했던 게 시작이었던 것 같다. 그리고 이제 저 인사는 잠을 자기 위한 신호라고 할까, 저 인사를 하면 이제는 잘 시간이라는 신호와도 같은 의미가 되어버렸다.

아이와 누워 저 인사를 하고 누워 이런저런 이야기를 참 많이 나누었다. 아니, 어디까지나 내가 아이에게 일방적으로 떠든다고 해도 과언이 아닐 것이다. 우리 아이는 늘 별다른 이야기를 해주지 않으니 말이다. 그 중에서도 내가 가장 많이 하는 이야기는 "넌 엄마의 최고의 보물이야. 그러니까 어떻게 해야 돼? 아프지 않고, 다치면 안 돼, 알았지? 항상 너의 몸을 소중하게 하고, 잘 관리해야 해. 알았지?"라는 말을 많이 한다.

우리 아이는 나에게 있어 그 무엇과도 바꿀 수 없는 나에겐 가장 소중한 보물이다. 혹여 나의 목숨을 포기하고 아이를 지켜야 한다면 나는 단언컨대 아마 그렇게 할 것이다. 그만큼 나에게 아이는 보물 1호다. 우리 아이가 그 의미를 다 알지는 못하겠지만, 항상 엄마의 보물 1호는 자기라는 걸 알고 있다. 그런 나의 보물 1호가 이렇게 씩씩하게 잘 버텨내주고 있어 너무도 감사하다.

그 어린아이가 버티고 참아내기에는 너무도 힘겨운 시간이었을 것이다. 너무도 아프고 힘겨운 시간이었을 것이다. 아이를 전남편에게 보냈던 그 첫해에 전남편은 우리 집에서 바로 옆 골목에 살고 있었다. 신랑이 저녁에 잠시 집 앞에 나간 사이에 아이가 두 번이나 집을 나와 경찰이 출동한 적도 있었다. 한 번은 길을 지나가던 행인이 발견하고 경찰에 신고를 해서 내가 연락을 받고 쫓아갔었고, 그다음에는 아빠를 찾겠다며 나갔다가 지나가는 어느 아주머니가 발견하고는 집으로 데려다주겠다고 했더니 아이가 우리 집으로 온 것이다. 그래서 전남편은 내가 아이를 데리고 간 걸로 생각하고 경찰이 출동했던 적도 있었다. 지금 돌아보면 참 많은 사건 사고가 있었다.

이혼 신청을 하고 아이를 보내고 며칠 후 아이 어린이집에 방문할 일이 있었다. 아이를 보내기 훨씬 이전에 개인적으로 부탁한 일이 있어 잠시 방문했었는데 그곳에서 뜻밖의 이야기를 들을 수 있었다. 전남편 쪽 가족들이 혹여 내가 찾아오면 이야기해달라고 했다는 것이다. 어린이집에서 전남편 쪽 가족들에게 전달했는지는 알 수가 없다.

그 당시 그 이야기를 전해 듣고 집으로 온 후에 화가 굉장히 많이 났었다. 내가 갑자기 찾아와 아이를 데리고 갈까 봐 아마 조치를 취하기 위함이었으리라. 뭐가 그리도 겁이 나고 걱정이 되었기에 그렇게까지 했어야 했을까 하는 생각도 있었고 이렇게까지 하는 이유가 뭘까 하는 생각에 정말 화가 많이 나기도 했었다.

작은 오해나 말로 시작해 큰 언쟁이 되고 욕설이 오고 가고 그걸 아이가 옆에서 듣게 되는 경우도 있었다. 나와 싸우면서 일부러 스피커폰으로 연결하여 아이에게 듣게 해서, 엄마가 너 안 데려간다고 한다는 말을 듣게 해서 아이가 펑펑 울게 하는 일까지도 있었으니 말이다.

이혼한 지 만 4년의 시간이 흘렀다. 지금 생각해보면 왜 그렇게까지 했어야 하나 하는 생각이 든다. 그 당시에는 하루하루 늘 화가 나 있었고, 신경질이 나 있었다. 말 한마디에도 항상 날이 서 있었고, 평범한 말도 늘 '싸우자는 말로 들리곤 했다. 평범한 이야기도 매번 싸우자는 이야기로만 들리는 것 같았다.

이제 와서 돌아보면 왜 서로가 그렇게밖에 하지 못했을까 하는 생각이 든다. 왜 조금 더 쿨하게 산뜻하게 마무리하지 못했을까. 진흙탕 싸움이 었지만, 좀 더 어른스러운 모습을 보이지 못했을까. 서로가 여전히 마음의 여유가 없었으며, 서로의 상처를 바라보기 이전에 본인의 상처가 더 먼저였고, 본인의 상처가 더 크고 아프게 느껴졌기 때문이지 않았을까.

지나고 난 후 남은 건 상처로 뒤덮인 과거와, 상처만 남긴 말들뿐인데 말이다. 마치 내일이 없을 것처럼 치열하게 싸우고, 당장 죽을 것처럼 싸웠던 사이였지만, 지금은 그저 데면데면한 아이의 엄마이고, 아빠일 뿐이다. 그리고 그 자리에 온몸으로 상처를 받아내고 버텨내 준 우리의 아이만 남아 있을 뿐이다. 그저 잘 견뎌내준 아이가 한없이 안쓰럽고 고마울 따름이다.

이혼이란 걸 생각하게 되면 제일 먼저 걱정이 되고 겁이 나는 것이 있다. 아이와 함께 잘 살 수 있을까 하는 두려움 말이다. 그 잘 살아간다는 것에는 많은 것들이 포함되겠지만, 가장 크고 원천적인 것이 아무래도 금전적인 문제일 것이다. 속물이라고 해도 상관없다. 하지만, 그 문제야말로 가장 큰 문제이며 가장 근본적인 문제이자, 가장 먼저 해결되어야 하는 문제이기도 하며, 이혼을 원하면서도 망설이는 많은 분들이 가장 많이 하는 고민이지 않을까 싶다.

나 역시 그러했다. 양육비라고 해서 받는다고 해도 그 금액으로 아이와 둘이서 살아가기엔 턱없이 부족한 금액이기에 일을 해야 했다. 하지만, 아이가 발달 지연으로 치료를 받고 있는 상황이었다. 그래서 늘 하원하던 시간에서 5분만 늦어져도 내가 갈 때까지 울음을 그치지 않고 울고 있을 만큼 분리불안과 불안 애착이 심했었다.

그래서 이혼을 잠시 망설이긴 했지만, 나의 결심은 확고했다. 별거를 시작한 후 아이가 어린이집에 있는 시간 동안 파트타임 콜센터 근무를 했지만, 콜센터 업무라는 게 딱 정해진 시간 안에 끝나는 업무가 아니다 보니 아이가 어린이집에서 기다리는 날이 점점 늘어나면서 결국 그 일을 하지 못하게 되었다.

그래서 어떤 일을 해야 하나 하고 찾던 중에 허리디스크 재발로 쓰러지고 말았다. 그리고 이혼을 하게 되었고, 나는 혼자가 되었다. 혼자가 되었기에 더 경제활동이 필요했다. 6개월이라는 시간이 지난 후 바로 콜센터로 다시 뛰어들었다.

결혼과 육아로 생긴, 일하지 못한 8년여의 시간이 이렇게 공백이 크리라곤 생각을 못 했다. 결혼 전의 경력이 있다 보니 면접에서는 바로 통과가 되었지만, 실전은 역시 실전이었다. 새롭게 전산에 적응하고, 콜을 받기 위해 버튼을 누르는 그 시간까지의 떨림은 처음 콜센터에 입사했던 그날만큼이나 떨렸었다.

다시 모든 것들이 시작되는 기분이었다. 아래에서 치고 올라오는 젊은 아이들을 이길 수가 없었다. 나의 경력과 노련함으로 이겨낼 수 없는 패기와 의욕과 체력이 있었다. 결국 나는 또 몇 달을 버티지 못하고 나와야 했다. 몸이 다 회복도 되지 않은 상태였고, 이혼하면서 생긴 공황장애도 말썽이었다.

콜을 받던 어느 날이었다. 민원고객을 만나 한참 상담을 하다 순간 울컥하고 눈물이 차올랐다. 그러면서 심장이 마구 뛰면서 숨이 잘 쉬어지지 않았다. 그 순간 '만약 내가 지금 이 순간 숨이 쉬어지지 않아서 쓰러져 죽는다고 해도, 과연 옆에 있는 사람이 알까?'라는 생각이 들었다.

칸칸이 막힌 좁은 칸막이에서 각자 본인에게 맡겨진 실적을 채우기 위해 정신없이 하루 종일 말을 하고 민원인들에게 욕을 먹으며 하루 종일 진이 빠지도록 일을 한다. 그 안에서 하루 종일 미친 듯이 일을 해도 결국 좋은 이야기보다는 욕을 더 많이 얻어먹고 늘 실적에 시달려야 하고 퇴근 후에는 새로운 직무 지식을 익히기 위해 공부를 해야 한다. 나 자신을 돌 볼 수 있는 시간은 전혀 주어지지 않는다.

너무도 무서웠다. 그렇게 스트레스가 쌓이기 시작하면서 아침에 일어날 때 몇 번씩 기절하곤 했었다. 스트레스성 기립성 저혈압이라고 했다. 콜센터 상담 업무는 내가 제일 자신 있는 일이었다. 또한 내가 제일 잘할 수 있는 일이었다. 내가 제일 오래 한 일이었다. 내가 유일하게 한 일었다. 하지만, 그 일이 어쩌면 나의 목숨을 위험하게 할지도 모른다는 생각이 자꾸 들기 시작했다.

그리고는 그 일을 더 이상 할 수는 없었다. 그런 생각이 들던 때에 허리가 또 탈이 나기 시작했다. 세 번째 재발이었다. 인공디스크를 삽입해야 한다는 판정을 받았다. 정말 모든 게 다 끝이라는 생각이 들었다.

매번 그랬다. 처음 허리디스크 수술을 하던 날도, 아이가 아프다는 걸 알았던 그날도, 아이를 위협하는 병과 매번 싸우던 그때에도, 아이가 마취에서 깨어나지 못해 수술실 앞에서 울고만 있을 때에도, 허리디스크로 쓰러졌던 그날도, 두 번째 허리디스크 수술을 위해 수술실로 들어가던 그날도, 아이를 전남편에게 보냈던 그날 밤도 말이다.

하지만, 매번 이보다 더 힘든 날은 없을 거라고, 이젠 정말 끝이라고 생각하는 순간은 매번 찾아온다. 세 번째 허리디스크가 재발하는 날이 찾아왔고, 그리고 2개월 후에 갑상샘 기능 저하 판정을 받았고, 8개월 만에 19kg이 찐 후 문득 아무 옷도 맞지 않음을 깨닫고 거울 속에 낯선 사람을 발견했던 그날도 그러했으니 말이다.

앞으로도 그럴 것이다. 매 순간 이보다 더 힘든 일은 없을 거라고 매번 말하면서도 나는 여전히 견디고 있을 것이고, 매번 버텨나가고 있을 것이다. 지금까지 그렇게 해온 것처럼 말이다. 포기하고 싶었던 순간도 참 많았다. 아니, 그 순간마다 매번 포기하고 싶었다. 매번 도망쳐버리고 싶었다. 하지만 도망갈 곳이 없었고, 포기할 용기조차 내지 못해 지금 여기에 있다고 해도 과언이 아니다. 나는 그런 사람이었다. 견뎌낼 만큼 강인한 사람이 아니라 포기할 용기가 없어 억지로 여기까지 끌려온 사람인지도 모른다.

세상에는 나보다 더 아프고 힘이 든 사람들이 많을 것이다. 주위에 지인을 통해 들려오는 이야기만 들어도 그런 사람들이 많다. 가정폭력을 당하면서도 아이들 때문에 그냥 버티고 산다는 사람들이 많다. 본인이 이혼가정에서 커왔기에 자기 자녀들만큼은 이혼가정에서 크지 않기를 바란다는 분들이 대부분이기도 하다. 나는 솔직히 그런 가정에서 살아보지 않아 그 고통이나 아픔이 어떠한지 알지 못한다.

하지만, 내가 결혼생활을 하면서 느꼈던 것이 있다. 내가 행복하지 않으면 나의 아이도 절대 행복해하지 않는다는 것이다. 엄마가 행복해야 아이가 행복하다는 말을 나는 믿지 못했었다. 하지만 아이를 전남편에게 보내고 난 후 주말에만 아이를 만나면서 요즘은 그 말이 조금씩 믿어지고 있다. 이건 비단 주말에만 아이를 만나고 있어서만은 아니다.

이전에 내가 아이를 양육할 때에는 아이에게 바라는 것들이 참 많았다. 아이에게 이것 해라 저것 해라 지시하는 것도 많았으며 요구하는 것도 많았다. 항상 아이의 행동에 나의 시선이 따라다니고 있었기에 늘 잔소리도 많았으며 아이에게는 가르쳐주려고 했다는 말로 포장을 하면서 늘 지적질이 먼저였다.

하지만 주말에 아이를 만나면 조금만 눈에 거슬려도 그저 넘어가게 된다. 그리고 지나고 나서 앞으로는 이렇게 해주었으면 좋겠다고 부탁을 하는 모습으로 바뀌게 되었다. 그 후 아이는 급속도로 변하기 시작했다. 나의 눈치를 보던 아이가 나를 사랑스러운 눈빛으로 바라봐준다. 불안한 눈빛으로 내가 욕실에만 들어가도 나올 때까지 기다리던 아이가 이제는 혼자 앉아서 그림을 그리고 책을 읽으며 나를 기다려준다.

아이가 나와 잘 때면 요즘 그런 이야기를 해준다. "엄마, 엄마 집에서 자면 잠이 잘 와."라고 말이다. 이 간단한 한마디지만 난 그 말이 참 좋다. 엄마가 옆에 있어서 잠이 잘 온다고 직접적인 표현을 해주지는 않았지만, 아이는 그 말을 하고 싶었던 게 아니었을까.

아이도 나도 많이 힘들었고, 눈에 보이지는 않지만, 각자 어딘가의 힘든 무언가를 또 버티고 이기며 살아가고 있을 것이다. 그리고 앞으로 다가올 그 무언가를 또 견뎌내며 살아갈 것이다. 함께 열심히 버티며 견디며 살아가며 우리는 또 어느 밤의 끝에서 서로의 마음을 위로하며 함께 행복한 꿈을 꾸며 잠들고 있을 것이다.

*

6

당신의 이름은 무엇입니까?

　결혼하고 아이를 낳고 나면 어느새 나의 이름은 사라진다. 누구 엄마 혹은 누구 맘이라는 이름으로 호칭으로 불리게 되고 스스로 그런 닉네임을 달게 된다. 많은 SNS망이 발달함에 따라 맘 카페라든지 SNS를 통해 우리들은 엄마가 되는 그 순간부터 내가 아닌 엄마의 이름으로 아이의 모습을 기록하고 담기 시작한다. 그땐 그 닉네임이 당연하다고 생각했고 행복했다. 동명이인도 있긴 하지만, 나를 나타내는 나의 이름은 하나이듯, 내 아이의 엄마는 나 하나니까 말이다.

　나 역시 누구의 맘으로 열심히 맘 카페 활동을 하고 SNS 활동을 했었다. 아이가 자주 아프면서 주위 아이 엄마들과의 만남을 지속적으로 이어갈 수 없었고, 아이의 질병에 대한 정보도 필요했으며, 첫째 아이이다 보니 모든 것이 처음이라 그런 정보를 얻기 위해 커뮤니티를 많이 활용했다.

특히 20대 때부터 온라인 커뮤니티 활동을 많이 했었고, 콜센터에서 비대면으로 고객을 응대했기에 어쩌면 온라인 세상이 나는 더 익숙했는지도 모르겠다. 그렇게 온라인을 통해 이어온 인연들은 아이가 조금씩 크면서 문화센터도 함께 다니게 되고, 오프라인에서도 인연들이 되어 아이들의 작은 사회가 형성되기도 했다.

하지만, 내가 이혼이라는 과정을 거치며 그 인연들은 아주 짧은 시간 안에 모두 끊어져나가기 시작했다. 비단 이혼이 문제는 아니었을 것이다. 그저 내가 스스로 그들과의 관계를 끊어나갔는지도 모르겠다. 스스로 이혼이라는 굴레에 나를 가두어버리기도 했으며, 내가 아이를 양육하지 않게 됨으로써 그들과의 연결고리가 없어져버렸다. 그러한 시간이 조금씩 지속되어가며 누구의 맘, 누구의 엄마라는 타이틀이 나에게서 벗겨지기 시작했다.

그리고 나는 나의 이름을 다시 찾아야 했다. 새롭게 직장에 다시 들어가고, 다시 일하고, 취미생활을 찾아 헤매고, 그럴수록 알 수 없는 공허함이 찾아왔다. 진정한 내가 누구인지, 내가 무엇을 해왔었는지, 내가 무엇을 원하는지 알 수가 없었다. 그 무엇을 해도 그리 오래 할 수가 없었고, 재미가 없었다. 흥미도 없었고, 아무것도 하고 싶지 않았다.

그렇게 이혼하고 2년여 시간을 아무런 의미도 없이 시간을 흘려 보내던 어느 날 인다를 만나면서 내 삶은 180도 달라지기 시작했다. 이 책을 읽고 있는 모든 분들이 의아할 것이다. 이 책에 나오는 이야기들이 나의 이야기인지, 인다에 대한 이야기인지 말이다. 어쩌면 인다의 이야기라고 해도 과언이 아닐 만큼 내 삶에 인다는 어쩌면 결혼만큼이나 큰 터닝 포인트이다.

인다가 있었기에 내가 지금 이 글을 쓸 수 있게 되었으니 말이다. 6개월간 인다를 하면서 매일 글을 썼다. 과제를 한다는 명목하에 적은 글들이었지만, 매일 글을 쓰며 참 많이도 울었다. 억지로 지우려 감춰두었던 내 지난 시간들이 다시금 떠오르기도 했으며, 나조차 잊어버린 채 기억하지 못했던 시간들이 떠오르기도 했으니 말이다. 그 시간들이 비단 아프기만 한 것은 아니었다. 감사하기도 했고, 소중하기도 했다. 그래서 그 6개월이란 시간이 흐른 후 나는 매일 글을 쓰겠다는 다짐을 하게 되었다.

하지만 평생 글쓰기란 걸 모르고 살아오다 하루아침에 혼자 글이란 걸 쓴다는 게 그리 쉬운 일이겠는가. 그래서 우선 내가 좋아하는 것부터 다시 시작하자는 마음으로 시작하게 된 것이 블로그였다. 블로그 또한 내가 정말 많이 사랑하는 공간이다. 모든 글들이 비공개로 되어 있었고, 언제 개설했었는지 정보를 확인해보았다.

2003년 12월 31일이었다. 내가 처음 허리디스크를 수술했던 해였다. 기억을 더듬어보니, 그 당시 허리디스크 수술을 하고 요양이라는 명목으로 집에 있으면서 누군가와 이야기가 하고 싶었던 것 같다. 대학을 막 졸업했던 해였으나 속초에서 대학을 다니고 대구로 내려와 대학 이전 학창 시절 친구들과도 연락을 하는 친구들이 없었고, 대학 동기들과 연락하고 만날 수 있는 친구들이 없는 상태였다. 그래서 온라인을 통해 나의 이야기를 하고 소통을 하고 싶었던 것 같다.

그때 블로그가 오픈이 되고 활성화가 많이 되지 않았던 시절로 기억한다. 몇몇 찐 이웃들이 생겼으며 매일 서로의 안부를 전하고 소통하며 20대 때의 청춘을 함께 나누었던 기억이 났다. 그리고 사회생활을 한다는 이유로, 결혼생활과 아이 양육으로 바쁘다는 이유로 꽤 오랜 시간을 블로그를 하지 못했다. 그리고 딱 하나 유일하게 글이 남아 있는 것을 보았다. 아이가 태어나고 난 후 바이러스에 감염이 되었을 때, 너무 많이 지쳤던 어느 날, 블로그에 혼자 하소연을 적었던 내용이었다.

나는 늘 그랬던 것 같다. 기쁘고 행복했던 시절보다, 늘 아프고, 힘들고, 슬픈 일이 있을 때면 늘 어딘가에 나의 이야기를 적었다. 첫 허리 수술을 했을 때에도, 아이가 아팠을 때에도, 이혼을 했을 때에도, 아이를 전남편에게 보낸 후에도 말이다. 그래서 이번엔 그 블로그에 슬픈 이야기보다는 진정한 나의 이야기를 쓰고 싶었다. 나다운 이야기들을, 나를 찾아가는 이야기들을 쓰고 싶었다.

하지만, 어떻게 시작해야 할지 도무지 감이 오지 않았다. 그래서 문현정 작가님의 동생분이시자 역시 작가이신 문현경 작가님께서 진행하시는 백일 간 매일 블로그에 포스팅을 하는 프로그램에 참여했다. 매일 작가님께서 제시해주시는 주제에 대해 글을 적어가며 내가 선택한 책을 읽고 필사 및 단상을 쓰기 시작했다.

처음 블로그를 다시 시작할 당시 서로 이웃수는 25명이었다. 그리고 100일 후 서로 이웃수는 1,200명이 되었다. 나 역시 이렇게 빨리 이웃수가 늘어날 것이라고는 예상하지 않았다. 오로지 이웃수가 늘어난 것만으로 좋다고 할 일은 아닐 것이다.

그 기간 사이에 나는 블로그를 하면서 많은 위로를 받았다. 블로그를 다시 시작하면서 스스로 다짐했던 것이 하나 있었다. 당연한 이야기이겠지만 진실된 글을 쓰자는 것이었다. 나의 상황에 대해, 나의 이야기에 대해 솔직하게 쓰자고 말이다. 그래서 블로그 역시 나의 이혼 이야기를, 나의 아이가 아프다는 것을, 그리고 내가 양육하고 있지 않다는 것을 솔직하게 적어나갔다.

인다를 하면서 내가 내 아픔에 대해 하나씩 치유해나가고 있었듯이 블로그를 통해 내 상처를 하나씩 토해내면서 나는 오히려 내 상처를 치유하고 있다고 생각했다. 때론 정말 이 이야기를 꺼내도 될까 하고 망설였던 이야기들을 통해 오히려 더 많은 위로를 받곤 했다. 한 번도 만난 적 없는, 어디에서 어떻게 살아왔는지 알 수 없는 그들이 나에게 위로를 건넸다.

지금까지 잘 견디고, 버티며 살아와줘서 고맙다고 말이다. 내가 그들에게 해준 것이 아무것도 없는데 말이다. 그들이 나와 어떠한 관계를 맺은 적도 없는데 그들이 나에게 고맙다고 한다. 그리고 나는 깨달았다. 이게 글의 힘이라는 것을 말이다. 그리고 이게 소통이라는 것을 말이다. 그저 내가 이 글들을 혼자서 간직하고 있었다면 그저 나만이 알고 있었던 이야기일 것이다. 하지만 내가 세상 밖으로 드러냄으로써 누군가가 나를 위로해주었고, 표현은 하지 않았지만 그 글을 읽고 누군가는 생각했으리라. 어딘가에 본인보다 더 아파하는 이가 있다는 것을, 혹은 어딘가에 나처럼 아픈 이가 있다는 것을 말이다. 그래서 나는 내가 적고 있는 글에 더욱 사명감을 가지게 되었고, 말의 힘과 글의 힘을 믿게 되었다.

블로그를 다시 시작했던 시기쯤 나는 처음으로 다이어트를 본격적으로 시작했다. 여성분들이라면 항상 다이어트로부터 자유로워질 수 없는 분들이 많을 것이다. 나 역시 그러했다. 먹는 것을 워낙 좋아할 뿐더러, 콜센터에서 항상 앉아서 근무하면서 말을 많이 하다 보니 에너지 소모도 많았다. 그래서 빨리 먹을 수 있고 칼로리가 높은 음식을 많이 먹다 보니 체중이 많이 나가는 편이었다.

거기에 허리디스크까지 있다 보니 운동은 더더욱 하기 싫어했다. 엎친 데 덮친다고 해야 할까. 안 그래도 움직이는 걸 싫어하는데 갑상샘 기능 저하까지 오면서 체중은 하늘 높은 줄 모르고 쭉쭉 올라가기 시작했다. 자고 일어나면 1kg씩 올라가 있는 게 이게 현실인가 싶을 정도로 정말 무섭게 올라갔다.

총 체중이 늘어난 기간이 8개월이긴 했지만, 본격적으로 체중이 집중적으로 늘어난 기간은 거의 4개월 정도였다. 체중은 총 19kg이 늘었다. 너무 갑자기 많은 체중이 늘어나다 보니 얼마나 늘었는지 감이 오질 않았다. 과연 이게 빠지기나 할까 하는 의문이 들 정도였다.

그래서 나는 너무도 쉽게 포기할 거란 걸 너무도 잘 알았기에 블로그의 힘을 빌리기로 했다. 블로그에 다이어트를 선포했고 매일 포스팅을 했다. 매일 식단 사진을 올리고, 얼마만큼 걸었는지, 체중 변화가 어떻게 되었는지, 몇 시간 잠을 잤는지, 일기 형식으로 적기 시작했다.

간단한 내용이었지만 누군가 단 한 명이라도 보고 있다는 생각에 허투루 할 수가 없었고, 매일 조금의 변화에도 너무 많은 응원을 해주는 이웃들이 있었기에 더욱 힘을 낼 수가 있었다. 그렇게 1주일, 2주일 시간은 흐르고 흘러 100일이 흘렀다. 그리고 유지기를 포함한 200일이 흘러 총 13kg을 감량하게 되었다. 지금은 그 체중에서 올라갔다 내려갔다를 반복하고 있지만 말이다.

처음 다이어트도 블로그에 인증했기에 자극이 되기도 했지만, 혼자였다면 할 수 없었을 것이다. 새해가 시작되고 새언니가 ZOOM을 통해 북토크를 하는데 같이 하지 않겠냐는 제안을 해왔다. 나는 당연히 좋다며 참여를 하였다. 나머지 분들은 모두 울산에 거주하고 계신 분들이었고, 나만 대구에 거주 중이었다. 어차피 화상으로 만나는 것이니 상관없는 일이니 말이다.

아이들을 좀 더 잘 키워보자는 마음으로 육아에 도움이 될 만한 책들을 읽기 위해 시작한 모임이었다. 그렇다고 해서 이렇게 해라, 저렇게 해라라고 정해진 육아 지침서를 읽는 모임은 아니었다. 자기 계발서부터 마음공부에 관한 책, 습관에 관한 책들까지 다양한 방면의 책을 읽다가 모두가 다 같이 다이어트를 하자는 뜻으로 정해진 책이 있었다. 그 책을 읽기로 하면서 다 같이 다이어트를 하자는 뜻이 모아졌다.

매일 정해진 시간에 단톡방에 식사 인증을 하고, 체중 인증을 하고 서로 응원하며 다이어트를 진행했다. 그 힘이 모아져 나는 중도에 포기하지 않기 위해 블로그에 함께 글을 쓰기 시작한 것이다.

블로그를 하고, 다이어트를 다시 시작하고, 1년간 북 토크를 통해 매달 새로운 책을 읽어나가며 나는 조금씩 나를 찾아가기 시작한 것 같다. 내가 진정 원하는 것이 무엇이라고 정의할 수는 없었지만, 그동안 무작정 돈을 벌기 위해 이끌려왔던 삶이 아닌 내가 하고 싶은 것들을 하는 주체적인 삶으로 나아가는 것 같았다. 나답다는 게 이런 걸까.

흔히 말하는 결혼 적령기가 되어 결혼했고, 아이를 낳아 열심히 아이를 키웠다. 나 자신은 어디로 갔는지 잃어버린 채 살아가다 이제야 나 자신을 조금씩 돌아보고 찾아가고 있는 것 같다. 저기 구석에 웅크리고 있는 나 자신에게 손을 내밀고 일으켜 세워 용기를 주고 응원을 하고 있다.

아직 늦지 않았다고, 주위에 날 응원해주는 이가 이렇게 많이 있다고 말이다. 그동안 잊고 지냈던 내 이름을 다시 불러본다. 작은 상담 부스에서 그렇게 수없이 말했던 내 이름이었지만, 진심으로 내 이름을 불러본 적이 없었던 것 같다. 잃어버렸던 내 이름을 찾아가는 여행은 아직 끝나지 않았다.

지금 이 글을 읽고 있는 당신은, 당신의 이름을 가지고 있으신가요?

*

7

나는 이혼했지만 작가가 되었습니다

'이혼'이라 함은 법률적으로 부부가 합의 또는 재판에 의하여 혼인 관계를 인위적으로 소멸시키는 일이라고 사전적 의미로 나와 있다. 이혼의 뜻을 모르는 사람은 없을 것이다. 하지만 그 이혼이라는 것에는 많은 의미가 담겨 있다. 혼인 관계를 소멸시키는 것이기도 하며, 이제 두 사람은 남남이라는 뜻이다.

이렇게 간단하면 얼마나 깔끔하고 좋겠냐마는 이혼이라는 것이 그리 간단하고 깔끔하지만은 않다. 그렇기에 이혼을 두고 다툼이 일어나고 재판으로 이어지기도 한다. 나 역시 진흙탕 싸움이 이어졌으며 그 이후에도 서로가 수많은 상처를 남기며 서로의 밑바닥까지 보이며 내일은 없는 것처럼 싸웠었다.

4년의 시간이 흐른 지금은 그저 데면데면한 사이가 되었고, 각자가 아이의 엄마와 아빠의 역할에 충실하자는 뜻을 가지고 있을 뿐이다. 그저 지금은 아무 감정도 남아 있지 않다고 표현은 하지만 전혀 아무 감정도 남아 있지 않다면 그건 거짓말일 것이다. 가끔씩 잊고 있던 감정이 문득문득 차오르고, 스쳐 지나가는 생각들에 소스라치게 놀라 눈물이 쏟아지기도 한다.

하지만, 지나간 과거일 뿐이며 이제 와 어찌 한들 소용없는 일이기에 그저 묻어두고 지나갈 뿐인 것이다. 함께한 시간과 이혼 후의 시간까지 하면 거의 10년에 가까운 시간인데 이제 와 다시 들추어 서로가 좋을 게 없을 뿐더러 이제는 아무 의미도 없어졌기 때문일 것이다.

나 역시 이혼을 하고 마치 죄인인 양 어두운 방 한편에 쭈그린 채 생활을 했다. 집 안 곳곳에 남아 있는 아이의 흔적에 웃는 것조차 죄스러웠고 불을 켜는 것조차 두려웠던 나날들이었다. 그리고 인다를 만나 6개월의 프로그램을 진행한 후 작가님의 응원과 함께 공저를 쓰기로 했다.

블로그를 시작했고, 함께 공저를 시작했다. 처음에는 그저 신기하기만 했다. 내가 쓰는 글들이 세상에 나온다는 것이 그저 신기할 따름이었다. 정말 책으로 나오기는 할까 하고 의문스러웠으며 신나고 즐거운 시간들이었다. 시간이라는 것이 늘 빠르게 지나가버린다는 것을 알고는 있었지만, 이렇게 빨리 흘러가버리는 것이었던가. 공저를 쓰는 6개월은 유독 더 빠르게 흘러가버리는 것만 같았다.

주제는 정해져 있었지만 어떻게 써야 할지 막막하기만 했다. 매일 과제를 하는 것과는 차원이 달랐다. 매일 끄적끄적 블로그에 나의 이야기를 쓰는 것과는 확연히 다른 느낌이었다. 무언가 굉장한 압박감과 함께 알 수 없는 사명감도 느껴졌으며 이 글들이 세상으로 나온다고 생각하니 한 글자도 허투루 쓰면 안 되겠다는 생각에 쉽게 글이 써지지 않았다. 한동안 잠잠했던 공황장애 증상이 다시 나타나기 시작했다. 아무것도 할 수가 없었다.

갑자기 숨이 쉬어지지 않았고, 가슴이 답답했다. 두통이 밀려왔고 아무것도 할 수가 없었다. 그래서 모든 것을 내려놓고 밖으로 나갔다. 매일 산책하던 코스를 걸으며 생각을 했다. 내가 지금 왜 이러고 있는지, 무엇이 두려운지 말이다. 한참을 생각하며 걷고 걸었다. 그리고 마치 내 마음을 눈치라도 챈 듯 며칠 후 작가님께서 전화를 주셨다.

요즈음 내가 주춤한 것 같았다며 전화를 주셨다고 하셨다. 순간 울컥하고 무언가 올라오는 것 같았다. 누군가 나를 알아주는 사람이 있다는 그 사실이 너무도 감사했다. 그리고 혼자가 아니라는 생각에 너무도 마음이 따뜻해졌다. 작가님께서 다른 건 아무것도 생각하지 말라며 나 자신을 믿으라고 하셨다. 부담 느끼지 말고 나의 이야기를 쓰라고, 잘하려고 하지 말고 그저 나를 믿고 나의 이야기를 쓰면 된다고 하셨다. 충분히 잘해왔고 앞으로도 잘할 거라고 하셨다. 그 말이 너무도 큰 힘이 되었다. 주위에서 다 잘하고 있다고 해주는데 왜 정작 나 자신이 나를 믿지 못하냐는 그 한마디가 가슴에 확 꽂혔다.

늘 그랬다. 주위에서 잘한다고 아무리 이야기를 해주어도 나는 스스로 그게 느껴지지 않았다. 어떤 게 잘하는 것인지 내가 어디를 잘하고 있는 것인지 말이다. 그래도 믿어보기로 했다. 잘하고 못하고를 떠나 하루도 포기하지 않고 1년째 이렇게 열심히 쓰고 있는 나 자신을 믿어보기로 했다.

그리고 2021년 12월 25일 드디어 나의 첫 책이자 공저가 출간되었다. 『매일 사색하며 나를 찾다』 집으로 책이 도착하던 날 아이가 함께 집에 있었다. 책 표지에 적힌 나의 이름을 보더니 "엄마 책이야?"라며 물어왔다. "엄마 책이야. 엄마 이제 책 쓰는 작가야. 이제 도서관에 가면 엄마 책 볼 수 있어."라는 이야기도 함께 해주었다. 아이는 신이 나서 뛰면서 나와 함께 도서관에 가자는 약속도 하였다.

얼마나 설레고 기다리던 순간이었던가. 내가 나의 이름으로 설 수 있는 이 순간을. 그리고 나의 아이에게 그저 엄마가 아닌 당당한 한 사람으로서, 직업을 가진 한 사람으로 설명할 수 있는 이 순간을, 그토록 기다리던 순간을 감사하게도 아이와 함께 맞이하였다. 그리고 나는 멈추지 않고 한 단계 더 나아가기 위한 준비를 하기로 했다.

처음 인다를 시작하고 나서 글을 쓰고, 블로그를 통해 사람들을 만나고 마음을 나누며 나는 앞으로 그들과 함께 글을 통해 마음을 소통하고 싶다는 생각을 해왔다. 나의 글을 통해 그 누군가에게 단 한 사람에게라도 위로를 전할 수 있다면, 그 어디에선가 힘들어하는 이가 있다면 나의 글을 읽고 용기를 얻을 수 있다면 나는 언제까지고 글을 쓰고 싶다는 생각을 가지게 되었었다.

그래서 나는 참 많이 감추고 싶었고, 어쩌면 평생 숨기고 싶었던 나의 이야기를 세상에 꺼내야겠다는 생각을 했다. 그래서 그다음으로 도전을 하기로 한 것이 '브런치 작가'였다. 2022년의 첫 도전이었다. 한 번에 승인이 되기 어렵다는 이야기를 워낙 많이 접해왔었기에 큰 기대는 없었다. 그래서 사진으로 꾸민다거나 글씨체를 꾸민다거나 그런 것 없이 그저 내가 어떤 이야기를 하고 싶은지, 어떤 주제를 이야기할 것인지에 대한 소개와 2편의 글을 등록 후 승인 요청을 접수하였다.

3일째 되던 날 알림이 오기 시작했다. 브런치 작가 승인 안내 알림이었다. 첫 도전에서 감사하게도 바로 승인이 되었다. 올해의 첫 도전이었는데 감사하게도 바로 승인이 되었다. 브런치 역시 이혼에 관한 주제로 글을 쓰겠다는 콘셉트로 글을 적었었다. 그리고 생각하였다. '이혼'이라는 주제가 다른 이들에게 꺼내놓기가 참 힘든 주제이구나. 그렇기에 나는 더 꾸밈없이 이야기하고, 그렇기에 다른 이들에게 더 다가갈 수 있는 이야기를 해야겠다는 생각이 들었다.

처음 이 글을 책으로 쓰기로 마음먹은 후 많이 힘들었다. 공황장애가 다시 찾아오면서 2년 만에 다시 병원을 찾았다. 두통이 너무 심해지고 며칠씩 잠을 잘 수도 없었다. 컴퓨터 앞에만 앉으면 심장이 벌렁벌렁 거리고 숨을 쉴 수가 없었다. 기억하기 싫어서 애써 다 지워버렸던 일들을 애써 다시 기억해내야 하는 그 시간들이 말 그대로 고통의 시간들이었다.

내가 왜 이 글을 쓰기로 했을까 하고 수십 번, 수백 번 후회하기도 했다. 그럼에도 한 글자 한 글자 써 내려가기 시작했다. 그리고는 기억하지 못했던 시간들이 떠오르며 매일 글을 쓰며 많이 울기도 했다. 그 시간들을 통해 한편으로 나는 이 글을 쓰길 잘했다는 생각을 했다. 어느 누군가를 위해 쓰기로 했던 글들에 그렇게 내가 다시 또 치유를 받는다는 것을 느낄 수 있었으니 말이다.

수많은 부부들이 이혼한다. 저마다 각자의 많은 이유들을 가지고, 각자의 사연들을 가지고 이혼을 한다. 그들의 사연과 사정을 다 알 수는 없지만 그 이면에는 모두 각자의 아픔이 있을 것이고 슬픔이 있을 것이다. 이혼하는 부부들 중에 이혼해서 행복하다고 하는 이들을 나는 아직 만나보지 못했다. 아픔이나 슬픔보다 이혼을 해서 더 행복한 부분이 큰 경우는 있겠지만 그들 역시 어느 부분에서는 이혼으로 인해 어딘가는 아리고 슬픈 것들이 분명 있을 것이기 때문이다.

나 역시 결혼생활을 더 유지하는 것보다 이혼하는 것이 더 행복할 것이라는 결론을 내리고 이혼했다. 그래서 나는 지금 더 행복하다. 하지만 그 행복이라는 이면에는 아이에 대한 그리움, 아이를 향한 슬픔, 어린아이를 돌보지 못한 죄스러움 등, 그 행복을 위해 감수해야 할 아픔과 슬픔 또한 행복 그 이상의 범위를 차지한다.

결코 더 슬프고 아프기 위해 이혼하는 부부는 없을 것이다. 두 사람이 함께하는 것보다 각자의 삶을 선택했을 때 더 나은 미래를 위해 이혼을 하는 것이다. 하지만 그 과정은 결코 아름답지도 행복하지도 쿨하지도 않다.

그렇기에 나는 이혼을 고민하고 있는 분들을 만나게 되면 성심성의껏 이야기를 들어주고 나의 경험을 이야기해준다. 그리고 진심으로 그들을 응원해준다. 나 역시 그 시간들을 겪어왔고, 지금 또한 그 길을 가고 있으니 말이다.

나에게 그 시간들이 없었더라면 나는 지금 이렇게 글을 쓰고 있었을까? 아니, 이런 시간은 없었을 것이다. 삶이 덜 지치고 덜 힘들었다면 아마 나는 글을 쓰지 않았을 것이다. 나는 이혼하였고, 아이를 전남편에게 보낸 후 내가 겪어왔던 그 아픈 시간들이 있었기에 이렇게 글을 쓸 수 있었다. 그리고 나와 같은 시간들을 보내고 있을 그 누군가를 위해 나는 앞으로도 글을 쓸 것이다.

미약하나마 어디에선가 나의 글을 읽고 위로받을 수 있는 이가 있다면, 용기를 얻는 이가 있다면 나는 끊임없이 그들을 위해 글을 쓸 것이다. 특별할 것 없는 그저 그런 평범한 40대 아줌마였던 나는 그렇게 꿈을 꾸고, 어디선가 소리도 내지 못한 채 힘들어하고 있을 그 누군가를 응원하며 작가가 되어가고 있는 중이다.